Цветы пустыни

Москва
2000

По вопросам оптовой покупки книг
издательства АСТ обращаться по адресу:
Звездный бульвар, дом 21, 7-й этаж
Тел. 215-43-38, 215-01-01, 215-55-13

Книги издательства АСТ можно заказать по адресу:
107140, Москва, а/я 140, **АСТ — "Книги по почте"**

Литературно-художественное издание

Картленд Барбара

**Великая сила любви
Цветы пустыни**

Редактор Е.А. Калакуцкая
Художественный редактор О.Н. Адаскина
Технический редактор О.В. Панкрашина
Младший редактор Н.К. Чернова

Подписано в печать 15.06.2000.
Формат $84 \times 108^{1}/_{32}$. Бумага газетная. Печать высокая.
Усл. печ. л. 16,8. Тираж 10 000 экз. Заказ № 1515.

Налоговая льгота — общероссийский классификатор
продукции ОК-00-93, том 2; 953000 — книги, брошюры

ООО «Издательство АСТ»
Лицензия ИД № 00017 от 16 августа 1999 г.
366720, Республика Ингушетия,
г. Назрань, ул. Кирова, д. 13
Наши электронные адреса:
WWW.AST.RU
E-mail: astpub@aha.ru

Отпечатано с готовых диапозитивов
в ордена Трудового Красного Знамени
ГУПП «Детская книга» Роскомпечати.
127018, Москва, Сущевский вал, 49.

От автора

Когда в 1928 году я приехала в Египет посмотреть недавно открытую гробницу Тутанхамона, то узнала, что в усыпальнице были найдены шарики ладана.

Начиная с самых первых династий фараоны использовали его как подношения богам Египта.

В Вавилоне ладан применялся в обрядах очищения, а также для того, чтобы умилостивить богов; курильницы благовоний были найдены при раскопках минойских захоронений на острове Крит.

Древние греки и римляне — в особенности римляне — в огромных количествах возжигали фимиам в своих храмах. Аромат ладана и дым служили зримым символом устремляющихся к небесам молитв людей, поклоняющихся своим богам.

Деревья, дающие самый лучший ладан, и самые лучшие мирровые кусты росли только в южной Аравии, и спрос на эти благовония повлек за собой небывалое развитие торговли. Огромные караваны верблюдов с драгоценной поклажей пересекали весь Аравийский полуостров с юга на север. Протяженность этой «Тропы Благовоний» составляла 1700 миль.

Ричард Бертон был одним из самых выдающихся людей своего поколения. Он внес существенный вклад в литературу и

Барбара Картленд

географию, был поэтом, путешественником, солдатом, дипломатом, изобретателем, исследователем, археологом, лингвистом, антропологом; Бертон считался общепризнанным авторитетом в области различных религий и к тому же большим знатоком эротических скульптур и рисунков.

О нем написано много книг, но, глядя на его портрет, я неизменно думаю, что на самом деле ни одна из них не может претендовать на какую бы то ни было глубину. Он был слишком велик для века, в котором жил, слишком загадочен и незауряден.

Теперь, когда его больше нет, уже невозможно постичь природу того волшебства, которое окутывало его при жизни. Наверное, дольше всех его будут помнить те, кто любит «Сказки тысяча и одной ночи» и знает, что Ричард Бертон был первым их переводчиком.

На мраморной мемориальной доске в Мортлейке, где он похоронен, рядом с изображением арабского шатра выбиты строчки сонета Джастина Хантли Маккарти:

О последний и благороднейший из странствующих рыцарей,
Английский солдат и арабский шейх,
О певец Востока...

Глава 1

1881 год

Возвращаясь к себе домой на Парк Лейн, маркиз Энджелстоун с удивлением думал, что ленч доставил ему удовольствие.

Обычно, получив от премьер-министра приглашение посетить дом номер 10 по Даунинг-стрит, он тут же мрачнел.

Бывали, конечно, приятные исключения — например, Бенджамин Дизраэли.

Но, к сожалению, он занимал эту должность только шесть лет, и маркиз считал, что в целом премьер-министры — на редкость скучные люди.

Поэтому нельзя сказать, что он с нетерпением ожидал завтрака в обществе нынешнего хозяина дома номер 10 мистера Гладстона.

К счастью, остальные приглашенные оказались чрезвычайно интересными людьми.

Главным образом они обсуждали проблемы внешней политики, а она всегда занимала маркиза гораздо больше, чем внутренняя.

Он с огромным интересом обсуждал с министром Индии ситуацию, сложившуюся на Востоке.

Из-за присутствия русского посла они были вынуждены говорить вполголоса, и от этого беседа становилась еще увлекательнее.

Маркиз был умным и проницательным человеком и — хотя немногие из его друзей знали об этом — живо интересовался всем, что имело отношение к Востоку.

Он лелеял тайную надежду, что в один прекрасный день королева предложит ему пост вице-короля Индии или на худой конец губернатора той или иной части ее обширной империи.

Но пока — и маркизу это было отлично известно — он в глазах общества считался еще слишком молодым и, кроме того, чересчур ветреным.

На самом же деле маркиз был просто так красив и так богат, что женщин тянуло к нему как магнитом.

Больше того — стоило оказать одной из них внимание, как они тут же вцеплялись в него мертвой хваткой.

Но маркиз уже давным-давно твердо решил, что никогда не женится.

Эта тема, впрочем, не относилась к числу тех, которые он мог обсуждать с другими людьми.

Детство его было омрачено сознанием того, что отец и мать несчастливы вместе.

На людях они вели себя, как того требуют приличия, и никто ни о чем не догадывался.

Только домочадцам было известно, что на самом деле они почти ненавидят друг друга.

Мать маркиза была очень красивой женщиной. Мальчик обожал ее — и вместе с тем уважал отца и восхищался им.

Он сильно страдал оттого, что родители не могут ужиться вместе, и это оставило у него в душе след, который не изгладился даже сейчас, когда ему было почти тридцать три года.

Когда маркиз вспоминал об этом, он весь сжимался при мысли, что ему придется жить с женщиной не потому, что он ее любит, а потому, что этого требуют приличия. Он не сомневался, что она будет чувствовать то же самое и в конце концов возненавидит его.

Последнее, впрочем, было маловероятно, поскольку женщины считали его неотразимым.

Они бросались к нему в объятия прежде, чем он успевал узнать их имена.

Вместе с тем маркиз, не кривя душой, не мог не признавать, что его романы всегда продолжались недолго.

И всегда женщины надоедали ему быстрее, чем он им.

Он сам поражался, что красивая женщина, такая ослепительная и желанная в первую встречу, при более близком знакомстве оказывается — иначе не скажешь — «убийственно скучной».

Маркиз всегда точно знал, что она скажет в следующую минуту, и это его раздражало.

Даже не было необходимости гадать, о чем она думает.

Он пытался уговорить себя, что предназначение женщины в том, чтобы украсить своим присутствием дом мужчины и, естественно, его постель, а оттачивать ум можно в кругу друзей.

Но оказалось, что одной красоты недостаточно!

Его мучило, что самая пленительная красавица в те минуты, когда они не предаются любви, не способна разговаривать так, что ее стоило бы слушать.

«Почему я такой?» — порой спрашивал он себя.

Но за все прожитые годы маркиз не нашел ответа на этот вопрос.

Выйдя из своего изящного экипажа, который он обычно использовал вечером, маркиз подумал, что погода на редкость хорошая.

Воздух был свеж, и даже вечером солнце еще пригревало, что довольно необычно для марта.

«Не проехаться ли мне верхом?» — подумал маркиз.

Он ступил на алую ковровую дорожку, брошенную на ступени. Когда маркиз вошел в парадную дверь Энджелстоун-Хауз, пожилой дворецкий, который служил еще у отца маркиза, шагнул ему навстречу и сообщил:

— Леди Эстер Уинн ожидает вашу светлость в гостиной.

Маркиз нахмурился.

— Разве вы не сказали ее светлости, что меня нет? — спросил он после паузы.

— Сказал и добавил, что мы не знаем точно, когда вы вернетесь, но она настаивала на том, что будет ждать.

Маркиз отдал шляпу и перчатки лакею и медленно поднялся по полукруглой лестнице к гостиной, которая была на втором этаже.

Эта комната идеально подходила для приема большого количества гостей.

Маркиз хорошо понимал, почему дворецкий не предложил леди Эстер подождать в кабинете.

Кабинет маркиза был гораздо уютнее, но дворецкий, как и остальные слуги, знал, что леди Эстер больше не играет важной роли в жизни маркиза.

Осенью у них был пламенный, но тем не менее не принесший маркизу удовлетворения роман.

Леди Эстер была очень красива и, несомненно, обладала самой совершенной фигурой из всех лондонских дам.

Однако вскоре маркиз обнаружил, что она, как и другие женщины, волнует лишь тело, но не разум мужчины.

В конце октября, с началом охотничьего сезона, он уехал из Лондона.

А вернувшись, не стал предпринимать никаких попыток возобновить тесные отношения с леди Эстер.

Как ни странно, это был один из немногих его романов, которые закончились без слез и взаимных упреков.

Ему были слишком хорошо знакомы трогательная мольба и те сцены, которые неизбежно сопутствуют разрыву.

И теперь, пока лакей спешил вперед, чтобы открыть перед ним дверь гостиной, он гадал, зачем леди Эстер хочет его видеть.

Он припомнил, что после Рождества у нее был роман с послом Италии.

А до этого у нее был некий симпатичный джентльмен, имя которого стерлось из памяти маркиза.

Иногда он встречал его в «Уайтс», своем лондонском клубе.

Дверь открылась, и маркиз вошел в гостиную.

Леди Эстер стояла у окна.

Слегка отодвинув муслиновую занавеску, она любовалась садом.

Летом, когда маркиз устраивал приемы, сад выглядел очень нарядно.

Дорожки освещались китайскими фонариками, их развешивали на деревьях.

В глубине сада стояло несколько небольших беседок, где можно было укрыться от посторонних глаз.

Маркиз подумал, что Эстер, наверное, сейчас вспоминает, как он поцеловал ее в одной из этих беседок в первый вечер знакомства.

Она, разумеется, не сопротивлялась.

Едва их губы встретились, он сразу почувствовал, что пожар страсти уже разгорается в ней.

Позже он не раз имел возможность убедиться, что ее губы поистине ненасытны.

Сейчас, идя через комнату по мягкому абиссинскому ковру, приглушающему шаги, маркиз думал, что Эстер стала еще красивее.

Мужчины не уставали прославлять красоту классических черт ее лица.

Они писали поэмы о лазурной голубизне ее глаз и золоте пышных волос.

Глядя на нее в эту минуту, он сказал бы, что она похожа на богиню, спустившуюся с Олимпа.

Но маркиз знал, что стоит ее задеть, и она превратится в ужасную Медузу Горгону.

Он не забыл, как она ревновала его. Ее ревность была просто губительной.

Было время, когда он всерьез опасался даже смотреть на других женщин, потому что леди Эстер в ярости устремлялась на них.

Их роман длился шесть месяцев, и эти полгода были незабываемыми.

И все же маркиз чувствовал, что, хотя леди Эстер красива, сейчас он рад, что их больше ничто не связывает.

Эстер не оборачивалась, и он знал, что она ждет, когда он подойдет к ней вплотную.

— Какой сюрприз, Эстер! — произнес маркиз.

— Я знала, что ты удивишься, — ответила она, — но мне нужно было увидеться с тобой по важному делу.

— Не хочу показаться невежливым, выразив надежду, что оно не отнимет у нас много времени, — сказал маркиз, — я как раз собирался проехаться верхом.

Эстер засмеялась приятным, хотя несколько деланным смехом.

— Лошади! Вечно эти лошади! — воскликнула она. — Конечно, разве может женщина соперничать с чистокровной арабской кобылой?

Маркиз не соизволил ответить.

Он просто подошел к камину и оперся о каминную полку, ожидая, пока Эстер отойдет от окна.

Она медленно пересекла комнату и приблизилась к маркизу.

Он знал, что она дает ему время восхититься тонкостью ее талии и округлостью груди, туго обтянутой платьем.

Ее красивую шею охватывало ожерелье из трех нитей безукоризненного жемчуга.

Маркиз, впрочем, смотрел не на ее фигуру, а на лицо. И видел по выражению глаз Эстер, что она задумала что-то недоброе.

Он пригласил ее сесть в одно из обитых гобеленовой тканью позолоченных кресел.

Но она не стала садиться, а остановилась прямо перед маркизом и посмотрела ему в глаза, слегка склонив голову набок.

Эту позу он видел не раз и хорошо знал, что редкий мужчина в такую минуту удержится, чтобы не поцеловать ее губки, изогнутые в форме лука Купидона.

После этого его руки сами собой легли бы на ее нежную талию.

Но маркиз вместо этого сказал с легкой насмешкой:

— Ну, Эстер, так что же это за дело?

— Весьма простое, Вирджил, — ответила она. — И я надеюсь, новость тебя обрадует. У меня будет ребенок!

На мгновение воцарилась тишина. Маркиз приподнял бровь.

— Поздравляю! — сказал он. — И кто счастливый отец?

— Кто же, кроме тебя!

— Это невозможно, и ты хорошо это знаешь! — ответил маркиз. — Если тебе, Эстер, вздумалось пошутить, то я здесь ни при чем!

— Я не шучу, Вирджил, — сказала она. — И я не представляю для своего ребенка, особенно если это будет мальчик, лучшей судьбы, чем возможность назвать своим отцом маркиза Энджелстоуна!

Маркиз посмотрел на нее; теперь взгляд его серых глаз был твердым как сталь.

— Ты пытаешься меня шантажировать?

— Уродливое слово для просьбы быть щедрым и справедливым.

— Если ты ждешь, что я признаю своим ребенка другого мужчины, то сильно ошибаешься! — резко сказал маркиз.

— Боюсь, выбор у тебя невелик, — заметила леди Эстер.

Она отошла к дивану и села.

На фоне синих шелковых подушек ее платье, тоже синее, но более мягкого оттенка, смотрелось еще восхитительней.

К поясу у нее был приколот небольшой букетик дорогих белых орхидей.

— Мне кажется, ты должна выразить поточнее то, что ты хочешь сказать, — произнес маркиз.

— Я думала, ты понимаешь по-английски, — ответила леди Эстер. — У меня будет ребенок, и поскольку мужчина, с которым у меня сейчас роман, не в состоянии нас обеспечить, мы с тобой сыграем свадьбу и будем счастливы, как были счастливы прошлым летом.

Убежденность, звучавшая в ее голосе, не оставляла сомнений в том, что она не шутит, а высказывает именно то, что намеревалась.

Хотя это было совершенно невероятно, но маркизу показалось, что она всерьез ожидала, что он согласится на это ужасное и нелепое предложение.

— Если это все, что ты хотела сказать, Эстер, — проговорил он после паузы, — то, я думаю, ты тратишь впустую и мое и свое время. Меня ждет верховая прогулка.

Эстер коротко рассмеялась.

— Я предвидела, Вирджил, что ты сделаешь все, чтобы не пойти к алтарю, но на сей раз убежденному холостяку устоять не удастся!

Маркиз ничего не ответил, а просто пошел к двери. Он был уже у порога, когда Эстер спокойно сказала:

— Если ты меня бросишь, я пожалуюсь королеве!

Маркиз остановился, но не повернулся к ней.

— Я уже послала письмо отцу с просьбой приехать, — продолжала Эстер. — Я уверена, ты хотел бы, чтобы он присутствовал на нашей свадьбе, а я хочу, чтобы он нас благословил.

Маркиз не двигался, и она добавила немного язвительно:

— С другой стороны, он, я не сомневаюсь, будет готов отправиться прямо в Виндзорский дворец!

Маркиз глубоко вздохнул.

Медленно, стараясь сохранить достоинство, он повернулся к ней.

— Зачем тебе это нужно? — спросил он.

— Мне казалось это очевидным, — парировала леди Эстер. — Я уже сказала тебе — затем, что сейчас в моей жизни нет человека, который был бы подходящим отцом для моего ребенка!

— Ты должна понимать, что ни один мужчина в здравом уме не согласится на такую нелепость.

— Бесполезно бороться с неизбежным, — ответила леди Эстер. — Мне всегда было обидно, что ты оттолкнул меня, найдя другую, которая, как ты воображал, красивее меня! Никогда не могла понять, что ты нашел в этой Мэри Коули с ее вытянутой физиономией!

От маркиза не ускользнула ревность в ее голосе.

Он подошел к камину и, глядя сверху вниз на Эстер, сидевшую в непринужденной позе, подумал, что, попадись ей сейчас Мэри Коули, Эстер положила бы свои длинные пальчики на ее тонкую шею и придушила бы ее.

По глазам леди Эстер он видел, что она чувствует себя не так свободно, как хочет показать, но ее прекрасные губки шевельнулись, и она произнесла:

— Ты мой, Вирджил, ты всегда был моим, и теперь тебе не спастись.

Маркиз тяжело опустился в стоящее рядом кресло.

— А сейчас послушай меня, Эстер, — сказал он. — Я не верю, что ты даже на минуту могла вообразить, что я соглашусь на это бессмысленное и безумное требование.

— Я уже сказала тебе, Вирджил, что на сей раз тебе не спастись.

— Этот мужчина, о котором ты упомянула, — сказал маркиз. — Не могу припомнить его имени. Он не женат?

— Дэвид Мидвей беден как церковная мышь, — ответила Эстер. — А я ничуть не намерена жить в бедности.

— Разумеется, — поспешно сказал маркиз. — Но это можно частично исправить.

Ему пришло в голову, что если он назначит Эстер содержание, тем более крупное, она предпочтет деньги браку.

Словно прочитав его мысли, она спокойно сказала:

— Я всегда ненавидела бедность, а кроме того, как ты, наверное, догадываешься, меня привлекают алмазы Энджелстоунов.

— Черт побери! — выругался маркиз, потеряв хладнокровие. — Я не позволю ни одной женщине женить меня на себе против моей воли, и ничто не заставит меня усыновить ублюдка какого-то дурака!

— Крепко сказано, Вирджил! — сказала Эстер. — Я и не знала, что ты способен ругаться в присутствии дамы.

— Ты не обычная женщина, и сама это знаешь! — фыркнул маркиз. — То, что ты задумала, бесчестно и, по моему мнению, просто преступно!

— Прошлым летом, когда мы были так счастливы друг с другом, ты так не думал! — Эстер надула губки. — Я могу вспомнить минуты, Вирджил, когда ты был почти поэтом! Особенно когда подарил мне нить черного жемчуга, чтобы он оттенял белизну моей кожи.

С чувством отвращения маркиз поднялся и отошел к окну.

Он отлично помнил, как Эстер умоляла его купить ей жемчуг, который она видела на Бонд-стрит.

Он с большой неохотой уступил ее просьбам, потому что жемчуг был очень дорог.

Получив подарок, она продефилировала перед маркизом, одетая только в эту нить жемчуга, и добилась желаемого эффекта: маркиз подхватил ее на руки и понес к кровати.

Теперь он спрашивал себя, как он мог вообще хоть на минуту увлечься этой женщиной.

Она превратила приятные отношения между двумя взрослыми людьми в ужасный кошмар.

Леди Эстер, когда ей было шестнадцать лет, вступила в любовную связь с одним из служащих ее отца, герцога Ротвинского.

Герцог незамедлительно уволил его и выдал дочь замуж за первого же мужчину, которому выпало несчастье быть сраженным ее красотой.

К сожалению, он был почти так же стар, как сам герцог.

В первые два месяца супружеской жизни Эстер завела бурный роман с французским графом, с которым она и ее муж встретились во время свадебного путешествия.

Он стал первым в длинной веренице ее любовников.

На пятом году брака муж Эстер умер от сердечного приступа.

Вероятно, причиной была ярость от поведения жены, а может быть, и невоздержанность, которой она от него требовала.

Эстер была, несомненно, самой красивой вдовой, какую видел в то время высший свет, и когда она обратила взгляд своих голубых глаз на маркиза, он оказался не в силах противиться ее чарам.

Только сейчас он осознал, каким был глупцом.

Он должен был с первой минуты знакомства понять, что Эстер в любом смысле слова нельзя было назвать обычной женщиной.

Маркиз знал, что, если он на ней женится, его жизнь превратится в сущий ад.

И все же на мгновение ему показалось, что тюремные стены уже смыкаются вокруг него, потому что он действительно не мог придумать никакого выхода из положения.

Он знал Эстер достаточно хорошо, чтобы видеть: она ничуть не преувеличивает, говоря, что готова пожаловаться самой королеве.

Кроме того, маркиз понимал, что герцог не усомнится сделать то, о чем попросит его дочь.

Поместье герцога в Нортумберленде было в плачевном состоянии, усадьба давно требовала ремонта.

Ее владелец никак не мог расплатиться с многочисленными долгами.

Если герцогу представится возможность заполучить в зятья состоятельного и занимающего высокое положение в обществе человека, во всем мире не отыщется никого, кто лучше него справился бы с этой задачей.

«Как же мне быть?» — спрашивал себя маркиз.

Он чувствовал, что его голова словно набита ватой, и никак не мог сосредоточиться.

— Ну что же, Вирджил? — спросила Эстер.

Он знал, что она читает его мысли, и это приводило его в бешенство.

— Вернись ко мне, — сказала она, — и наша жизнь будет прекрасна.

— Позволь теперь мне сделать тебе предложение, — сказал маркиз.

С этими словами он подошел к ней. По его плотно сжатым губам она видела, что он крайне разгневан.

— Я буду давать тебе десять тысяч фунтов в год, — сказал он, — вплоть до того времени, когда ты не выйдешь замуж за человека достаточно состоятельного, чтобы больше в них не нуждаться.

— Десять тысяч в год? — повторила Эстер. — Ты действительно полагаешь, что я соблазнюсь ими, когда могу стать твоей женой, маркизой Энджелстоун?

Маркиз в ярости скрипнул зубами, но ничего не сказал, и она продолжала:

— В моем распоряжении будет гораздо больше денег, не говоря уже об удовольствии занять соответствующее положение при дворе, которое я смогу передать по наследству!

Маркиз едва удержался, чтобы ее не ударить.

Его мать была придворной дамой; по традиции это положение занимали все маркизы Энджелстоун.

Для него была невыносима мысль, что Эстер займет место его матери не только при дворе, но и в усадьбе, в его доме в Ньюмарке и в Охотничьем домике в Лестершире.

Ему захотелось убить ее прямо на месте.

Она вела себя отвратительно, и маркиз живо представил себе, как его друзья будут жалеть его и в то же время будут бояться сказать что-нибудь открыто.

Огромным усилием воли он заставил себя спросить:

— Что ты выбираешь?

— Обручальное кольцо! — ответила леди Эстер.

В глазах ее вспыхнула злоба. Маркиз знал, что она наслаждается своей властью над ним.

Она сжигала его заживо, и чем громче он кричал и корчился в муках, тем больше она была рада.

В эту минуту он ненавидел ее так яростно, что только отличное умение владеть собой удержало его от того, чтобы не наброситься на нее и не ударить.

Он молчал, потому что боялся заговорить.

После паузы леди Эстер воскликнула торжествующе:

— Я победила, Вирджил, и тебе не ускользнуть! Теперь послушай, что я скажу.

Она слегка наклонилась вперед, повернув лицо к нему. Эта поза, придающая ей еще большее очарование, тоже была хорошо знакома маркизу.

— Когда отец приедет, — сказала Эстер, — мы посвятим его в нашу замечательную тайну, а потом устроим скромную свадьбу.

Ей показалось, что маркиз хочет что-то сказать, и она торопливо добавила:

— Я уверена, ты тоже предпочел бы, чтобы она была скромной, и если мы сразу же отправимся в свадебное путешествие, никто не удивится, что ребенок родился всего через семь месяцев.

Губы маркиза сжались в тонкую линию, а Эстер продолжала:

— Я понимаю, что сейчас ты сердишься, но в будущем ты поймешь, что я в роли твоей супруги буду гораздо лучше, чем какая-нибудь неопытная девчонка, которая надоест тебе через две недели.

Маркиз хотел сказать, что она уже ему надоела, но подумал, что это прозвучит недостойно.

— Мы будем счастливы вместе, — сказала Эстер, — но если позже, когда наш ребенок появится на свет, у тебя возникнут «другие интересы», я не стану вмешиваться — и поэтому вправе надеяться, что и ты не будешь вмешиваться в мои дела.

Она слегка развела руками и добавила:

— По-моему, это вполне пристойно.

— Нет ничего пристойного в твоем поведении! — с безнадежностью в голосе заметил маркиз.

— Именно это ты всегда говорил, когда я дарила тебе наслаждение, — парировала Эстер. — Ты говорил, что я... Стремительна, как ветер, обжигающа, как мороз, и податлива, как снег!

Она коротко рассмеялась.

— Милый Вирджил! В самом деле весьма поэтично!

Она встала, распространяя вокруг себя аромат дорогих французских духов, так хорошо знакомый маркизу.

Он помнил, как яростно смывал этот запах со своей кожи. Его подушка хранила воспоминание об этих духах еще долго после ее ухода.

— Мне пора идти, Вирджил, — сказала леди Эстер, — но не забудь навестить меня завтра вечером: должен приехать отец.

Она сделала небольшое движение, будто хотела коснуться его, а потом, взмахнув шелковой юбкой, повернулась и пошла к двери.

У порога она обернулась и тихо сказала просительным тоном:

— Милый Вирджил, мы будем очень счастливы, и мне кажется, что ты мог бы сделать мне подарок, чтобы отметить тот знаменательный час, когда ты обещал жениться на мне!

Маркиз сжал кулаки и, после того как дверь за Эстер закрылась, воздел руки к потолку.

Казалось, он молит богов о помощи, потому что еще ни разу в жизни не попадал в столь ужасное положение.

Только через четверть часа маркиз вышел из гостиной и спустился по лестнице.

Дворецкий в холле нерешительно посмотрел на него, словно ожидая распоряжений.

— Экипаж! — отрывисто приказал маркиз и пошёл к себе в кабинет.

Это была очень уютная комната. У окна стояло бюро, а по стенам висели картины кисти Стаббса и Сарториуса, изображающие лошадей.

Против камина на столике лежали газеты.

Поглядев на них, маркиз подумал, что «Таймс» и «Морнинг пост» непременно объявят о его бракосочетании с леди Эстер. От этой мысли его бросило в дрожь.

Разве он мог согласиться взять в жёны такую женщину? Разве мог усыновить ребёнка другого мужчины?

Ему казалось, что сами стены выкрикивают эти вопросы.

И всё же он, как ни старался, не мог найти выход из тупика, куда его загнали, словно зверя в ловушку.

Маркиз не мог не понимать: в прошлом году весь модный свет обсуждал его роман с леди Эстер.

Он уехал из Лондона, чтобы избавиться от неё, но у сторонних наблюдателей не было никаких причин считать, что роман закончился.

Маркиз подозревал, хотя и не был в этом уверен, что вскоре после его отъезда леди Эстер тоже уехала к отцу.

Очевидно, часть ноября Дэвид Мидвей провёл с ней в её поместье.

Итальянский посол занял место маркиза сразу же после его отъезда, так что у неё был с ним роман в этом году.

Но Эстер была не из тех женщин, которым хватает одного мужчины даже на самый короткий срок. Мидвей был красив, остроумен, его отец был баронетом — но, к сожалению, он был беден.

Все, что маркиз знал об умении Эстер плести интриги, подводило его к мысли, что именно Мидвей — отец ее будущего ребенка.

При этом маркиз не сомневался, что она не станет отказывать себе в удовольствии и дальше заводить любовников.

Когда маркиз думал об этом, у него темнело в глазах.

С другой стороны, он понимал, что будет, если Эстер исполнит свою угрозу и ее отец, герцог, пожалуется королеве.

Королева немедленно потребует маркиза к себе.

А потом ему не останется ничего, кроме как подчиниться ее повелению и жениться на Эстер.

Королева была очень строга в вопросах морали, когда дело касалось тех, кто занимал важные должности при дворе.

Отец маркиза в течение многих лет был дворцовым экономом, и маркиз понимал, что рано или поздно эта должность будет предложена и ему.

А его мать была придворной дамой, и королева всегда ясно давала понять, что очень ценит ее.

Королева благоволила к красивым мужчинам и выделяла маркиза среди прочих, оказывая ему особое внимание.

Это льстило ему, но вместе с тем он чувствовал, что другие придворные ему завидуют.

Если бы он отказался повиноваться королеве и не выполнил ее повеления, ему бы грозила опала.

Маркиз и не думал, что пользуется при дворе всеобщей любовью.

Ему было отлично известно, что многие ровесники завидуют его удаче на скачках и, безусловно, успеху у женщин, чьи сердца они сами желали бы завоевать.

Только недавно он буквально увел из-под носа одного влиятельного государственного деятеля симпатичную маленькую балерину из «Ковент-Гардена».

Маркиз спрятал ее в домике в Сент-Джеймс Вуд, и она влюбилась в него — в мужчину, который ради нее пренебрег приличиями.

Поэтому она просто посмеялась над растерянностью своего воздыхателя, когда тот ее все же нашел.

Маркиза тогда это тоже развеселило.

Но теперь он понимал, что джентльмен, о котором идет речь, будет стремиться отомстить.

Безусловно, он употребит все свое влияние на то, чтобы сделать наказание маркиза самым суровым.

«Как же мне быть? Что, черт возьми, делать?» — не переставал спрашивать себя маркиз.

Дворецкий доложил, что экипаж подан. Маркиз вышел из кабинета, раздумывая, куда бы ему поехать.

Он нуждался в совете, но в эту минуту не мог представить себе никого, кому мог бы довериться.

Лакей ждал, открыв дверцу. Садясь в экипаж, маркиз сказал первое, что пришло ему в голову:

— В клуб.

Дверца закрылась, лакей вскарабкался на козлы к кучеру, и экипаж отъехал.

Глядя в окно на дворецкого и двух лакеев, провожающих его поклонами, маркиз внезапно испытал ужас при мысли о том, что Эстер уже сидит рядом и с этой минуты он никогда от нее не избавится!

Путь до Сент-Джеймс занял не больше десяти минут. Экипаж остановился у входа в «Уайтс».

Велев кучеру ждать, маркиз вошел в клуб.

Ища взглядом знакомые лица и друга, который мог бы сотворить чудо и помочь ему в его положении, маркиз с облегчением увидел лорда Руперта Лидфорда, сидящего в Утренней комнате и занятого беседой с тремя мужчинами.

Увидев маркиза, лорд Руперт воскликнул:

— А вот и Энджелстоун! Давайте спросим, что он об этом думает.

Его собеседники пробормотали что-то в знак согласия, и маркиз подсел к ним. Подошел дворецкий и осведомился, не желает ли он что-нибудь выпить.

— Большой бренди с содовой! — отрывисто приказал маркиз.

Лорд Руперт посмотрел на него с удивлением. Воздержанность маркиза была всем хорошо известна.

Поскольку маркиз регулярно принимал участие в скачках — он скакал на собственных лошадях, — он следил за своим весом, ел очень немного и почти не пил спиртного.

Но сейчас ему, как никогда в жизни, хотелось выпить чего-нибудь покрепче.

— Мы говорили о Бертоне, Вирджил, — сказал лорд Руперт. — О Ричарде Бертоне.

Маркиз не сразу сообразил, о ком речь, и один из мужчин пояснил:

— Вы должны его знать — это тот малый, который написал кучу книг, и только что вышла еще одна — «Касида».

— И который пробрался в Мекку, переодевшись арабом, — вставил другой.

— Это было в 1853 году, — добавил лорд Руперт, — и мы как раз говорили о том, что сегодня уже нет таких храбрецов, которые отважились бы рискнуть головой ради обычного любопытства.

— Вы действительно полагаете, что мы все трусы? — спросил третий мужчина, лорд Саммертон.

— Конечно! — ответил лорд Руперт. — Мы выросли чересчур изнеженными, и хотя в мире еще столько неизведанного, мы слишком ленивы, чтобы отправиться в путешествие.

— Это звучит унизительно, и я в это не верю! — возразил лорд Саммертон.

— Вы можете представить Вирджила в грязной одежде паломника, — спросил лорд Руперт, — и рискующего жизнью, чтобы увидеть «Запретный Город»? — Он засмеялся. — Держу пари на тысячу фунтов, что нет!

— Принимаю! — неожиданно сказал маркиз.

На мгновение все замерли. Потом лорд Руперт сказал:

— Что принимаете?

— Я отправлюсь в Мекку, — продолжал маркиз. — И когда я вернусь, получив право носить зеленый тюрбан, вы выложите тысячу фунтов!

Он замолчал, потому что вновь появился дворецкий и поставил перед ним стакан.

Маркиз взял его и сделал большой глоток.

— Вы сошли с ума! — воскликнул лорд Руперт.

***

Возвращаясь вместе с маркизом на Парк Лейн, лорд Руперт спросил:

— Вы действительно говорили серьезно, Вирджил, или это некая изысканная шутка, которой я не в силах понять?

— Я в жизни не был более серьезен, — отвечал маркиз. — Завтра утром я уеду из Англии.

— Завтра! — воскликнул лорд Руперт.

— Попаду я в Мекку или нет, — продолжал маркиз, — главное, что это будет ответом на вопрос, должен ли я жениться на Эстер Уинн!

— Боже милостивый! — воскликнул лорд Руперт. — Я думал, что между вами все кончено.

— Так и было, — ответил маркиз. — Но сегодня она сообщила мне, что ждет ребенка.

Лорд Руперт уставился на маркиза так, словно не верил своим ушам.

Наконец он спросил:

— Это правда?

— Эстер весьма недвусмысленно дала мне понять, что, если я не женюсь на ней, герцог пожалуется королеве!

— Но ведь это не ваш ребенок!

— Кому, как не мне, это знать, — сказал маркиз. — Я клянусь вам, Руперт, что не касался ее с прошлого сентября!

— Что до меня, то я думаю, что это ребенок Мидвея! — заметил лорд Руперт.

— Мне тоже так кажется, — согласился маркиз. — Но у него за душой нет ни пенни, и к тому же Эстер жаждет стать маркизой!

— Прежде всего она жаждет стать вашей женой! — уточнил лорд Руперт. — Честно говоря, Вирджил, я был весьма удивлен, что она так спокойно отнеслась к вашему разрыву.

— Я тоже, — признался маркиз. — Зато теперь она горит желанием отомстить.

— И вы думаете, что исчезновение?.. — начал лорд Руперт.

— Я полетел бы на Луну или спустился в ад, если бы это спасло меня от женитьбы на ней! — со злостью воскликнул маркиз.

— Могу понять ваши чувства, — примирительно сказал лорд Руперт. — Но в Мекку!

— Было глупо с моей стороны самому не подумать об этом, — сказал маркиз. — Однако в ту минуту, когда вы заговорили о Бертоне, я понял, что это и есть тот выход, который я отчаянно пытался найти.

Он сделал паузу и добавил:

— Но мне нужна ваша помощь.

— Вы знаете, что я сделаю все, о чем вы попросите.

— Надо лишить Эстер возможности в мое отсутствие пожаловаться королеве.

Лорд Руперт внимательно слушал.

Это был красивый молодой человек; они с маркизом вместе учились в Итоне, там подружились и вместе перешли в Оксфорд.

Потом они вступили в один полк, где прослужили пять лет, прежде чем маркиз унаследовал титул.

Поскольку расставаться им не хотелось, лорд Руперт вышел из армии. Теперь он проводил в обществе маркиза больше времени, чем в собственном доме.

Поистине их можно было назвать неразлучными друзьями.

— Вот чего мне хотелось бы, — говорил маркиз так, словно размышлял вслух. — Мне хотелось бы, чтобы о нашем пари все говорили, но в то же время это не попало бы в газеты.

— Продолжайте! — сказал лорд Руперт, потому что маркиз замолчал.

— Мне представляется, что Эстер будет неловко устраивать сцены по поводу моего исчезновения, если общество сочтет мой поступок отважным.

— О да, все решат, что вы храбрец, — сказал лорд Руперт. — Но лично я думаю, что вы просто сумасшедший!

— Если Ричард Бертон смог это сделать, так смогу и я! — воскликнул маркиз.

— Теперь, когда мусульмане знают, что он осквернил их священный город, в который нет входа иноверцам, это будет гораздо труднее.

— Они это знают?

— Он написал об этом книгу, — ответил лорд Руперт, — а я полагаю, некоторые из них умеют читать!

— Это для меня единственный выход, — с отчаянием произнес маркиз. — И я благодарен вам, Руперт, что вы навели меня на эту мысль.

— Вот уж чего я никак не собирался делать! — заметил лорд Руперт. — Я просто поспорил с Саммертоном, потому что мне надоела его напыщенность!

— Я тоже нахожу его скучным, — сказал маркиз.

С минуту лорд Руперт молчал. Потом он сказал:

— Только будьте осторожны, Вирджил. Если верить Бертону, наказание за осквернение мусульманской святыни — медленная и очень мучительная смерть!

— Все лучше, чем женитьба на Эстер!

— Готов с вами согласиться. До сих пор не пойму, что вы в ней нашли.

Маркиз не ответил.

Он никогда не обсуждал свои личные дела ни с кем, даже с Рупертом, который был его самым близким другом.

На самом деле он предпочел бы просто исчезнуть никому не объясняя причин. Но маркиз понимал, что без помощи Руперта ему не обойтись.

Впрочем, он доверял ему, как никому другому.

Когда они приехали домой, маркиз послал за секретарем и принялся отдавать необходимые распоряжения.

Слушая его, лорд Руперт подумал, что, возможно, так действительно будет лучше.

Руперт был глубоко привязан к маркизу и любил его как брата — своих братьев у него не было.

Поэтому он беспокоился, хотя он никогда не говорил об этом вслух, что маркиз впустую растрачивает свои таланты, и прежде всего на женщин, которые не стоят того. Лорд Руперт возненавидел леди Эстер с первой минуты, как увидел ее.

Он знал таких женщин — они стремятся поймать в свои сети любого мужчину, который окажется в их поле зрения. Поэтому Руперт с тревогой смотрел, как она готовит ловушку для маркиза.

Безусловно, леди Эстер была красива, с этим спорить не приходилось, но лорд Руперт знал, что она ненасытна и эгоистична.

«Если бы Вирджил женился на ней, это его бы убило!» — думал он сейчас.

Потом, когда маркиз покончил с делами, они принялись обсуждать, что ему понадобится в путешествии, а также то, как лучше всего проникнуть в Мекку незамеченным.

Глава 2

Ранним утром маркиз покинул Лондон, и провожал его только лорд Руперт.

Перед самым отъездом, сидя в отдельном вагоне маркиза, который был прицеплен к поезду, идущему в Дувр, лорд Руперт спросил:

— Когда я снова вас увижу?

В его голосе звучало почти отчаяние, ибо он понимал, что его друг отправляется в путешествие, которое может стоить ему жизни.

— Я вернусь, как только это станет возможным, — ответил маркиз.

— Вы хотите сказать, — медленно, словно обдумывая про себя эти слова, проговорил лорд Руперт, — когда Эстер откажется от преследования.

Маркиз уверенно произнес:

— Если она действительно ждет ребенка, то будет стремиться найти себе мужа как можно быстрее!

Глаза лорда Руперта вспыхнули, словно эта мысль не приходила ему в голову раньше; потом он спросил:

— Как можно будет с вами связаться?

— Это сложный вопрос, — ответил маркиз. — Я не думаю, что «где-то в Аравии» достаточно точный адрес!

Лорд Руперт рассмеялся:

— А что вы будете делать с яхтой?

Маркиз на мгновение задумался. Потом он сказал:

— Подводные кабели теперь проложены ко всем английским портам, а также, я надеюсь, к Александрии, Порт-Судану и Адену. Я думаю, что откуда-нибудь из них мне удастся дать телеграмму своему капитану.

— Ну что ж, все, что я могу сказать, — дай Бог, чтобы вы благополучно вернулись, — вздохнул лорд Руперт.

— Также и я, — криво улыбнувшись, ответил маркиз.

Яхта маркиза — «Морской Ястреб» — стояла в гавани Дувра и была готова выйти в море в ту же минуту, как он поднимется на борт.

Секретарь отправил с ночным поездом посланца, чтобы предупредить капитана о неожиданном прибытии маркиза.

В результате и яхта и экипаж были готовы к отплытию, и маркизу не к чему было придраться, когда он поднялся на борт.

Он велел капитану держать курс на Александрию.

Как только они вышли из порта, на море поднялось волнение, и у маркиза не было времени думать об Эстер.

В Бискайском заливе были минуты, когда маркизу казалось, что он не попадет даже в Средиземное море, не говоря уже о Мекке!

В Гибралтаре его ждала телеграмма. Вскрыв ее, он прочитал:

ВСЕ ИДЕТ КАК ПО НОТАМ. Э. ОШЕЛОМЛЕНА НОВОСТЯМИ. В КЛУБЕ ГОВОРЯТ ПОКА МАЛО, НО ВСЕ ПОД ВПЕЧАТЛЕНИЕМ. СЕКРЕТНОСТЬ ДЛЯ ВАШЕГО ЖЕ БЛАГА. СКУЧАЮ. РУПЕРТ.

Маркиз удовлетворенно улыбнулся.

Потом, подумав, что неблагоразумно оставлять у себя телеграмму, он порвал ее, а обрывки сжег.

Ярко светило солнце, но море было неспокойно, и маркиз был рад, когда яхта пришла в Александрию.

«Морской Ястреб» бросил якорь в древнем порту, и маркиз подумал, что неплохо бы найти кого-то, кто рассказал бы ему о Египте.

Ему был нужен товарищ, который так же интересовался бы пирамидами, фараонами и историей Нила, как он.

Маркиз сошел на берег, чтобы прогуляться по твердой земле и размять ноги.

Толпа на пристани, сквозь которую он с трудом пробирался, состояла в основном из многочисленных нищих, требующих «бакшиш», и фокусников, достающих их карманов несчастных цыплят, вылупившихся всего пару дней назад.

Возвращаясь в гавань, маркиз неожиданно встретил человека, которого не видел много лет.

— О Боже, Энджелстоун! — воскликнул майор Джон Андерсон. — Вот уж кого я никак не ожидал увидеть в Египте!

— Не могу понять почему, — парировал маркиз.

Майор Андерсон засмеялся:

— Я думал, что вы слишком заняты балами у принца Уэльского и ухаживанием за самыми ослепительными лондонскими красавицами, чтобы посещать далекие берега.

— Значит, вы ошибались, и вот я здесь! — сказал маркиз.

— Могу я спросить, куда вы держите путь и зачем?

Маркиз не имел ни малейшего намерения говорить майору правду.

— Просто, — сказал он, — мне подумалось, что будет интересно взглянуть на Суэцкий канал и, быть может, пожить немного в Каире.

— В Каире я бывал, — произнес майор Андерсон. — Если попадете туда, советую встретиться с Ричардом Бертоном. Его можно найти в отеле «Шеперд».

Маркиз насторожился.

Если и был человек, которого он хотел бы сейчас увидеть, то это был Ричард Бертон.

Он не читал его «Повесть о паломничестве в Эль-Медину и Мекку», которая была издана в 1855 году, но, разумеется, слышал много разговоров об этой книге.

Еще во время плавания маркиз пожалел, что не догадался запастись в дорогу полным собранием книг Бертона.

Ему надо было бы побольше узнать о стране, которую он собирался посетить, и, разумеется, прочесть все, что только можно, о самой Мекке.

Внезапно ему пришло в голову, что слова Джона Андерсона — это знак свыше.

На мгновение он уже готов был поверить, что сами боги руководят его судьбой.

— Вы уверены, что если я отправлюсь в Каир, то еще застану там Бертона? — спросил с тревогой маркиз.

— Я был там три дня назад, — ответил майор, — и понял из разговора с ним, что он не собирается никуда уезжать, пока не получит разрешение на поиски золота, залежи которого, по его мнению, должны быть в Хадрамауте.

— Значит, я должен спешить туда, — твердо сказал маркиз.

— Кстати, — добавил Андерсон, — Бертон остановился там под именем доктора Абдаллаха, патана*.

Вернувшись на яхту, маркиз велел своему камердинеру сложить вещи, и двумя часами позже был уже в поезде, идущем в Каир.

Об этом городе говорили, что если прожить там достаточно долго, можно встретить всех ваших знакомых.

Приехав, маркиз снял лучший номер и, узнав, что «доктор Абдаллах» в отеле, поспешно послал ему записку с приглашением.

Ожидая ответа, маркиз вспоминал все, что знал об этом человеке.

Бертон был исследователем и путешественником; он побывал во многих экзотических странах и о каждой написал книгу.

Маркиз не забыл, как его друзья горячо обсуждали книги Бертона «Газель и Голубые горы», а также «Соколиная охота в долине Инда».

---

* Патаны — одно из племен Афганистана.

Цветы пустыни

Он сам совсем недавно прочел «Два путешествия в страну горилл».

К тому же он смутно помнил, что на ленче у премьер-министра сам Гладстон высоко отзывался о книге Бертона «Скалистые горы в Калифорнии».

А еще кто-то за тем же ленчем сказал, что, по его мнению, труд, который Бертон написал о Ниле, можно назвать классическим.

Говоря о Ричарде Бертоне, люди называли его солдатом, изобретателем, археологом, антропологом, а также блестящим лингвистом.

В «Уайтс» ходила такая шутка: когда кто-нибудь говорил, что Бертон знает двадцать восемь языков, какой-нибудь остроумец непременно добавлял:

— И один из них — порнографический!

Ожидая ответа, маркиз волновался, как школьник.

Ему не терпелось познакомиться с человеком, который рисковал жизнью, здоровьем, испытал много лишений — и лишь для того, чтобы увидеть страны, где еще не ступала нога цивилизованного человека.

Маркиз был достаточно умен, чтобы понимать: на свете много великих людей и Бертон, конечно, принадлежит к ним — к тем, кому риск нужен как воздух.

Он возбуждает их разум и дух.

Хотя сейчас Бертону было пятьдесят девять лет, маркиз ничуть не удивлялся, что он хочет искать золото в Хадрамауте.

Дверь гостиной открылась, и вошел Бертон.

Как маркиз и думал, он с первого взгляда производил впечатление человека незаурядного и наделенного большой внутренней силой.

На Бертоне был бурнус, а его кожа была окрашена хной, чтобы придать ей кофейный оттенок, как у местных жителей.

Необычные глаза Бертона — темные и словно завораживающие, — высокие скулы и длинные усы, которыми он очень гордился, его худощавая подтянутая фигура наводили на мысль о персонаже волшебной сказки.

В его облике чувствовалось нечто почти жестокое, а когда они обменялись рукопожатием, маркиз ощутил, как жажда приключений, казалось, струится из Бертона.

Он весь как будто искрился наслаждением жизнью. Маркизу еще не доводилось встречать таких энергичных людей.

— Я слышал о вас, милорд, — сказал Бертон. — Не сомневаюсь, что ваши лошади действительно так хороши, как о них говорят.

— Я тоже наслышан о вас, мистер Бертон, — отвечал маркиз. — И я надеюсь, что вашу новую книгу, которая, как я понимаю, скоро будет издана, ждет такой же успех, как и предыдущие.

— «Касида» уже печатается, — сказал Бертон. — Смею думать, когда вы прочтете ее, то увидите, что это моя лучшая работа.

— Буду ждать с нетерпением, — улыбнулся маркиз. — А пока я был бы чрезвычайно благодарен, если бы вы согласились помочь мне.

Он указал на кресло. Бертон сел и взял предложенный маркизом бокал шампанского.

— Какой же помощи вы от меня ждете? — спросил он.

— Я хочу последовать вашему примеру, — ответил маркиз, — и пробраться в Мекку!

Бертон с изумлением посмотрел на маркиза.

— Это шутка?

— Нет, я абсолютно серьезен, — сказал маркиз. — И я бы очень гордился тем, что мне довелось пройти по вашим следам.

— Но, милый юноша, это невозможно! — воскликнул Бертон.

— Почему? — поинтересовался маркиз.

— Да просто потому, что вас схватят еще до того, как вы сделаете первый шаг в Мекке, не говоря уже о том, чтобы войти в Каабу!

Маркиз выпятил подбородок и твердо сказал:

— Я все равно пойду!

— Тогда я могу лишь надеяться, что вы составили завещание!

Маркиз сделал глоток шампанского и проговорил:

— Это слишком длинная история, чтобы рассказывать ее целиком, но поскольку я попал в неприятную ситуацию и к тому же заключил пари, что попаду в Мекку, отступать уже поздно.

Бертон засмеялся. Это был смех человека, искренне удивленного.

— Я понимаю, конечно, я понимаю, — проговорил он. — Но я не думаю, что вами, как мной, руководит внутренняя потребность исследовать то, что никогда не исследовалось прежде, или желание бросить вызов самим богам, притворившись кем-то, кем на самом деле не являешься!

— Я уверен, — сказал маркиз, стараясь быть как можно более убедительным, — что с вашей помощью мне удастся осуществить задуманное.

— А вы не задумывались о том, как сможете обойтись без знания арабского языка? — спросил Бертон.

Маркиз кивнул.

— Я понимаю, что это основное препятствие, — согласился он. — Я собираюсь найти учителя арабского языка. К счастью, я очень способен к языкам и знаю все самые распространенные.

— Арабский несколько сложнее, чем прочие, — заметил Бертон.

— А если я все же не смогу овладеть им в совершенстве, — продолжал маркиз, словно не слыша, — я попробую отправиться туда в сопровождении кого-то, кому я могу доверять, а сам притворюсь глухонемым. Может быть, и обойдется.

Бертон опять рассмеялся.

— Может, да, а может, и нет, — сказал он. — Однако я восхищен вашей твердостью духа и воображением. Дайте мне подумать...

Бертон положил руку на лоб, словно хотел получше сосредоточиться. Наконец он сказал:

— У меня есть предложение, и я надеюсь, что вы найдете его разумным. Забудьте на время о Мекке и отправляйтесь сначала на юг Аравии.

Маркиз внимательно слушал, и Бертон продолжал:

— Пройдите Аден, но не останавливайтесь там, а бросьте якорь в Кане — это порт приблизительно в трехстах километрах к востоку. — Бертон помолчал. — Первоначально Кана была построена для кораблей, перевозящих ладан. Один греческий автор называл его «духами богов». — Он улыбнулся. — Во всем дохристианском мире на него был бешеный спрос.

Маркиз не совсем понимал, какое это имеет отношение к нему, а Бертон продолжал:

— В Кане вы найдете человека, который предоставит вам проводника, верблюда и, что самое важное, поможет вам изменить внешность.

Маркиз затаил дыхание. Это в точности соответствовало его желаниям.

— Имя этого человека, — говорил тем временем Бертон, — Селим Махана, и если вы скажете ему, что это я послал вас, он сделает все, что в его силах, чтобы помочь вам.

— Я вам весьма благодарен.

— Путь от Каны до Мекки неблизок, — предупредил Бертон маркиза. — Но мне кажется, что для вас безопаснее подойти к священному городу с юга, чем с севера, как делают все.

Он помолчал и выразительно добавил:

— Но какой бы путь вы ни избрали, все равно это очень опасная и, с моей точки зрения, безрассудная затея. В то же время, если вы преуспеете, то обогатите свою душу впечатлениями, которых вы больше нигде не встретите.

— Именно эту цель я и преследую, — невозмутимо сказал маркиз. — За исключением, разумеется, пари.

— Тогда да пребудет с вами милость Аллаха, — сказал Бертон. — Но должен предупредить вас, что если вы потерпите неудачу, вас ждут ужасные пытки. Вы будете умирать долго и очень мучительно!

Маркиз ничего не ответил, и Бертон поднялся на ноги.

— У меня в номере есть одна вещь, и я хотел бы дать ее вам, — сказал он и вышел.

Маркиз остался сидеть, размышляя над тем, что услышал от Бертона.

Несомненно, ему выпала большая удача.

Он заручился помощью человека, который был известен как один из самых выдающихся исследователей Аравии в мире.

И без предупреждения Бертона маркиз понимал, что у него мало надежды попасть в Мекку и остаться в живых.

Как любой человек на его месте, он не мог не спросить себя — действительно ли стоит ли идти на такой риск.

Потом маркиз подумал, что он дал слово и, значит, должен его сдержать.

Вернуться в Англию, признав свою трусость, было бы во сто крат хуже, чем погибнуть от рук фанатиков-мусульман.

— Черт побери, я сделаю то, что задумал! — воскликнул он.

В эту минуту открылась дверь. Ричард Бертон вернулся.

Маркиз мог только гадать, что собирается подарить ему Бертон.

Но он никак не предполагал, что тот протянет ему небольшую книгу.

— Это ваша? — спросил он, прежде чем Бертон успел что-то сказать.

— Нет, она написана человеком, которым я восхищаюсь и дружбой с которым горжусь — профессором Эдмундом Тевином.

Маркиз молчал, ожидая продолжения, и Бертон сказал:

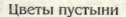

— Вероятно, вы удивлены, что я рассказываю вам о торговле миррой и ладаном в незапамятные времена, но место, куда вы направитесь, находится на пути, которым караваны шли из Омана через Аравию. Они проходили как раз мимо Мекки.

Маркиз все понял и продолжил за Бертона:

— Потом они достигали Петры, откуда драгоценный груз отправлялся в Египет, Рим и Грецию. И, вероятно, в наше время этим путем тоже пользуются, не так ли? Другими словами, вы хотите, чтобы я отправился с караваном под видом купца.

Бертон кивнул.

— Безопаснее всего было бы ехать с собственным караваном. Однако у Селима могут быть другие идеи, и я советую вам поступить так, как предложит он.

— Я могу только от всего сердца поблагодарить вас, — сказал маркиз.

— Надеюсь лишь, что я не ошибаюсь, считая, что это будет самый безопасный путь, — ответил Бертон. — Впрочем, я никогда не стану отговаривать человека, который желает повидать мир! Ничто не приносит такого удовлетворения, как достижение цели, особенно если все уверены, что вы потерпите неудачу.

Маркиз рассмеялся.

— Вполне могу вас понять и чувствую, что в эту минуту у вас в голове уже зреет план новой экспедиции.

Бертон сел и протянул маркизу пустой бокал, чтобы тот его наполнил.

— Я абсолютно убежден, — сказал он, — что золото в изобилии можно найти в Хадрамауте.

— Тогда пью за ваш успех, — сказал маркиз.

— А я за ваш! — откликнулся Бертон. — Наши судьбы в руках Аллаха!

С этими словами он поднял свой бокал.

Медина ехала к побережью, и горячий ветер обжигал ей кожу.

Солнце палило нещадно. Не проехав и десяти миль, Медина уже изнемогала от зноя.

Хотя дромадер бежал быстро, она чувствовала, что все равно не успеет до темноты добраться до Каны, и подумала, что разумнее было бы ехать помедленнее.

А лучше всего было бы остаться с караваном.

Но мысль о могиле, оставшейся на холме над Марибом, гнала ее вперед.

Прежде чем остаться один на один со своим будущим, она хотела рассказать Селиму о том, что случилось.

Поэтому, увидев черный вулканический выступ, который арабы окрестили Хизн Аль-Гураб — «Крепость Воронов», — она испытала огромное облегчение.

Теперь до цели оставалось чуть больше мили.

Дромадер несся по пескам с бешеной скоростью; арабы никогда не заставляли верблюдов так мчаться.

Этим вечером Медина не представляла себе, как часто бывало, Кану в те дни, когда этот город был крупным портом, одним из центров торговли благовониями.

Ее отец рассказывал ей, что в середине второго века нашей эры южная Аравия отправляла в Грецию и Рим более трех тысяч тонн ладана ежегодно.

Несколькими тысячелетиями раньше египтяне использовали «духи богов», как они называли его, в своих религиозных церемониях.

Еще отец говорил Медине, что «отец истории» Геродот писал в 450 году до н. э.:

— *Вся страна благоухает аравийскими притираниями, и этот аромат вдыхать удивительно приятно.*

Теперь от былого величия Каны не осталось и следа.

Во времена средневековья сонный городок дальше по побережью отнял у нее славу главного порта Хадрамаута.

Ныне лишь несколько деревянных суденышек поскрипывали у пристани, и полуголые, мокрые от пота грузчики несли, чертыхаясь, в глубокие трюмы кожаные мешки и тюки с благовониями.

Не кричали солдаты, писцы и нищие-попрошайки, не ревели сотни верблюдов.

Вместо этого Кана превратилась в тихий небольшой городок, имеющий значение только для одного человека.

В сумерках Медина достигла города.

Никто не обращал на нее никакого внимания, пока она ехала мимо далеко отстоящих друг от друга домов.

Миновав мечеть, Медина направила своего дромадера туда, где стоял дом, окруженный внутренним двориком. Он выглядел чуть побогаче соседних.

Арабчонок, который подремывал на ступеньках, зашевелился и неторопливо поднялся, когда она велела верблюду лечь.

Когда дромадер опустился, Медина соскочила на землю и быстро, взбежав по лесенке на крыльцо, вошла в приоткрытую дверь.

В коридоре было темно, но Медине не требовалось света. Она знала дорогу.

Дойдя до конца коридора, она постучала в еще одну дверь и, не дожидаясь ответа, открыла ее.

В комнате, где по стенам висела целая коллекция оружия, украшений и древних горшков, она увидела того, кого и ожидала увидеть: Селима Махану.

Это был высокий тучный мужчина. Он был одет в длинные белые одежды и носил на поясе тяжелый, украшенный драгоценными камнями «джамбин» — традиционный арабский кривой кинжал.

Он курил кальян, но, увидев Медину, отложил его и радостно воскликнул:

— Ты вернулась!

Медина почтительно поклонилась Селиму, а потом подошла к нему и села рядом, скрестив по-турецки ноги.

На ней был бурнус, а под ним — «снаб»: длинная, от шеи до лодыжек, рубашка, завязывающаяся спереди по всей длине.

На голове у Медины была алая «махрана» — кусок шелка, удерживаемый на волосах повязкой из той же ткани, называемой «юкал».

За «хизам» — то есть кушак — у нее был заткнут кинжал.

Глядя на нее, никто не догадался бы, что перед ним девушка.

Оглянувшись через плечо, чтобы убедиться, что дверь закрыта, она сняла махрану и тряхнула головой, словно пыталась избавиться от напряжения, вызванного скачкой на дромадере.

Ее волосы, примятые шелком, разлетелись и заиграли, словно живые.

Потом они замерли и упали мягкими волнами по обе стороны ее прекрасного личика. Большие глаза Медины были подведены темной краской, как и брови, а кожа имела тот кофейный оттенок, который свойственен всем арабам.

Так что не приходилось удивляться тому, что караванщики, да и любой в Кане, кроме Селима, принимал ее за юношу. Медина молчала, но Селим почувствовал, что случилась беда.

— Твой отец? — спросил он.

Медина судорожно вздохнула.

— Отец... умер... в Марибе.

— Да примет Аллах его душу, — привычно сказал Селим. — Как это случилось?

— Он знал еще до поездки, что сердце у него плохое, — отвечала Медина. — Но ты же помнишь, как он хотел поехать. Я умоляла его подождать немного и отдохнуть, но он меня не послушал.

— Твой отец был очень нетерпелив, — пробормотал Селим.

— Я никогда еще не видела его в таком замечательном настроении, — продолжала Медина. — Шесть дней назад мы отправились ночью вдвоем, чтобы выкопать то, что он искал... Он начал рыть и внезапно... Без всякого предупреждения... Упал.

Голос ее пресекся, но она справилась с собой и продолжала:

— Я поняла, едва коснувшись его, что он... мертв... И я знаю, что... именно так он бы и хотел умереть.

— Это так, — сказал Селим. — Прими мои сожаления! Мне будет его не хватать. Он был большим человеком.

— Я любила его, — сказала Медина. — И мне... Мне страшно смотреть в будущее... Без него.

В ее голосе звучала неподдельная скорбь. Теперь она уже не была похожа на юношу, вбежавшего в комнату. Сейчас это была девушка или, скорее, девочка, убитая горем.

Ее большие глаза наполнились слезами.

— О, Селим, как я буду... жить без него? — вскричала она, и этот крик, казалось, вырвался из самой глубины ее сердца.

— Ты должна вернуться домой, дитя, — ласково произнес Селим.

— Я знаю, — кивнула Медина. — Но ты даже не представляешь себе... как это трудно.

— У тебя есть в Англии родные или друзья?

— Друзья — нет. Родные есть, но... — Из горла ее вырвалось сдавленное рыдание. — Я не могу... Я не хочу их видеть! Они так рассердились на отца за то, что он взял меня с собой. Если я вернусь, они сразу начнут вспоминать об этом. Я не вынесу, если кто-то при мне будет говорить о нем плохо... Ведь он был такой замечательный!

Селим не отвечал.

Он вновь раскурил кальян, и только бульканье воды нарушало тишину.

Медина обвела комнату полубезумным взглядом.

— Я не вернусь домой! — воскликнула она. — Я останусь здесь, я буду твоим работником! Ты так хорошо умеешь изменить внешность человека... Никто никогда не должен узнать, что я... к моему великому сожалению... женщина...

— Тебя это, может, и огорчает, — спокойно сказал Селим, — но твой отец часто говорил мне, что ты очень красивая девушка и тебе пора выйти замуж.

— Я никогда не выйду замуж! — твердо сказала Медина.

— Почему же?

— Потому, что у меня нет никакого желания стать унылой, скучной женой, которая соглашается со всем, что говорит муж, и которой жизнь в Англии кажется ужасно монотонной!

Она издала звук, похожий на всхлип, но взяла себя в руки и продолжала:

— С отцом я могла столько увидеть, все обсудить, обдумать и понять — не только в Кане, но и в самой себе... В собственном сердце.

Она прерывисто вздохнула.

— О, Селим, Селим! Как я это переживу? Как я могу вернуться домой одна... Без отца?

Слезы побежали по ее щекам, и она вытерла их, как ребенок, тыльной стороной ладони.

— Ты должна отдать свою судьбу в руки Аллаха, — спокойно сказал Селим. — Впрочем, у меня есть к тебе предложение.

Как будто зная, каким оно будет, Медина склонила голову и снова вытерла слезы.

Ей было немного стыдно за такое проявление чувств, но Селим был ее единственным другом на всем белом свете, единственным человеком, на которого она могла положиться теперь, когда ее отец умер.

Десять лет назад, когда ей было лишь восемь лет, профессор Эдмунд Тевин покинул свой дом в Англии. Он уехал сразу после похорон жены.

Его родственники и родственники его покойной супруги объединились против него.

Они заявили ему, что он не имеет права брать свою единственную дочь с собой в путешествие.

Все девять лет их брака его жена повсюду сопровождала профессора.

Это приводило в ужас ее отца и мать, а также трех сестер и двух братьев. Они невзлюбили Эдмунда с той самой минуты, когда он женился на Элизабет.

А то обстоятельство, что она была безмерно счастлива, путешествуя с мужем по всему свету, «словно цыгане», как выражались родные, никто не хотел принимать всерьез.

Ее отец принадлежал к одной из влиятельнейших фамилий графства и настаивал, чтобы его дочь вышла замуж за генеральского сына.

Юноша был покорен ее красотой с первой же встречи.

И он, вероятно, стал бы ее супругом, если бы не случилось так, что Элизабет встретила Эдмунда Тевина.

Он был героем ее девичьих грез, мужчиной, какие, она думала, существовали только в ее воображении.

Эдмунд Тевин, которому в то время было уже за тридцать, стал известен благодаря своим книгам о путешествиях по Аравии.

Он решил никогда не жениться, поскольку не имел намерения «сидеть сиднем» и жить на небольшие деньги, получаемые от отца. Средства на жизнь он зарабатывал литературным трудом.

Цветы пустыни

Но так же, как и Элизабет сразу поняла, что нашла свою недостающую половину, он почувствовал то же самое относительно нее.

Они поженились через три недели после знакомства и сразу же отправились в Аравию — в свадебное путешествие.

Аравия в те времена была еще малоизученной страной. Большинство племен, населяющих ее, относились к незнакомцам враждебно.

Любая другая женщина пришла бы в ужас — но Элизабет все это нравилось.

Она предпочла бы жить на краю пропасти с Эдмундом, чем восседать на английском троне без него!

Лишения и опасности, которые они пережили вместе, и книги, которые Эдмунд написал об их приключениях, укрепили их любовь, и они не расставались ни на день.

Только после того, как родилась Медина, Эдмунд согласился, что пора завести собственный дом.

Отец Элизабет подарил ему дом в своих владениях.

Там Эдмунд писал свои книги о путешествиях длиной в тысячи миль, которые он совершил вместе с женой.

Но потом, когда они вернулись из Судана, Элизабет внезапно заболела неизвестной восточной болезнью. Ни один доктор не мог определить, что это за болезнь, не говоря уже о том, чтобы найти средство от нее.

Элизабет таяла день ото дня.

Она исхудала, от нее остались только глаза, по-прежнему полные любви к мужу, и губы, которые повторяли, как она любит его.

Она умерла, и дом, в котором они были так счастливы, стал для Эдмунда тюрьмой. Он понял, что должен бежать отсюда, и как можно быстрее.

Родные Элизабет предвидели, что он так поступит.

Но они не ожидали, что он захочет взять с собой и Медину. Они обрушили на него лавину яростных протестов, но он даже не стал их слушать.

Им ничего не оставалось, как отступить, потому что он был отцом ребенка и мог делать все, что ему заблагорассудится.

Он уехал из Англии через три дня после похорон Элизабет и увез Медину с собой.

Девочку назвали Мединой, потому что, по словам Эдмунда, из всех городов, где ему довелось побывать, Медина была самым красивым и самым необычным.

Он не смог бы точно сказать, почему она показалась ему такой, но все же его не покидало ощущение, что Мадинат-аль-Наби, Город Пророков, способен дать человеку гораздо больше, чем любой другой город мира.

Наверное, у каждого путешественника есть свое священное место, где его душа поднимается к небесам и он может коснуться звезд, которые всегда казались недостижимыми.

Именно таким местом была для Эдмунда Тевина Медина.

Поэтому он нарек дочь Мединой, и, надо сказать, англичане нашли это имя диковинным и нехристианским.

Путешествуя с отцом, Медина была полностью счастлива.

Для нее он был самым незаурядным и самым лучшим человеком во всем белом свете.

Он учил дочь всему, что знал сам, и в особенности — наречиям различных аравийских племен.

Медина с полным правом могла утверждать, что может отправиться в любую часть Аравийского полуострова и по выговору никто не отличит ее от туземцев.

Она нашла, что проще путешествовать с отцом под видом мужчины. Поскольку она ненавидела закрывать лицо, ей пришлось обрезать волосы.

Сначала Медина одевалась, как все арабские мальчики, а потом, повзрослев, стала носить одежду юноши.

К счастью, она была достаточно высокого роста, чтобы никто ничего не заподозрил.

Благодаря постоянной физической нагрузке и умеренной жизни, которую они с отцом вели в путешествиях, ее тело было сильным и стройным.

Только Селим знал правду, потому что они с отцом уже давно были друзьями.

Рвение, с которым он занимался изменением внешности Медины, ясно говорило о том, что Селим оценил ее ум и предусмотрительность.

Сейчас, глядя на ее горе, он понимал, какой пустой и безрадостной станет ее жизнь без отца, но все же сказал спокойно:

— Я должен был бы настоять на твоем возвращении в Англию. Но прежде чем ты уедешь на родину, я хочу предложить тебе принять участие в приключении, которое, я уверен, будет тебе по душе.

— В каком же? — спросила Медина.

Селим вновь придвинул к себе кальян:

— Сегодня ко мне приезжает англичанин. Его послал сюда мистер Бертон.

Медина подняла голову. К ней уже вернулись силы, и в глазах вспыхнул огонек надежды.

В эту минуту она была очень красива, хотя и не сознавала этого.

У нее был безукоризненной формы нос, твердо очерченный подбородок, длинная шея и гордая посадка головы, которую оценил бы любой знаток женской красоты.

— Что ему нужно? — спросила она, поскольку Селим замолчал.

— Он хочет проникнуть в Мекку, — ответил Селим. — И он не лжет, потому что Ричард Бертон сказал, что я стану ему помогать, только если он будет честен со мной.

— Он так тебе доверяет? Не знаю, мудро ли это.

— Он умный человек! И сумел оценить меня, — ответил Селим. — Я понял это по его глазам, и я могу читать в его мыслях.

Медина не была этим удивлена.

Она знала, что Селим наделен поразительной восприимчивостью, позволяющей ему понимать чувства и мысли других людей.

На всем Аравийском полуострове не было человека, который решился бы его обмануть, и всем было известно, что Селим никогда не злоупотребляет ничьим доверием.

— Зачем ему понадобилась Мекка? — спросила Медина.

— И снова он был честен со мной, — заметил Селим. — Он сказал мне, что поспорил с товарищем, но истинная причина лежит гораздо глубже!

Он на мгновение нахмурился и добавил:

— Я сразу понял, что он скрывается от кого-то — от женщины, я подозреваю! Чтобы избегнуть ее притязаний, он приехал в Аравию и решил предпринять это паломничество, на которое отважились бы немногие.

— Ничего удивительного! — сказала Медина. — Вспомни того человека, который два года назад умер столь нехорошей смертью!

В голосе ее прозвучал оттенок ужаса, и Селим не был этим удивлен.

Погонщики верблюдов рассказали, какая участь постигла человека, который нанял их и попытался пробраться в Каабу.

Ужасных подробностей его смерти хватило бы, чтобы дрогнуло сердце даже самого стойкого человека.

Несколько дней после этого Медина была сама не своя и почти все время молчала.

Было очень мало надежды, что она когда-нибудь забудет то, что услышала от погонщиков.

— Ты, конечно, попробовал его отговорить? — спросила она Селима.

— Я оставил эту попытку тебе.

— Мне?

— Ричард Бертон обещал этому англичанину, что я найду ему проводника, которому можно доверять.

— Ты хочешь сказать, что я... поведу его в Мекку?

— Путь до Мекки неблизкий, — с улыбкой сказал Селим, — и по дороге вам будет на что посмотреть!

Медина рассмеялась, и ее темные глаза осветились изнутри.

— О, Селим! — воскликнула она. — Какой ты хитрец! Конечно, это разумно. Если бы ты стал его отговаривать, он мог бы попытаться добраться до Мекки без твоей помощи.

— *Ты* поможешь ему. — Селим сделал жест, который был гораздо выразительнее этих слов.

— Ну конечно! — сказала Медина. — А по пути я и впрямь увижу много нового.

Она на мгновение задумалась и добавила:

— Я хотела бы взглянуть на этого английского господина... Но сначала мне нужно поспать.

— Комната ждет тебя, дитя мое.

Медина поднялась на ноги и внезапно почувствовала, что ужасно устала.

— Еду тебе принесут, — продолжал Селим. — А когда ты закроешь глаза, подумай о том, что твой отец сейчас пребывает в покое с Аллахом.

— Я знаю, что отец хотел бы, чтобы ты... помог мне... И именно это ты уже сделал... — тихо сказала Медина.

Она поклонилась Селиму, надела махрану и закрыла лицо свободным концом.

Потом она вышла из комнаты.

Селим откинулся на подушки.

— Да не оставит ее Аллах своей милостью! — чуть слышно пробормотал он.

Глава 3

Расставшись с Ричардом Бертоном, маркиз первым делом отправился в самый большой в Каире книжный магазин.

Он купил по экземпляру всех книг об Аравии, которые там имелись.

Впрочем, их было немного, в основном французские или немецкие, но, к счастью, маркиз знал эти языки.

Еще ему встретилась книга, посвященная собственно арабам, и маркиз решил, что она тоже может оказаться полезной.

Потом он поехал в британское посольство и осведомился, нет ли у них человека, который мог бы учить его арабскому языку, а заодно составить ему компанию в плавании по Красному морю.

— Вероятно, я задержусь на некоторое время в Порт-Судане, — высокомерно сказал он, — но это зависит от того, насколько интересной мне покажется эта часть побережья.

Секретарь посольства ушел, пообещав выяснить, что можно сделать, и вернулся с хорошими новостями.

— У нас в штате есть человек, милорд, — сказал он маркизу, — приехавший из Омана. Через месяц он выходит на пенсию.

Глаза маркиза вспыхнули. Он еще раз подумал, что судьба явно благоволит к нему.

— Он известный ученый, — продолжал секретарь, — и я уверен, если мы отпустим его на пенсию месяцем раньше, он будет рад совершить небольшое путешествие на таком комфортабельном судне, как яхта вашей светлости.

Маркиз едва мог поверить в такую удачу.

С первой минуты знакомства со своим учителем арабского языка маркизу стало ясно, что это действительно весьма культурный и образованный человек.

Отплытие пришлось задержать на день, потому что арабу надо было собрать вещи.

Маркиз послал телеграмму Бертону, извещая его о том, что будет держать с ним связь через британское консульство в Адене.

Маркиз понимал, что в Южной Аравии больше нет места, где могут принять телеграмму.

Посол пригласил его отобедать, и из беседы с ним маркиз узнал об Аравии много такого, чего не знал прежде.

На следующий день он вернулся в Каир со своим преподавателем.

Едва они поднялись на борт «Морского Ястреба», маркиз принялся за изучение арабского языка с таким рвением, которое удивило бы его лондонских друзей.

Язык оказался не таким сложным, как боялся маркиз.

В то же время он понял, что на его изучение потребуется гораздо больше времени, чем он думал сначала.

Тем временем яхта миновала Суэцкий канал, который был вырыт за девять лет до этого, и вошла в Красное море.

Когда они достигли Джидды — ближайшего к Мекке порта, — маркиз убедился, что правильно сделал, послушав совета Бертона плыть дальше.

Один лишь зной сделал бы смертельными для маркиза сто тридцать миль, отделяющие побережье от Священного Города.

Маркиз был достаточно осторожен, чтобы не показать своему учителю, что особенно интересуется Меккой.

Все свободное время он посвящал изучению не только языка, но также обычаев различных народов и племен. Познания Абдула Рая в этой области были необычайно обширны.

Он был вполне доволен предложением маркиза отправиться в Кану.

Там Абдул собирался сесть на корабль, который доставил бы его в Маскат.

Или же он мог присоединиться к каравану, возвращающемуся за новым грузом ладана в Дофар.

Маркиза весьма заинтересовала книга, которую ему подарил Бертон, и поэтому он искал другие труды, посвященные той же теме.

Раньше он обо всем этом и понятия не имел и теперь хотел узнать побольше о торговле благовониями.

Он с интересом узнал, что в римском мире ладан применялся в обрядах сожжения умерших.

Он прочел, что Нерон на похороны своей супруги Поппеи истратил столько ладана, сколько его собирали в Аравии за год.

И все же твердое намерение достичь Мекки не покидало его, и это было важнее всего остального.

Маркиз полагал, что хадж, предпринятый им, не только станет ответом на притязания Эстер, но и возвысит его в собственных глазах.

За время плавания по Средиземному морю маркиз, возможно, впервые за много лет взглянул на себя со стороны и не был в восторге от того, что увидел.

Он понял, как понял еще раньше Руперт, что впустую растрачивал время на женщин, которые иногда и способны разжечь в мужчине огонь страстей, но не дают никакой пищи для его души.

В этом смысле Эстер с ее неземной красотой, по сути, ничем не отличалась от прочих красавиц.

Он истратил на них уйму времени, не говоря уже об огромном количестве денег.

Попытка Эстер навязать ему чужого ребенка оскорбляла его и приводила в бешенство.

И все же маркиз был достаточно честен, чтобы признать, что рано или поздно что-то подобное неизбежно произошло бы.

И корень зла был не только в Эстер, но и в нем самом.

«Как я мог быть настолько наивным, — сердито спрашивал себя маркиз, — чтобы доверять ей и, расставаясь с ней, надеяться на ее порядочность?»

Тот же самый вопрос он задавал себе, еще когда «Морской Ястреб» боролся с бушующим морем в Бискайском заливе, и ярость его вздымалась, подобно зеленым волнам, обрушивающимся на яхту.

Потом он сказал себе, что Эстер не стоит его гнева и он сам во всем виноват.

Маркиз понимал, что на самом деле к настоящему времени он уже должен был бы жениться и жить с семьей, заняв свое законное место не только при дворе, но и в графстве, как в свое время его отец.

Однако, зная себя, он отдавал себе отчет в том, что любая из юных прелестниц, которых его родственники считали возможными претендентками на роль маркизы Энджелстоун, наскучила бы ему через пару недель.

Маркиз знал, что в аристократических семьях деньги всегда достаются старшему сыну, который наследует титул и поместье.

А младших, как правило, отправляют в привилегированное частное учебное заведение и потом — в университет.

Но судьба девочек в этом смысле была гораздо менее завидна: за редким исключением их учили гувернантки, чьи знания лишь немногим отличались от их собственных.

В результате девушка приобретала изящные манеры и умение хорошо одеваться, но ее ум совершенно не развивался.

Все ее интересы и все умение вести беседу сводились к бесконечному пересказу сплетен.

«Как избежать участи жить с такой женой?» — думал маркиз.

Ответ был очевиден, и он в очередной раз дал себе слово никогда не жениться.

Однако жить без женских чар и обаяния невозможно, и маркиз легко поддавался на уговоры искушенных в любви красавиц высшего света.

Как правило, это были замужние женщины или вдовы, абсолютно непохожие на неискушенных, застенчивых и неуклюжих девиц, которых маркиз не раз встречал на своем пути, хотя и избегал.

Эстер открыла ему глаза на опасности, с которыми можно столкнуться, имея дело с вдовой.

А в прошлом маркизу не раз приходилась проявлять осторожность и изворотливость, чтобы не возбудить ревности в чьем-нибудь муже.

Оскорбленный джентльмен, безусловно, вызвал бы его на дуэль, а дуэли были запрещены королевой.

И все же лучше запрещенная дуэль, чем шантаж со стороны Эстер.

— Будьте прокляты женщины! Будьте прокляты все женщины! — восклицал маркиз, пока «Морской Ястреб» нес его по Средиземному морю.

И теперь, изнывая от жары в Красном море, он говорил то же самое.

Маркиз даже не ожидал, что книга, которую Ричард Бертон ему подарил, произведет на него такое впечатление.

Он читал о волшебных свойствах ладана и о том, что Моисей верил, будто его воскурение способно отвести Божью кару.

Он узнал, что впервые ладан упоминается в древнеегипетской «Книге Мертвых» в качестве средства, гарантирующего благополучный переход в мир духов.

Читая эту книгу, он все яснее понимал, зачем Ричард Бертон подарил ее ему.

Хотя из других книг маркиз тоже почерпнул немало полезного, он снова и снова возвращался к «Духам богов».

Ему казалось, что он вновь чувствует аромат ладана, знакомый ему по католическим церквам, только теперь этот запах приобрел для него совершенно иной смысл.

К тому времени, когда «Морской Ястреб» пришвартовался к заброшенной пристани Каны, маркиз уже мог вполне сносно изъясняться по-арабски и понимать, что говорят другие.

Он щедро заплатил своему преподавателю, а потом отправился на берег, искать друга Ричарда Бертона.

Идя по городу, он ощущал небывалый душевный подъем и волнение.

Это было похоже на то, что он испытывал на скачках, когда до финиша оставались считанные ярды и можно было надеяться на победу в очень сложном заезде.

Спускаясь по узкой улочке, ведущей к дому Селима Маханы, маркиз не замечал, что те немногие люди, которые наблюдают за ним, смотрят на него так, словно с трудом верят, что это не пришелец с другой планеты.

Чужеземец в Кане был весьма редким явлением.

А те, кого заносило сюда, не слишком интересовались полунищими торговцами и женщинами под паранджой, снующими по маленькому городскому базару.

Заручившись обещанием Селима подыскать ему хорошего проводника, маркиз вернулся на яхту, радуясь, что преодолел первое препятствие на пути в Священный Город.

Пока все шло даже лучше, чем ожидалось, и маркизу оставалось только молиться, чтобы не оказаться разочарованным, когда он придет к Махане на следующий день.

Маркиз хорошо знал, что на Востоке все делается без спешки, и понимал, что ему, вероятно, придется задержаться в Кане на неделю, а то и дольше.

Однако он с первого взгляда почувствовал, что Селим Махана — человек исключительный. Он был не из тех, кому маркиз мог бы отдать приказ и ждать, что его воля будет исполнена «с особым усердием».

Он отдавал себе отчет в том, что Селим сам обладает правом требовать подчинения, и он должен уважать это право, если не хочет уйти с пустыми руками.

Маркиз был достаточно проницателен, чтобы понять: в этом деле главную роль играют не деньги.

Было в Селиме что-то такое, что отличало его от других арабов, с которыми маркизу довелось за это время встречаться, а также от большинства англичан, да и вообще от обычных людей.

Маркизу пришло в голову, что, помогая тому или иному человеку, Селим Махана руководствовался какими-то своими, недоступными другим людям соображениями.

Он напоминал художника-ковродела, ткущего замысловатый узор, или писателя, как Ричард Бертон.

Маркиз не сомневался, что Селим верит, будто его направляет рука Аллаха.

Поэтому он заранее был готов к тому, чтобы всецело доверить свою судьбу Махане и согласиться на любые его предложения.

От маркиза не укрылось, что пока он прощупывает Селима с помощью своей интуиции, тот делает то же самое по отношению к нему.

Позже, ночью, лежа у себя в каюте, маркиз подумал, что это — часть тайного знания Востока.

Здесь человек судил человека, основываясь на своем впечатлении от него, а не на том, что мог прочесть о нем на клочке бумаги.

Возвращаясь на следующий день к дому Маханы, маркиз чувствовал, что перед ним открылись новые горизонты.

И хотя в этом он не был так уж уверен, в душе его тоже зарождалось что-то новое, распускаясь, как «цветок лотоса».

Маркиз нашел Селима в той же комнате и в той же позе, что накануне.

Он сел напротив хозяина на шелковые подушки, и молодой араб принес чай в пиалах — низких широких чашках без ручек.

Когда слуга ушел, маркиз был уже не в силах сдерживать любопытство.

— Вы нашли мне проводника? — спросил он.

— Я нашел вам, милорд, самого лучшего и самого опытного проводника во всей Аравии!

Маркиз понимающе кивнул, зная, что это обычная восточная склонность к преувеличениям.

— Он юн, — продолжал Селим, — но Аллах наделил его свойствами мудреца.

Маркиз удивленно поднял брови, а Селим, нимало не смущаясь, уже говорил дальше:

— Али — сын шейха, и поэтому перед ним откроются двери, закрытые для других. Вы можете всецело доверять ему и без страха отдать свою жизнь в его руки!

— Я понимаю, — сказал маркиз, — и очень вам благодарен. Когда я смогу увидеть этого юношу?

— Али Мурад здесь. Я пошлю за ним.

Селим хлопнул в ладоши, и занавеска, прикрывающая одну из дверей, слегка пошевелилась, выдавая присутствие за ней человека.

Селим отдал отрывистое распоряжение, и занавеска пошевелилась еще раз.

— Как вы думаете, у меня есть надежда попасть в Мекку? — спросил маркиз.

Задавая этот вопрос, он думал, как поступить, если Селим, как и Ричард Бертон, скажет, что это невозможно.

Но араб просто ответил:

— Кейр иншалла.

Маркиз знал, что это значит: «Если будет на то воля Аллаха». Это был типично восточный уклончивый ответ, и маркиз мог предполагать, что Селим ответит именно так.

Занавеска открылась, и в комнату вошла Медина.

Даже отец с трудом бы узнал ее в этом юноше, одетом, как одеваются арабы знатного происхождения.

Селим дал ей «аби» — белую накидку, которую носят шейхи и принцы.

Под аби на Медине была рубашка из чистого шелка и легкий розовый кафтан, перехваченный на поясе кушаком, за который был заткнут кинжал, украшенный драгоценными камнями.

Наряд довершали шаровары, стянутые у щиколоток, и желтые сандалии.

В одной руке она держала перламутровые четки, а в другой — жасминовую трубку с янтарным мундштуком.

Когда Медина, переодевшись, взглянула на себя в зеркало, ей стало смешно, но она понимала, что Селим был прав, говоря:

— Нужно сразу дать англичанину понять, что ты равна ему по происхождению и не являешься просто слугой, которому он платит.

Для пущей маскировки она надела большой белый тюрбан и очки в уродливой стальной оправе.

Никто не догадался бы, что перед ним — женщина.

Медина не раз видела шейхов, и для нее не составляло труда держаться так же властно, как они, и копировать их величавые жесты.

Селим низко поклонился ей, она же в ответ лишь слегка кивнула.

Потом она кивнула маркизу; он не встал, когда она вошла, но сделал это сейчас и протянул ей руку.

— Вот Али Мурад, милорд, — сказал Селим. — Но вы оба будете выглядеть совсем по-другому, когда выступите в путь со своим караваном.

— Он уже составлен? — спросил маркиз.

— Этим займется Али, — ответил Селим. — Он знает, кому из погонщиков можно доверять и у кого самые лучшие верблюды. — Он помолчал и спокойно добавил: — Никто не должен знать, кто вы такой, поэтому в полдень ваша яхта покинет Кану и пойдет вдоль побережья на юг.

Маркиз не отвечал, но слушал очень внимательно.

— Примерно в двух милях отсюда, — продолжал Селим, — есть бухта, где можно остановиться. Потом вы вернетесь и будете гостем в моем доме.

— Я понял! — воскликнул маркиз. — Это для того, чтобы погонщики не заподозрили во мне иностранца!

— Для них будет несчастьем сделать такое предположение, — согласился Селим.

— Тогда кто же я? — с улыбкой спросил маркиз.

— Вы — товарищ Али, торговец ладаном и миррой, и у вас есть покупатель, который ждет вас в Медине.

Глаза маркиза вспыхнули. Теперь план Селима стал ему ясен.

— Все, что от вас требуется, — продолжал араб, — это предоставить действовать Али. Путь, которым вы отправитесь, использовался на протяжении сотен лет и известен под названием «Тропа благовоний».

— Вы увидите много интересного, — сказала Медина.

Это была первая фраза, которую она произнесла за это время.

Она заставила себя говорить низким голосом, что было не так уж трудно, потому что, хоть она и проспала всю ночь, усталость еще не покинула ее.

— Я хочу, Али, — сказал Селим, — чтобы вы вернулись с его светлостью на яхту, взяв с собой только Нура.

— Кто такой Нур? — спросил маркиз.

— Это особо доверенный слуга Али, которому вы можете поведать свою тайну, потому что он будет заботиться о вашей маскировке и станет вашим телохранителем на время путешествия.

— Понимаю, — сказал маркиз.

— Больше никто, милорд, и это крайне важно, не должен заподозрить, что вы не араб.

— Очень удачно, — вставила Медина, — что у него темные волосы. Хна сделает его кожу смуглой, а через несколько дней солнце избавит нас от необходимости пользоваться краской.

Селим засмеялся:

— Это так. Он должен быть арабом и говорить как араб, или молчать.

— Я немного изучил арабский язык, — сказал маркиз по-арабски, — но я понимаю, что мои знания несовершенны.

Медина издала восхищенное восклицание.

Его произношение было гораздо лучше, чем она думала.

Зная от Селима, что маркиз учил язык только то время, которое требовалось, чтобы доплыть сюда из Каира, Медина сделала вывод, что он, несомненно, очень талантлив.

А едва войдя в комнату, она была поражена его внешностью.

Она ожидала, что у него будет такой же скучающий и высокомерный вид, как у большинства англичан.

Но Медина была совсем не готова к тому, что он окажется самым красивым мужчиной из всех, кого она когда-либо видела.

Ее отец пренебрежительно отзывался о своих английских родственниках, а также о родных ее матери.

Все они были ограниченные, подозрительные и замкнутые люди, поэтому она не надеялась, что маркиз будет чем-то от них отличаться.

Ее поразили целеустремленность и энергия, исходящие от этого человека, который, как она думала, окажется очередным богачом, который пресытился жизнью и ищет новых ощущений.

Она чувствовала, и была уверена, что не обманывается, что маркиз хочет попасть в Мекку не только затем, чтобы потом иметь возможность этим похвастаться.

Медина не сомневалась, что духовный центр всего мусульманского мира означает для него что-то большее.

Ей захотелось его испытать.

Без всяких предисловий она села перед ним, скрестив ноги, и, глядя ему в глаза, чтобы удостовериться, что он понимает ее, спросила:

— Что вы ищете?

У маркиза был наготове десяток разных ответов, но он выбрал тот, который, вероятно, дал бы на этот вопрос и отец Медины:

— Знаний!

На мгновение Медина была так поражена, что не могла вымолвить ни слова.

Потом в голове у нее мелькнуло, что, возможно, Селим посоветовал ему так сказать.

Однако она видела по его глазам, что он говорит честно и не притворяется, чтобы заслужить ее одобрение.

— Вы найдете их, — сказала она. — Но, быть может, не совсем тех, которых вы ждете.

— Я сам не знаю, чего жду, — ответил маркиз. — Но я хочу учиться, и вот я — прилежный ученик у ваших ног!

Он говорил на арабском языке, и потому эти слова не прозвучали двусмысленно, как если бы маркиз сказал их по-английски.

Селим хлопнул в ладоши.

— Хорошо, очень хорошо! — похвалил он. — Вы быстро учитесь, милорд!

— У меня был хороший учитель, — ответил маркиз. — Теперь он покинул меня, но я надеюсь, что если этот юноша продолжит со мной заниматься, то, когда мы достигнем Мекки, я буду говорить по-арабски, как любой из вас.

— Если будет на то воля Аллаха, — пробормотал Селим.

Они еще немного побеседовали, а потом Али и маркиз пошли к пристани.

Увидев «Морского Ястреба», Медина была восхищена.

Она часто жалела, что они с отцом не могут позволить себе путешествие на каком-нибудь из тех фешенебельных океанских лайнеров, которые плавали через Красное море в Индию.

Однако она никогда не стремилась к роскоши и не мечтала иметь что-нибудь такое же дорогое или красивое, как эта яхта.

Когда она поднималась на борт с маркизом, матросы бросали на нее удивленные взгляды, но делали это украдкой, потому что были хорошо вышколены.

Салон с зелеными стенами и ситцевыми шторками тоже привел ее в восторг.

Медина не могла вспомнить, когда в последний раз сидела в настоящем кресле.

Капитан повел яхту вдоль побережья к бухте, о которой говорил Селим.

Когда «Морской Ястреб» вновь встал на якорь, Медина выглянула в иллюминатор, но, как и ожидала, не увидела ни домов, ни людей — только желтый песок до самого горизонта.

Она предложила маркизу поесть перед дорогой, потому что с наступлением сумерек они должны были ехать обратно в Кану.

— Конечно, Селим предложит вам угощение, — сказала она, — но с этого дня вам долго не придется пробовать английских блюд, и вам, вероятно, будет трудно привыкнуть к нашей еде, тем более что во время путешествия она станет довольно однообразной.

Маркиз рассмеялся:

— Я обещаю не жаловаться слишком часто и надеюсь, Али, вы оцените искусство моего кока, потому что по требованиям английского вкуса он считается очень хорошим.

Он сказал это, думая, что Медина незнакома с английской едой.

Медина едва удержалась, чтобы не сказать маркизу, что они с отцом знакомились с кухнями многих народов и пришли к выводу, что им обоим больше по душе французская.

Пока длился обед, солнце постепенно клонилось к горизонту, превращаясь из ослепительно белого шара в багровый, и первые звезды уже начали зажигаться на небосводе.

Медина ела не торопясь, наслаждаясь каждым кусочком. Когда стюарды вышли из салона, маркиз сказал:

— Я жду, что вы расскажете мне о себе. Признаться, я поражен, что в вашем возрасте вы удостоились чести быть рекомендованным Селимом Маханой в качестве лучшего проводника.

— У нас еще будет время поговорить обо мне, — уклончиво сказала Медина. — Я вижу, у вас много книг. Они принесли вам пользу?

— Огромную пользу! — воскликнул маркиз. — И особенно одна, которую дал мне Ричард Бертон.

— Я весьма уважаю мистера Бертона, — сказала Медина. — Какую же книгу он дал вам?

— Она называется «Духи богов», — ответил маркиз, — и с ее автором я надеюсь встретиться, пока нахожусь в Аравии. Его зовут Эдмунд Тевин, он профессор.

Медина затаила дыхание.

К этому она была не готова и не сразу нашла в себе силы сказать:

— Я... читал книгу, о которой вы говорите, и... нашел ее весьма увлекательной.

— Вы умеете читать по-английски?

— Да.

— Тогда вам будет легче меня понять, — сказал маркиз. — По моему мнению, это одна из самых интересных и необычных книг, которые я когда-либо читал!

Медина подумала, что она почувствовала то же самое, когда впервые прочла эту книгу отца.

Она знала, что отец гордился ею больше, чем всеми остальными.

— Наверное, — продолжал маркиз, словно размышляя вслух, — мне не следует брать ее с собой. Людям может показаться подозрительным, что арабский купец читает английские книги.

— В крайнем случае вы всегда можете сказать, что она принадлежит мне, — улыбнулась Медина.

— Тогда я непременно должен ее взять, — твердо сказал маркиз. — Но, вероятно, мне пора переодеваться?

Медина видела, что ему не терпится отправиться в путь.

— Нур будет ждать вас в вашей каюте, — сказала она. — И я был бы благодарен вашей светлости, если, когда он закончит, вы прислали бы его ко мне.

— Вы тоже собираетесь изменить внешность? — с удивлением спросил маркиз.

— Селим скажет вам, что люди в Кане чересчур любопытны, — отвечала Медина. — Завтра утром в доме Селима будут два обычных араба, которыми вряд ли кто-нибудь заинтересуется.

— И кем буду я? — поинтересовался маркиз.

— Ваше имя — Абдул Мурид, — сказала Медина. — Вы наполовину араб, наполовину патан. Бертон тоже пользовался такой маскировкой.

— Тогда я могу лишь надеяться, что мне повезет так же, как ему! — ответил маркиз. — И раз он совершенно уверен, что я не добьюсь успеха, вы должны помочь мне доказать, что он ошибается!

— Мы можем только пробовать, — сказала Медина, — надеясь на милость Аллаха.

Маркиз показал ей каюту рядом со своей, где она могла бы переодеться, и Медина принялась терпеливо ждать Нура.

Обстановка каюты ей тоже очень понравилась.

У одной стены помещался туалетный столик, возле другой находились стенные шкафы и гардеробы, куда гости маркиза могли убирать одежду.

Пол был укрыт толстым пушистым ковром, большая кровать была мягкой, а белье на ней — с кружевными прошивками.

Она подумала — и не ошиблась, — что эта каюта предназначалась для дам.

Медина не знала, сколько женщин здесь побывало, но ей казалось, что она ощущает их присутствие и сейчас.

У нее было чувство, что она может увидеть их как бы наяву — в вечерних платьях с глубоким вырезом, с тщательно сделанными прическами и руками, затянутыми в длинные перчатки.

Она подумала, что именно так ей придется выглядеть, вернувшись в Англию, и содрогнулась.

Медина была маленькой девочкой, когда отец увез ее после смерти матери, но она слышала, как он жаловался на скуку, которую неизменно испытывал в обществе своих родственников.

Он в весьма красочных выражениях описывал узость их взглядов и привычку ругать все новое и непохожее на то, что было принято сто лет назад.

И разумеется, его образ жизни тоже вызывал у них сильное неодобрение.

«Как я могу вернуться в Англию?» — в отчаянии спрашивала себя Медина.

Но пока, во всяком случае, она была очень рада быть сыном неизвестного шейха, а также проводником и учителем купца — наполовину араба, наполовину патана.

Дверь каюты открылась, и вошел Нур.

— Его светлость готов? — спросила Медина.

— Он готов.

Нуру было около сорока. Он оставался с отцом Медины с тех пор, как профессор начал свои скитания по Аравии.

Нур напоминал Медине нянюшку, которая была у нее в детстве: он так же заботился о ней, баловал ее и так же был непреклонен в своих запретах делать то или это.

Он всегда боялся, что погонщики узнают, что на самом деле она не мальчик, а девочка.

Медина настолько привыкла притворяться мужчиной, что уже не задумываясь вела себя как обычный арабский юноша.

Сейчас она сняла дорогую одежду и надела взамен длинную полосатую рубашку, черный бурнус и красную махрану.

В качестве уступки своему предполагаемому высокому происхождению она заткнула за кушак украшенный драгоценными камнями кинжал.

Нур поднял одежду, которую она сняла, и убрал ее в мешок.

Потом он открыл дверь, и Медина увидела, что маркиз ждет ее в дверях своей каюты.

Он улыбнулся ей, и она с трудом удержалась, чтобы не сказать ему, каким красивым и изящным он выглядит в своем новом облике.

Нур выкрасил ему лицо хной и подвел брови и веки сурьмой.

Медина подумала, что маркиз может легко сойти за араба.

Многие из туземцев отличались красотой, и частенько оказывалось, что их предками были древние греки, которые приплыли сюда исследовать эту страну и остались здесь, потому что полюбили ее.

Если маркиз будет молчать, решила Медина, никто не догадается, кто он такой на самом деле.

— Что дальше? — спросил он.

— Мы сходим на берег, — ответила Медина. — Нас ждут лошади.

Без лишних слов маркиз пошел на палубу и вместе с Мединой и Нуром спустился по веревочному трапу в шлюпку.

Два матроса сели на весла и повели шлюпку к берегу.

Маркиз уже отдал капитану распоряжения, согласно которым сразу после их отъезда он должен был сняться с якоря и курсировать вдоль побережья.

Через две недели ему предстояло привести яхту в Аден и там ждать дальнейших инструкций.

Маркиз надеялся, что из Мекки ему удастся послать гонца.

Он намеревался передать капитану «Морского Ястреба», чтобы тот встречал его в Джидде или, если это будет слишком опасно, плыл дальше на север.

Если будет невозможно и то и другое, то яхту следовало бы отвести назад в Кану.

Какой из этих трех вариантов будет реализован, маркиз, разумеется, мог только гадать и решил, что время покажет.

Главное, чтобы в конце концов яхта оказалась там, где он мог бы сесть на нее и вернуться в Англию.

Как и говорила Медина, три чистокровных игривых арабских скакуна, присланные Селимом, ждали их на берегу.

Пустив свою лошадь рысью по мягкому песку, маркиз подумал, что он покидает обычный мир и вступает в сказочную страну.

Разумеется, эта сказка могла оказаться и страшной, но сейчас маркиз был счастлив попасть в мир, столь отличный от того, какой он знал прежде.

Он заметил, что Али на редкость хорошо держится в седле, и подумал, что если случится так, что этот юноша приедет когда-нибудь в Англию, то, конечно, он оценит конюшни маркиза.

Однако сейчас было важно лишь то, что Али действительно оказался, как и говорил Селим, превосходным проводником.

Маркиз, честно сказать, боялся, что это будет какой-нибудь пожилой араб, угрюмый и необразованный.

Таких проводников можно нанять в любом восточном городе. Они берут проценты с каждой покупки, сделанной нанимателем, но в общем толк от них есть, как маркиз уже имел возможность убедиться в Индии.

Но он и на мгновение не мог предположить, что проводник окажется таким юным.

Он поражался, как этот юноша, по существу еще мальчик, удостоился столь высокой рекомендации от Селима, которому Бертон велел доверять всецело.

— Надеюсь только, он знает, что делает, — пробормотал маркиз себе под нос.

Звезды сверкали ярко, и дорога была хорошо различима. Тысячи лет по этим пескам брели верблюды, нагруженные миррой и ладаном.

Но сейчас вокруг не было ни малейшего признака ни человека, ни животного.

Только мерцание звезд и ночная прохлада.

Когда наконец впереди показались огни Каны, маркизу стало жаль, что их поездка закончилась.

Ему хотелось бы ехать и ехать в ночи, ощущая вокруг незримое присутствие призраков ушедших цивилизаций.

Внезапно он почувствовал еще кое-что.

В первое мгновение маркиз не понял, что это такое.

Но потом он узнал этот волнующий, пряный аромат ладана.

Он ступил на Тропу благовоний, которая должна была привести его в Мекку.

Маркиз непроизвольно придержал лошадь; Медина сделала то же самое.

Она вопросительно взглянула на него, и звездный свет блеснул на стальной оправе ее очков.

В ответ на ее взгляд маркиз сказал:

— Для меня это начало большого приключения, и я с нетерпением жажду узнать, чем оно закончится.

— Могу лишь надеяться, милорд, что желание вашего сердца будет удовлетворено, — ответила Медина.

Она сказала это не раздумывая и с опозданием поняла, что оба они говорят по-английски.

— Желание моего сердца! — в раздумье повторил маркиз. — Это весьма маловероятно. Но по крайней мере я отправляюсь в путь с надеждой.

— Что ж, я могу только сказать «кейр иншалла», — сказала Медина.

— Если будет на то милость Аллаха! — слегка язвительно повторил маркиз. — Но если он откажет мне в своей милости?

— Тогда для вас, — сказала Медина, — всегда открыт путь назад, и, конечно, вас ждет Англия.

Она не смогла скрыть насмешки в своем голосе.

Потом, словно испугавшись, что сказала слишком много, Медина ударила пятками лошадь.

Маркизу ничего не оставалось, как только ехать за нею. Слова Али показались ему весьма странными.

Он гадал, откуда арабский юноша мог узнать, что Англия ждет его, — а главное, известно ли ему зачем?

Глава 4

Проснувшись, Медина почувствовала себя гораздо лучше отдохнувшей, чем накануне.

В то же время она была рада, что не надо выезжать с раннего утра, о чем, кстати, мечтал маркиз.

Накануне, когда они вернулись, Селим сказал маркизу:

— Надеюсь, вы не будете слишком разочарованы, милорд, но найти для вас самых лучших погонщиков и самых резвых верблюдов оказалось сложнее, чем я ожидал. Вам придется подождать. Поэтому я предлагаю вам пока остаться здесь, в моем доме, и изучать с Али арабский язык.

Медина поняла, что самыми надежными погонщиками он считает тех, с кем она вернулась в Кану.

Но им нужно было дать хотя бы трехдневный отдых.

Медина знала этих людей и любила их. Она подумала, что Селим принял правильное решение.

Кроме того, она считала, что маркизу действительно не помешает лишнее время для упражнений в языке.

Она была поражена тем, как бегло он уже говорил, хотя прекрасно видела, что в его речи еще много ошибок, которые могут стать для него роковыми.

Она как раз размышляла над тем, как лучше организовать занятия, когда пришел Нур и принес ей еду.

— Все идет хорошо! — сказал он довольным тоном. — Английский господин спал на крыше и проснулся в прекрасном настроении.

Медина рассмеялась.

Она получила ответ на вопрос, который задавала себе накануне: воспользуется ли маркиз предложением Селима забраться на крышу или предпочтет спать в отведенной для него комнате.

Она знала, что у арабов принято ночью спать на крышах своих домов.

Медина подумала, что маркиз, вероятно, впервые ночует под открытым небом.

Торопливо съев то, что принес Нур, она быстро оделась, что было нетрудно, учитывая, что арабский костюм состоит из немногих предметов.

Надев махрану и очки, Медина спустилась вниз.

Селим, очевидно, куда-то вышел; в его комнате она увидела только маркиза.

Он расхаживал вдоль стен, разглядывая коллекцию одежды и оружия, и, когда Медина вошла, как раз любовался кинжалом, который, как ей было известно, был найден в могильнике в Аль-Джубе.

Услышав ее шаги, маркиз повернулся.

Он был без головного убора, и Медина, глядя на него, вновь подумала, что он очень красив и сильно отличается от того человека, которого она нарисовала в своем воображении, когда Селим в первый раз рассказал ей об англичанине, желающем посетить Мекку.

— В этой комнате собрана замечательная коллекция, — сказал он по-арабски, но без традиционного приветствия.

— Без сомнения, — кивнула Медина. — Но как араб вы должны были приветствовать меня словом «салям».

Маркиз рассмеялся.

— Прошу прощения, учитель! — сказал он насмешливо.

— Вы должны приучить себя не забывать об этом, даже когда мы одни, — очень серьезно сказала Медина. — Я уверена, мистер Бертон мог бы подтвердить, что в Мекке одной ошибки в произношении, одного неуместного жеста будет достаточно, чтобы проститься с жизнью.

— Вы правы. Конечно, вы правы, — поспешно согласился маркиз.

Медина подумала, что ему, должно быть, неприятно признавать свою неправоту перед человеком, который младше его, и, чтобы сгладить неловкость, торопливо добавила:

— Я предлагаю начать занятия прямо сейчас. За домом есть место, где мы будем в тени. К тому же туда долетает прохладный бриз с моря.

Маркиз в ответ сделал типично восточный жест и сказал:

— Слушаю и повинуюсь.

Медина повела его за дом. Там было нечто напоминающее веранду, выходящую в небольшой садик. За садом до самого моря лежал голый песок.

Солнце нестерпимо палило, но в тени веранды было прохладнее.

Селим, видимо, догадывался, что они устроятся здесь, потому что между двумя шелковыми подушками на персидском ковре стоял низенький столик.

На нем маркиз увидел стопку книг, а также перо и чернильницу, сделанную из куска песчаника.

Медина села по-турецки на ковер и подложила под спину подушку.

Маркиз попытался сделать то же самое. В Индии ему довелось поупражняться, и Медина была удивлена, что у него оказались такие гибкие ноги.

Она видела, что он очень гордится тем, что ему удалось скопировать ее позу, но говорить об этом не стала, а вместо этого завела с ним беседу по-арабски.

Маркиз отвечал ей, а она указывала ему на ошибки и поправляла его.

Они немного поговорили об Аравии, и Медина обнаружила, что маркиз знает об этой стране больше, чем она могла ожидать.

Потом он внезапно спросил:

— Вы когда-нибудь были в Англии?

Медина ненавидела лгать, к тому же кривить душой не было никакого смысла, поэтому она честно ответила:

— Давным-давно, еще ребенком.

— Признаться, я удивлен, — сказал маркиз. — И как вам понравилась моя страна?

— Я был слишком мал и не помню, — уклончиво ответила Медина.

— Но вы же с тех пор встречали англичан, например, Ричарда Бертона, — сказал маркиз. — Что вы думаете о нем?

— Я думаю, что его едва ли можно назвать англичанином, — ответила Медина. — Он всегда говорил, что арабский — вот его настоящий родной язык, что в Аравии он думает как араб и забывает, что принадлежит какой-то другой нации.

Маркиз улыбнулся.

— Это самая лучшая маскировка. Вы должны, Али, не только заставить меня говорить по-арабски, но и думать как араб.

— Для вас это невозможно! — ответила Медина.

— Почему? — резко спросил маркиз.

— Потому что, хотя вы вряд ли в этом признаетесь, Англия значит для вас слишком много, и не только из-за вашего положения в обществе, но и оттого, что вся ваша жизнь построена на убеждении, что лучше страны нет во всем мире.

Медина неожиданно поймала себя на том, что говорит с маркизом так же серьезно, как говорила бы с отцом.

Ею руководила интуиция, и она произносила скорее то, что чувствовала, чем то, что хотел, по ее мнению, услышать от нее маркиз.

Он с удивлением посмотрел на нее и сказал:

— Возможно, вы правы, но сейчас, убежав из Англии, я пытаюсь об этом забыть.

— Никто не может уйти от того, с чем родился.

Сказав эти слова, Медина с горечью подумала, что так оно и есть.

Она родилась англичанкой, и хотя сейчас больше всего на свете ей хотелось бы быть арабкой и забыть о самом существовании Англии, Медина понимала, что это невозможно.

— Просто поразительно, что вы проявляете такую мудрость, говоря о вещах, которые, в сущности, не имеют к вам отношения, — сказал маркиз.

— Они имеют отношение к вам, — ответила Медина. — Я хочу, чтобы вы задумались о себе и на то время, пока вы здесь, стали частью Аравии.

Она помолчала и добавила:

— Вы араб, вы говорите по-арабски, вы живете, как подобает правоверному, и Аллах защищает вас.

— Я взял с собой книгу, — сказал маркиз, — в которой написано, как правоверный мусульманин должен себя вести.

— Так читайте ее! И учите, потому что это очень важно, молитвы, которые каждый мусульманин повторяет, входя в Мекку.

С этими словами Медина поднялась, давая маркизу понять, что урок окончен.

Когда она ушла, маркиз смотрел ей вслед и думал, что такого странного юношу, как Али, он еще не встречал.

Он был восхищен изяществом его движений и гибкостью тела, которое он скорее чувствовал, нежели видел под просторным бурнусом.

Потом маркиз поглядел на море и внезапно подумал, что бы сказал Руперт, увидев его сейчас.

На мгновение на него нахлынула тоска по Англии.

Он вспомнил свое поместье, своих лошадей, вспомнил большие роскошные комнаты в Энджелстоун-Хауз и приемы, на которые собирались его многочисленные друзья.

Внезапно, когда все эти картины проплывали перед его внутренним взором, он почувствовал едва уловимый аромат ладана.

И сразу же эти картины сменились другими, и совсем иные чувства овладели маркизом.

Он вновь испытал тот же душевный подъем, что и накануне, и предчувствие, что скоро должно произойти нечто важное, опять овладело им.

Селим разделил с гостями трапезу, состоящую из диковинных восточный кушаний.

Впрочем, несмотря на свою необычность, они показались маркизу очень вкусными.

Еду они запивали лимонным шербетом, хорошо утоляющим жажду, а потом был подан неизбежный чай с мятой, к которому маркиз постепенно уже начинал привыкать.

— Сегодня, — сказал Селим, — вы с Али будете покупать ладан в дополнение к тому, который вы уже приобрели в Омане.

Маркиз внимательно слушал, а Селим продолжал:

— Объяснение таково: вам не удалось достать нужного количества в Дофаре, и вы попросили меня снабдить вас недостающим товаром с моих собственных деревьев.

— Буду ждать с нетерпением, — сказал маркиз. — На самом деле я и понятия не имел, что ладан растет на деревьях!

***

Через час он и Медина в сопровождении Нура выехали из города.

Маркиз впервые увидел тощие неприметные деревца, которые служили источником ладана.

Старый бедуин встретил их и, когда Медина объяснила, что им нужно, повел их к роще.

Издалека она казалась зарослями высоких кустов.

Над рощей возвышалась черная «Крепость Воронов», и по сравнению с ней листья и маленькие цветы с белыми лепестками казались очень хрупкими.

К удивлению маркиза, бедуин подошел к ближайшему дереву и широким ножом сделал на серой коре надрез длиной в ладонь.

Маркиз увидел, как из зеленой раны начали сочиться белые, похожие на молоко слезы дерева.

Бедуин взял медный тазик и пошел от дерева к дереву. Маркиз понял, что он собирает драгоценный урожай, как это делалось на протяжении тысяч лет.

— На некоторых деревьях, — объяснила Медина, — надрезы были сделаны три недели назад.

Она остановилась у дерева, где белые слезы превратились в прозрачную смолу с золотистым оттенком.

— Вот, — сказала она, — чистый ладан.

Маркиз зачарованно смотрел, как бедуин подходит к маленькому костру, сложенному из сухих веток.

Старик насыпал в глиняный горшочек углей и бросил туда же несколько золотистых бусинок ладана.

Белый дым, клубясь, поднялся к небу, и в воздухе поплыл дивный аромат.

Это напомнило маркизу о церковных алтарях. Он не раз видел их в различных странах, но тогда не знал, что запах, который можно почувствовать в церкви или в мечети, — это аромат ладана.

Под руководством Медины он заказал большое количество ладана и очень натурально изобразил тревогу и разочарование, когда узнал, что может получить только половину того, что просит.

На обратном пути он сказал Медине:

— Сегодняшний день явился для меня открытием, и мне самому удивительно, как я жил до сих пор, не зная о том, какую важную роль ладан сыграл в нашем мире и продолжает играть до сих пор.

Медина посмотрела на него, словно ожидая объяснений, и маркиз добавил:

— Аромат ладана возвышает разум, и тот, кто вдыхает его, испытывает потребность молиться тому богу, которому он служит.

Произнося эти слова, маркиз думал о ладане в католических церквах, и об ароматических палочках, которые зажигают в своих храмах буддисты.

Как ни странно, теперь ему казалось, что он всегда чувствовал эту связь ладана с молитвами.

Вернувшись, они рассказали Селиму о своей поездке.

На закате был подан обед — восхитительно нежное мясо молодого козленка.

После еды Селим завел разговор о тайнах, которых еще немало в Аравии.

Медина знала, что он нарочно разжигает любопытство маркиза.

— В Тимне, которую вы будете проезжать, — говорил Селим, — до сих пор процветает древняя торговля, которая зародилась сорок столетий назад.

— Чем же там торгуют? — спросил маркиз.

— Индиго, — ответил Селим. — Это тоже один из предметов роскоши, который отправляют на север вместе с благовониями.

Маркиз удивился, и Селим объяснил:

— На юге есть племя бедуинов, которые носят темно-синие набедренные повязки, выкрашенные индиго, и называют себя «синие люди».

— Они действительно синие? — спросил маркиз.

— Они утверждают, — ответил Селим, — что смесь из индиго и кунжутного масла, которой они обмазываются, защищает от холода даже зимой, а зимы в горах бывают очень суровые.

— Как необычно! — воскликнул маркиз. — Лично я предпочитаю носить теплую одежду!

— Так же, как я, — согласился Селим. — Но Али покажет вам мастерские, где старики с синими бородами вымачивают и отжимают искрошенные листья, чтобы извлечь краску.

Потом Селим рассказал о многочисленных мраморных и деревянных статуях, которые и сейчас можно найти в Аравии.

Маркиз внимательно слушал, а потом спросил:

— Вы хотите сказать, что здесь есть скульптуры, похожие на античные? Или на эльгинские статуи, которые выставлены в Британском музее?

— Эти скульптуры еще прекраснее, — с гордостью ответил Селим. — Вся трудность в том, что племена, на территории которых можно найти эти бесценные сокровища, не пускают чужаков на свои земли.

— Вот как? — спросил маркиз.

— Любому, кто попытается проникнуть туда, грозит смерть, — ответил Селим.

— А мы берем с собой ружья? — поинтересовался маркиз.

— Все ваши погонщики будут вооружены, — ответил Селим, а Медина вернула разговор к прежней теме:

— Возле южных ворот Тарима есть наполовину ушедшая в землю каменная плита, на которой выбиты законы этого города, составленные еще во втором столетии до нашей эры.

— А можно ее увидеть? — спросил маркиз.

— Я вам ее покажу, — пообещала Медина, — и вы узнаете, что воровство каралось изгнанием, а мошенничество в торговле — штрафом в пятьдесят слитков золота.

— Такие вещи должны быть в Британском музее, — заметил маркиз.

Селим рассмеялся:

— Можете попробовать забрать ее с собой, но я предупреждаю, что если вы вызовете гнев местных жителей, пеняйте на себя!

Чтобы еще больше заинтересовать маркиза, Селим показал ему несколько древних монет, найденных в Хадрамауте.

— Их привезли сюда купцы, торговавшие ладаном, — сказал он.

Кроме того, он показал маркизу золотые медальоны и ожерелье, сделанное в четвертом веке, которое поразило маркиза своим изяществом.

— Если вам повезет найти такое самому, — заметила Медина, — то можете отвезти его в Англию и подарить своей даме сердца.

К ее удивлению, маркиз разозлился.

— У меня нет никакой дамы сердца, — ответил он почти грубо, — и я не имею ни малейшего желания ее искать!

Он выпалил первые слова, которые пришли ему на ум, не раздумывая, и лишь потом сообразил, что, наверное, они прозвучали нескромно.

Но потом маркиз подумал — какое это имеет значение? Эти два араба не станут копаться в том, что он имел в виду, и забудут его слова, едва он уедет.

— Простите мою дерзость, милорд, — сказал Селим, — но в вашем возрасте вы, конечно, должны быть женаты?

— Я никогда не женюсь! — ответил маркиз. — Я обнаружил, что женщины — ненадежные существа и им нельзя доверять. У нас в Англии есть старая пословица, которая говорит: «Быстрее путешествует тот, кто путешествует в одиночку»!

— Но в чем цель вашего путешествия? — спросила Медина.

— На этот вопрос я не знаю ответа, — сказал маркиз. — И быть может, судьба занесла меня в Аравию, чтобы здесь я его отыскал.

Он поднялся на ноги и добавил:

— Сейчас я хочу достигнуть Мекки. А потом? Куда я направлюсь?

В его голосе Медина услышала ту неуспокоенность, которая гнала Ричарда Бертона в бесконечные экспедиции.

Ее отец обладал этим же свойством характера и оттого не мог заставить себя остаться в Англии.

Такие люди не могут не странствовать, но никто из них не знает, где конец его странствий.

Она понимала, что эта особенность делает маркиза, хотя он вряд ли смог бы выразить словами свое состояние, очень несчастным.

— Вам будет легче, — сказала она тихим голосом, — если вы будете жить со дня на день. Завтра еще не пришло, а вчера — уже позади. Только сегодня имеет значение, и было бы жаль упустить хотя бы минуту, ибо жизнь и так скоротечна.

Маркиз обернулся и посмотрел на нее.

— Мудрая философия, — сказал он, — но нельзя думать о завтрашнем дне, если не имеешь надежды.

— В этом я с вами согласен, — вставил Селим. — Так давайте же ложиться спать с надеждой, что завтра мы достигнем Мекки. Разными путями, но для каждого это будет символом и вершиной его достижений.

Медина улыбнулась, подумав, что маркиз вряд ли поймет, что он имеет в виду.

К ее удивлению, он понял.

Поклонившись Селиму, он произнес:

— Благодарю вас, Селим, и могу лишь надеяться, что когда-нибудь достигну своей Мекки — где бы она ни была.

Через два дня рано утром Селим Махана прощался со своими гостями.

Пока Нур подводил маркизу веки и брови сурьмой, Селим и Медина остались вдвоем.

— Будь осторожна, дитя мое, — сказал Селим. — Я буду беспокоиться за тебя, пока ты не вернешься.

— Ты знаешь, что я буду осторожна, — ответила Медина. — И я очень благодарна тебе, что ты отправил меня в это путешествие. — Она вздохнула. — Я очень тоскую без отца, но, может быть, ответственность за его светлость поможет мне справиться с этим.

— Я на это рассчитывал, — сказал Селим. — И помни, что все в руках Аллаха. Он не оставит вас.

— Хотелось бы верить. — Медина снова вздохнула. — Но я боюсь... Боюсь будущего.

Едва Медина произнесла эти слова, как ей стало стыдно за свой страх, потому что она поняла: ее страшит то, что будет с ней, когда уедет маркиз.

Мысль о возвращении в Англию была подобна темному покрову, опущенному на голову.

Она втайне надеялась, что Селим, быть может, подыщет ей другую работу, другого путешественника, которого нужно будет сопровождать.

Ей хотелось спросить Селима, не таковы ли его намерения, но она не осмелилась, подумав, что это будет слишком даже для его доброты.

Вместо этого она сказала:

— Ты единственный друг, который есть у меня в целом мире, и я благодарна судьбе, что мы встретились и вы с отцом так подружились.

— Читай книги отца, — ответил Селим, — и ты найдешь ответ на свои вопросы.

Неожиданно Медина воскликнула в ужасе:
— Я чуть не забыла!
— О чем? — спросил Селим.
— Папина книга! О царице Савской! Он закончил ее за день до смерти. Я привезла с собой рукопись и хотела попросить тебя отправить ее издателям.
— Разумеется, я это сделаю, — кивнул Селим.
— Просто не представляю, как я могла об этом забыть. Наверное, слишком задумалась о собственных переживаниях и об ответственности за маркиза.
— Ты должна сама следовать совету, который сегодня дала ему, — сказал Селим, — и жить сегодняшним днем. Завтрашний день сам о себе позаботится, а если нет, когда ты вернешься, мы подумаем снова.

Медина рассмеялась мелодичным смехом и пошла за рукописью последней книги отца; она, завернутая в чистое полотно, лежала в ее комнате с тех пор, как вещи Медины прибыли с караваном.

На мгновение Медина прижала рукопись к груди, жалея, что не может оставить ее у себя.

Ее отец проговаривал вслух почти каждое слово, которое писал.

Медине хотелось перечитать рукопись, вновь услышать голос отца и хотя бы ненадолго вообразить, что он по-прежнему рядом и ее будущему ничто не угрожает.

Потом она сказала себе, что это эгоистичные мысли.

Эта книга была нужна другим людям.

Так же, как «Духи богов» изменили маркиза, «Царица Савская» могла бы помочь еще тысячам людей познать себя и увидеть свое предназначение.

Медина знала, что отец вложил в эту книгу свою философию.

Потом Медина подумала, что они будут проезжать через Сабею и, возможно, маркиз найдет там дополнительный источник вдохновения.

Сама она не сомневалась, что это самая необычная и одухотворенная страна из всех, что ей довелось повидать.

Тяжело вздохнув, Медина отнесла рукопись вниз и отдала ее Селиму.

— Ты позаботишься, чтобы она не потерялась? — с тревогой спросила она.

— Я пошлю ее в Аден с одним из моих доверенных людей, — пообещал Селим. — Он отдаст ее британскому консулу, а консул — благородный человек, и к тому же, как твой отец говорил мне, один из его поклонников.

— Ты сообщишь консулу, что... отец умер? — нерешительно спросила Медина.

— Да, и попрошу отправить известие в Англию. Ваши родственники имеют право узнать о его смерти.

— Наверное, — уступила Медина. — Но только не говори, что я с тобой.

— Не скажу, если ты этого не желаешь, — ответил Селим.

— Нет! — воскликнула Медина. — Сейчас я — Али и понятия не имею, где Медина Тевин.

— Да будет так, — согласился Селим.

Он взял рукопись и бережно убрал ее в ящик стола.

Часом позже караван из двенадцати верблюдов и двух дромадеров, на которых ехали маркиз и Медина, медленно двинулся из города Каны.

Цветы пустыни

В порту разгружались несколько небольших судов, идущих через Аравийское море из Индии.

Кузнец разжигал горн, довольный тем, что получил долгожданный заказ с одного из кораблей, что ночью вошли в порт.

Мальчишки, пасущие коз на склонах холмов, с любопытством смотрели вслед каравану.

Верблюды были нагружены тюками с ладаном, который маркиз, как предполагалось, привез из Дофара, а также с тем, что он купил в Кане.

Дромадеры опустились на колени, и Медина с маркизом удобно устроились в широких седлах.

Потом, еще раз попрощавшись с Селимом, они поехали вслед за караваном по кривым улочкам Каны.

С моря дул легкий бриз, и маркиз старался не думать о палящем солнце и зное, который наступит днем.

Предчувствие чего-то необычного и великого вновь омыло маркиза, подобно приливной волне.

Они ехали по Тропе благовоний, которая должна была привести их от Аравийского моря к Средиземному.

Внезапно маркиз подумал, что из всех его начинаний это самое смелое.

И еще он подумал, что в случае неудачи потеряет гораздо больше, чем просто возможность выиграть пари.

Это будет равносильно утрате частицы души.

И он сказал себе, как истинный араб: «кейр иншалла» — «если будет на то милость Аллаха».

На ночлег они остановились, разбив лагерь на холме, где было не так жарко.

Маркиз слегка удивился, заметив, что Али поставил палатку на самом высоком месте, но решил, что юный араб тем самым хочет неявно напомнить всем, что он сын шейха, и показать, что он не слуга того, кто платит за караван, и его положение ничуть не ниже, чем положение маркиза.

Нур оказался замечательным поваром, и кушанья, приготовленные им, привели маркиза в восторг.

Ему даже не верилось, что в таких условиях можно готовить такие вкусные вещи.

Что касается Медины, то она ничуть не удивилась, потому что давно это знала.

За едой маркиз и Медина беседовали, как это сделали бы любые два человека в любой части света.

Маркиз был поражен тем, что Али так много знает о Европе, и особенно о Греции, где сам он был только один раз.

Разумеется, теперь античность в его представлении была тесно связана с ладаном.

Медина весьма развеселила маркиза, рассказав ему историю о Менекрате.

Это был врач, у которого хватило наглости сравнить себя с Зевсом.

Филипп Македонский быстро излечил его от излишнего самомнения, пригласив на пир, где Менекрату, как причастному к сонму богов, в отличие от остальных гостей, подали божественное блюдо — чашу, наполненную ладаном!

Еще он узнал от нее, что в Эфесе процессию на празднике Артемиды возглавляли девственницы, несущие ладан.

Она ярко описывала процессию, где женщины были одеты, как богиня победы с золотыми крыльями, а за ними шли мальчики в фиолетовых туниках, несущие ладан и мирру и шафран на золотых блюдах.

— Вероятно, это было пышное зрелище, — заметил маркиз. — Вы не жалеете, что не родились в те дни?

Медина покачала головой:

— Я счастлив, что родился сейчас, чтобы иметь возможность оценить то, что древние греки дали миру. Они научили людей мыслить.

Маркиз на мгновение задумался над ее словами, а потом сказал:

— Вероятно, вы правы, но я, признаться, никогда не рассматривал это с такой точки зрения. В колледже нас заставляли изучать античность, и мне казалось скучным это занятие. Только много лет спустя я понял, что знать об этом необходимо.

— Мой отец всегда говорил, что греки сделали для цивилизации больше, чем любой другой народ.

Сказав это, Медина сразу же пожалела о своих словах, а маркиз тут же попросил:

— Расскажите мне о вашем отце. Вы прежде не упоминали о нем.

Медина поглядела на звезды.

— Уже поздно, — сказала она. — Мне кажется, нам лучше лечь спать. Караван отправится в путь на рассвете, пока еще не так жарко.

Маркиз оценил деликатность, с которой она ушла от ответа, и его глаза заблестели.

Он подумал, не бежал ли Али, как он сам, от своих трудностей — а может быть, покинул родительский дом после ссоры.

В эту минуту маркиз чувствовал себя неопытным юнцом — настолько все, что он видел сейчас, отличалось от того, что он пережил прежде.

Он понимал, что Али должен много знать об Аравии, но никак не ожидал, что его знания об античности, Европе и Древнем Египте будут столь же обширны.

Потом он с издевкой сказал себе, что, вероятно, юноша просто хочет пустить ему пыль в глаза и при ближайшем рассмотрении его знания окажутся весьма поверхностными.

В то же время маркиз был рад, что в этом путешествии его сопровождает образованный человек.

Али были известны такие вещи, о существовании которых простой араб, вероятно, даже не подозревал.

Устраиваясь на ложе, которое приготовил ему Нур, маркиз сказал себе:

«Завтра я заставлю Али рассказать побольше о его жизни, о его родителях и о жене — конечно, если у него она есть».

Маркиз знал, что у арабов принято жениться рано и первую жену сыну выбирают родители.

Ему было известно, что мусульманину разрешено иметь четыре жены, но почему-то он был уверен, что Али не женат.

Потом маркиз подумал, что это не его дело. Для него главное — пробраться в Мекку и выйти оттуда.

После этого он вернется в Англию.

Подумав об этом, маркиз не мог не спросить себя — действительно ли ему этого хочется?

Через два месяца в Англии начнется охотничий сезон.

Будут балы, собрания, приемы, и принц Уэльский, несомненно, его пригласит.

Будет много красивых женщин.

Маркиз от всей души надеялся, что ему удалось отделаться от Эстер.

В то же время таких, как она, в Англии много: красивых, обольстительных, соблазнительных дам — но стоит им добиться его благосклонности, как они тут же становятся хищницами, как все остальные.

Маркиз знал, как быстро гаснет его интерес и жаркий костер страсти превращается в горстку потухших угольков.

«Что такое со мной? — спрашивал он себя в отчаянии. — Почему мне хочется чего-то большего? Почему я не такой, как все?»

Он вспомнил, что Наполеон называл такое состояние «божественным недовольством».

У него было почти все; и тем не менее ему было этого недостаточно, а то, что он жаждал обрести, не только находилось за пределами его досягаемости, но он даже не мог словами определить, что это такое.

— Чего я хочу? Чего, черт возьми, я хочу? — снова и снова спрашивал себя маркиз, лежа в темноте.

Потом он встал, потому что палатка, казалось, душила его, завернулся в бурнус и вышел наружу.

Медина выбрала для лагеря место на склоне скалистого холма, который необъяснимым образом вырастал из мягких песков, простирающихся до самого горизонта.

Под ногами у маркиза плескалась непроглядная темень, а над головой ярко сияла звездами арка ночного неба.

Маркиз огляделся и внезапно увидел возле палатки Али одиноко сидящую фигуру.

Не сомневаясь, что это сам хозяин палатки, он пошел к нему не раздумывая, чувствуя настоятельную необходимость поговорить с кем-то в эту минуту.

К его удивлению, Али, заметив маркиза, вскочил на ноги и торопливо скрылся в палатке.

Маркизу показалось это довольно странным, но он все равно подошел к палатке в надежде, что Али все-таки выйдет.

Вместо этого он увидел, что полог палатки несколько раз дернулся, словно его завязывали изнутри.

На мгновение маркиз подумал, не окликнуть ли юношу.

Но потом он решил, что Али, несомненно, видел, что он подходит, и, значит, у него были причины не желать общения с ним.

Маркиз постоял, глядя на закрытую палатку.

Потом, поскольку ничего другого не оставалось, он повернулся и вернулся тем же путем, каким пришел.

Укладываясь снова на свое ложе, маркиз думал о причинах такого поведения Али.

Он боялся, что, сам не зная того, чем-то оскорбил молодого араба.

Потом маркиз предположил, что, возможно, Али просто хотел дать понять маркизу, что желает побыть в одиночестве, когда он «не на работе».

Это была еще одна загадка, еще один вопрос, на который маркиз не мог найти ответа.

Он долго лежал с открытыми глазами, прежде чем ему наконец удалось заснуть.

Глава 5

Услышав шаги и увидев маркиза, Медина перепугалась.

Ей не спалось, и, желая глотнуть свежего воздуха, она вышла из палатки с непокрытой головой.

Сурьму с век и бровей она тоже успела уже смыть.

Медина понимала, что, увидев ее без очков и в одной только тонкой рубашке, он сразу поймет, что перед ним женщина.

— Как я могла быть такой беспечной? — ругала она себя.

Медина думала, что маркиз устал и давно уже спит, но сама она уснуть не могла.

Сабея была совсем рядом, и Медина вновь вспомнила об отце.

Эти воспоминания причиняли мучительную боль. Ей хотелось рыдать и вопить от горя.

Она опять с ужасающей остротой поняла, что осталась одна на всем белом свете.

Хотя Медина, в отличие от своих ровесниц, много странствовала и встречала немало интересных мужчин, она по-прежнему была одинока.

В Англии ее родители дружили со всеми соседями, и если бы сейчас они жили там, Медина могла бы наслаждаться обществом своих сверстников.

Вместо этого она росла среди султанов и шейхов, среди антропологов и исследователей вроде Ричарда Бертона.

Ее отец много раз бывал в Европе, в Греции, в Италии, некоторое время прожил в Испании, и повсюду с ним была дочь.

«Полагаю, — криво улыбнувшись, сказала себе Медина, — что столь космополитическое образование превратило меня в кочевника, не имеющего ни дома, ни родины».

Однако она была достаточно рассудительной, чтобы понимать: рано или поздно ей придется вернуться в Англию.

Денег, которых отец оставил ей, надолго не хватит, а чтобы издатели переводили гонорары за книги отца на ее имя, они должны знать, где она находится.

Но сначала об этом должны были узнать ее родственники.

— Что же мне делать? — спросила Медина вслух.

Она задавала этот вопрос не только Аллаху, но и отцу, который — она это чувствовала — по-прежнему оставался с ней рядом.

Наконец Медина заснула.

Только наутро она осознала, что ее поспешное бегство могло показаться странным маркизу.

Чувствуя легкий стыд, она занялась отдачей распоряжений погонщикам и осмотрела верблюдов, а позавтракала вместе с Нуром, когда маркиз уже поел.

По глазам маркиза она видела, что он с нетерпением ждет возможности посмотреть на Сабею.

Покинув Кану, они уже потратили почти две недели на посещение других городов.

Первым из них была Шаба — в древности ее назвали Сабута — резиденция царей Хадрамаута.

Они проехали по занесенным песком улицам некогда одного из самых могущественных городов Аравии.

Медина показала маркизу останки храма, который был разрушен пожаром в третьем столетии нашей эры.

Маркиз узнал, что при раскопках здесь были найдены резные панели из слоновой кости, а также многочисленные фрески и колонны, украшенные изображениями грифонов.

Но Медина не сомневалась, что в будущем здесь найдут еще больше сокровищ.

Маркиз хотел остановиться и изучить руины получше, но Медина повела караван дальше в Сану, где показала маркизу мечеть, окруженную причудливой формы минаретами.

Но мечеть Эль-Модар в Тариме произвела на маркиза еще более сильное впечатление.

Она была ста пятидесяти футов высотой, а шпиль ее был сложен из кирпичей.

Муэдзин кричал с минарета:

— Аллах акбар! Аллах акбар!

На следующий день они снова пустились в путь, но не раньше, чем маркиз увидел, как обещал ему Селим, мастерские, где красили индиго набедренные повязки.

Но Медине показалось, что маркиза гораздо больше заинтересовали каменные плиты с древними надписями рядом с мастерскими.

Он мог бы и не говорить ей, что ему очень хочется забрать их с собой.

Она поняла это по тому, как жадно его пальцы ощупывали выбитые на камне буквы.

Горшки и статуэтки, которые наперебой предлагали уличные торговцы, не вызвали у него ни малейшего любопытства.

Он оживился, только когда Медина сказала ему, что при раскопках иногда находят маленькие фигурки верблюдов, датируемые первым тысячелетием до нашей эры.

Он рассмеялся, узнав, что верблюды были одомашнены еще в середине второго тысячелетия — возможно, потому, что они дают молоко.

— «Корабли пустыни», — заметил он, — конечно же, с тех пор не раз доказали свою полезность.

— Это верно, — сказала Медина. — Верблюды обеспечивают арабов молоком, шерстью, мясом и шкурами.

— Жаль только, что они такие уродливые! — поддразнил ее маркиз. — Я лично предпочитаю своих скаковых лошадей — между прочим, чистокровных арабских скакунов.

Медина через силу сказала, что ей хотелось бы на них посмотреть.

Она была уверена, что маркиз не может и помыслить о том, чтобы пригласить в свой английский дом араба, пусть даже и знатного.

Наконец караван вошел в Сабею — страну, где некогда правила царица Савская.

Медина, хотя сама не знала почему, чувствовала, что если маркиз не восхитится Сабеей так же, как восхищается ею она, это ей будет обидно.

В столице Сабеи, Марибе, который называли «Городом благовоний», ее отец открыл и расшифровал сотни древних надписей.

Они жили в Марибе почти год и тесно сдружились с местными жителями.

Эдмунд Тевин изучал остатки великой плотины и показал Медине надписи, которые доказывали, что основой процветания этой страны было земледелие.

Она рассказала маркизу о том, как царь Соломон послал удода с поручением передать приглашение от него царице Савской.

— Вы помните, — добавила Медина, — что в Библии говорится, что царица, которая, как мне нравится думать, была очень красива, преподнесла в дар Соломону благовония, много золота и драгоценных камней.

— Конечно, она должна была быть красива, если жила в такой красивой стране! — ответил маркиз.

Медина почувствовала, как ее словно омыло изнутри теплой волной, когда увидела, что маркиз очарован городом, вырисовывающимся на фоне скалистых гор.

Едва увидев его, он остановил верблюда и долго любовался Марибом.

Если даже раньше Медина этого не ощущала, то сейчас поняла, что он очень отличается от других англичан и его душа глубоко тронута красотой, открывшейся перед ним.

Она чувствовала, что в эту минуту духи прошлого коснулись его души.

Они молча сидели на своих верблюдах, ожидая, пока караван пройдет мимо.

Потом Медина тихо произнесла:

— Коран говорит, что царица Савская справедливо правила своей страной, но ее подданные отвернулись от Аллаха.

— Как это? — спросил маркиз.

— Они были прокляты за глупость, — сказала Медина, — и это может случиться с каждым, кто отказывается от своего бога.

Маркиз ничего не ответил, но она знала, о чем он подумал.

На ночлег караван остановился за городом, среди пшеничных полей и лимонных рощ.

Увидев среди ветвей пестрых удодов, Медина показала на них маркизу:

— Мне всегда представлялось, что они — потомки крылатого посланца царя Соломона.

Маркиз улыбнулся, глядя, как птицы взлетают и исчезают в ночи. Своими криками удоды, казалось, хотят сообщить Медине и маркизу какую-то весть.

На следующий день маркиз любовался восемью колоннами храма бога луны Илумвы, которые четко вырисовывались на фоне синего неба.

— Храм бога луны имел в основании овал, — сказала Медина.

Ей показалось, что маркиз думает о царице Савской, которая явно завладела его воображением.

На миг Медина испытала странное чувство, которое было почти сродни ревности.

В эту минуту она поняла, что, когда маркиз вернется в Англию, она не забудет его.

Это было поистине счастье — говорить с человеком столь интересным, столь умным и так похожим на ее отца.

Она видела, что с каждым днем маркиза все больше увлекает история Аравии, и думала, что он в точности соответствует ее идеалу мужчины.

Он был такой сильный, мужественный, волевой.

В то же время он стремился к чему-то возвышенному.

Теперь Медина понимала, почему она почувствовала себя такой одинокой в ту ночь.

Просто она подумала, что после того, как их путешествие закончится, она ни с кем уже не сможет поговорить так, как говорила с маркизом.

Но для него она была всего лишь арабским юношей, который отвечал на его вопросы и учил его арабскому языку — в чем, кстати, маркиз добился больших успехов.

Но до сих пор он не видел в ней человека, такого же, как он сам.

А для нее он был человек! Более того — соотечественник, хотя и не знал об этом.

Медина сердцем понимала, что маркиз обладает глубиной чувств и восприимчивостью, отличающей его от обычных людей.

Она не смогла бы выразить словами свое отношение к нему, но, глядя на него, понимала, что его красивое лицо навсегда останется в ее памяти.

Она почти физически ощущала, как падают песчинки времени, и ее приводила в отчаяние мысль, что скоро он покинет ее.

Могло случиться так, что ему надоест путешествие и он захочет вернуться в Англию, но было гораздо вероятнее, что он погибнет при попытке проникнуть в Мекку.

Эта мысль для нее была подобна кинжалу, вонзенному в самое сердце, и она в отчаянии выкрикнула:

— Нет, о Боже, только не это!

И в это мгновение она поняла, что нужно делать.

Озарение пришло так внезапно, что казалось, будто это дух отца дал Медине совет.

В Сабее отец Медины искал и почти нашел древнюю статую, которая, по слухам, была зарыта где-то на территории древнего города.

Один археолог из Индии говорил ему, что видел во сне статую царицы Савской и людей, которые ей поклонялись.

Медина подумала, что если маркиз отыщет это сокровище, то будет настолько счастлив, что забудет о своем глупом пари.

Такой трофей, разумеется, оправдал бы его поездку в глазах друзей.

Правда, тогда он покинул бы ее, Медину, но это было все равно лучше, чем знать, что он погиб из-за ее неопытности.

«Я должна его спасти!» — решила Медина.

Она все как следует обдумала и только потом сказала маркизу, что нужно делать.

В этот вечер они разбили лагерь у развалин древнего города, недалеко от ручья.

У арабов принято есть на закате, и когда они закончили ужинать, солнце уже опустилось за горы.

Вокруг стояла тишина, нарушаемая только бормотанием погонщиков и вздохами верблюдов.

Маркиз не отрывал взгляда от гор.

Медина чувствовала, что он близок к тому духовному экстазу, который ее отец всегда испытывал, бывая в Сабее.

— Я хочу вам кое-что сказать, — понизив голос, произнесла Медина. Опасаясь, что их подслушают, она говорила по-английски.

— Я слушаю, — ответил маркиз, но не повернул головы.

Медина вновь почувствовала укол ревности.

Он опять был целиком погружен в себя, а в ней видел лишь молодого араба, который вторгся в его размышления.

— Когда я был здесь в последний раз, — сказала Медина, — мне повстречался индийский археолог. Он рассказал, что ему приснился странный сон.

Маркиз слушал, но, как ей показалось, без особого интереса.

— Во сне он увидел, где зарыта статуя царицы Савской, — продолжала Медина.

Тут маркиз впервые проявил любопытство:

— И вы думаете, что она по-прежнему там?

— Мне известно точное место, — ответила Медина. — Индус узнал его во сне, но не смог забрать статую.

— Почему?

— Местные жители отнеслись к нему с подозрением, и ему пришлось уехать.

Маркиз повернулся к Медине.

— И вы предлагаете нам, — спросил он, — найти эту статую?

— Только мы должны быть очень осторожны, — ответила Медина, — потому что местные жители — большие собственники и не желают ни с кем делиться своими сокровищами.

— Могу их понять.

— Уже были случаи, когда они прогоняли археологов, угрожая оружием, — предупредила Медина.

— Вы думаете, нам удастся этого избежать? — спросил маркиз.

— Нам надо пойти одним, — ответила Медина. — И нам нельзя доверять никому, кроме Нура.

Маркиз на мгновение задумался. Потом он спросил:

— Далеко отсюда это место?

— Туда можно добраться за четверть часа.

— Так пойдемте же! — воскликнул маркиз. Теперь он широко улыбался.

— Нам понадобятся лопаты, — сказала Медина. — Но мы должны быть очень осторожны и тщательно следить, чтобы никто не заподозрил, что мы задумали.

— Сделаем вид, что нам захотелось прогуляться, — подхватил маркиз. — Лопату я видел среди инструментов, которые сложены за моей палаткой.

Он не торопясь встал, потянулся и пошел по песку в сторону палаток.

Медина затаила дыхание: маркиз проглотил наживку.

Теперь ей оставалось только молиться, чтобы ее отец не ошибся и чтобы сведения, которые он получил от индуса, действительно оказались верными.

Через несколько минут маркиз крикнул ей по-арабски, что хочет прогуляться по окрестностям.

— Я хочу размять ноги после того, как столько времени провел в седле, — сказал он.

Медина подумала, что он выговаривает слова безукоризненно и, услышав его, никто не подумает, что в его жилах нет ни капли арабской крови.

Когда он присоединился к ней, под бурнусом у него была спрятана лопата.

Они прошли по неровному основанию того, что некогда было великой плотиной.

Потом поднялись выше, к тому месту, где стоял когда-то старый город.

Теперь там, где была древняя столица Сабеи, остались только обломки стен, полуразрушенные башни и кучи щебня.

В небе зажглись звезды. Вышла луна, и тени сделались четче. Лунный свет посеребрил всю округу.

Медина уверенно повела маркиза туда, где ее отец вел раскопки в ту ночь, когда умер.

Было мучительно возвращаться на то место, где он упал и где она коснулась его уже бездыханного тела.

И все же в эту минуту Медина не сомневалась в том, что именно его дух подсказал ей способ спасти маркиза.

Они достигли развалин древнего храма.

Пол был усыпан обломками рухнувшей арки, разрушенных колонн и осколками черепицы.

В свете звезд на остатках постамента, где когда-то, по-видимому, стояла статуя, они увидели древние письмена.

Место, о котором говорил Медине отец, было совсем рядом.

Когда отец умер и Нур унес его тело, Медина вернулась туда, где он копал, и засыпала яму.

Она понимала, что любой, узнав о его смерти, попытается выяснить, что он здесь искал.

Она без труда нашла то место, где земля была свежей.

Маркиз сбросил бурнус. Под ним оказалась шелковая рубашка, приличествующая его предполагаемому высокому положению.

Медина увидела, какой он широкоплечий и какие у него сильные мускулы.

Прежде чем указать маркизу, где рыть, она огляделась вокруг, чтобы убедиться, что за ними никто не подсматривает.

Она не заметила ничего подозрительного — только пугающе черные тени и яркий лунный свет окружали их.

— Здесь! — прошептала она.

Маркиз вонзил лопату в сухую землю.

Он был гораздо сильнее отца Медины, и яма росла на глазах.

За считанные минуты он углубился в землю больше чем на три фута.

Медина уже начала бояться, что сведения отца были ложными, как вдруг лопата маркиза звякнула обо что-то твердое.

Он лег на землю и пошарил рукой в яме.

Медина молилась про себя, чтобы это не был просто большой камень или плита фундамента.

Ей казалось, что прошла целая вечность, хотя маркиз рылся в песке всего несколько минут.

Потом он встал на колени, наклонился и вытащил из ямы что-то тяжелое.

Медина тихо вскрикнула от волнения.

В лунном свете она увидела потемневшую от времени статую, на первый взгляд сделанную из бронзы.

Она изображала женщину, держащую в одной руке ветвь ладанового дерева, а в другой — масляный светильник.

— Вы нашли ее! Нашли! — прошептала Медина.

Несколько мгновений маркиз в восхищении разглядывал статую, а потом отдал ее Медине.

Затем он снова пошарил в яме, а когда выпрямился, в руке у него было ожерелье.

Ожерелье тоже было темным от времени, но Медина не сомневалась, что оно золотое.

Оно мало чем отличалось от ожерелий Селима, только было сработано гораздо искуснее.

Маркиз еще раз сунул руку в яму и достал горсть древних монет.

Медина знала, что они помогут установить время, когда была зарыта статуя.

— Кажется, все, — пробормотал маркиз. — И, по-моему, задерживаться здесь надолго не стоит.

— Да, конечно, — ответила Медина шепотом. — Только сначала засыпьте яму.

Маркиз быстро забросал яму землей и присыпал сверху каменными обломками, чтобы было меньше заметно, что здесь недавно копали.

Потом он с улыбкой сказал Медине:

— Придется нести нашу добычу так же, как лопату. Завернем статую в вашу рубашку или в мою?

Медина застыла. Она понимала, что настоящий араб предложил бы маркизу свою рубашку.

Она судорожно думала, как выкрутиться из этого положения, но маркиз, заметив ее колебания, лишь рассмеялся:

— Ладно. Это моя статуя, значит, я и должен обеспечить ей маскировку!

Он снял рубашку, которая, впрочем, была скорее похожа на платье, чем на рубашки, которые носят в Англии.

Медина увидела, какое у него гибкое и стройное тело без единой унции жира.

Она смущалась, но не смогла отвести от него взгляда.

На маркизе были длинные шаровары, а выше пояса кожа его была очень белой, совсем не арабской, и Медина, испугавшись, торопливо воскликнула:

— Наденьте бурнус! Любой, кто вас увидит, вмиг поймет, что вы европеец!

Маркиз был удивлен волнением, прозвучавшим в голосе Али, но повиновался.

После этого он опустился на колени и принялся заворачивать статую, ожерелье и монеты в свою рубашку.

— Возьмите это пока себе, а я отнесу на место лопату, — сказал он.

— Да, здесь ее оставлять нельзя, — кивнула Медина.

Статуя была не больше двух футов высотой, но довольно тяжелая.

Сунув узел под бурнус, Медина подумала, что ей придется нести его обеими руками.

Маркиз в свою очередь спрятал под одежду лопату.

— Мы должны вернуться обычным прогулочным шагом, — сказал он. — Наша спешка или чересчур возбужденный вид могут пробудить ото сна призраков, которые, вероятно, еще обитают в развалинах города!

Медина со страхом подумала, что скорее есть опасность привлечь внимание враждебно настроенных живых горожан.

Когда они шли сюда, дорога показалась им совсем короткой.

Но теперь, на обратном пути, у Медины было такое чувство, что прошел не один час, прежде чем они снова очутились у палаток, стоящих на вершине холма.

Она не сомневалась, что погонщики наблюдают за ними.

Но Медина не могла отделаться от страха, что были и другие, менее безобидные свидетели их «прогулки», о которых они не подозревали.

Наконец, когда руки Медины уже затекли от тяжести и она испугалась, что вот-вот уронит статую, они подошли к палатке маркиза.

— Идите внутрь, Али, — сказал маркиз. — А я велю Нуру принести шербета. Предполагается, что после такой прогулки люди должны испытывать жажду.

Медина ничего не сказала.

Она молча вошла в палатку, которая была такой высоты, что там можно было стоять во весь рост, только слегка пригнув голову.

В палатке вполне хватало места для двух человек.

Медина положила статую на землю, но не стала разворачивать ее до возвращения маркиза.

Однако она сгорала от нетерпения рассмотреть ее получше и удостовериться, что они нашли именно то, что искали.

Вернулся маркиз и привел с собой Нура.

Они развернули рубашку и внимательно изучили свою находку.

Статуя оказалась ничуть не поврежденной; ожерелье на шее и браслеты на запястьях не оставляли сомнений в том, что она изображает царицу.

Медина заметила, что Нур уже готов воскликнуть, что ее отец был прав.

Испугавшись, что он невольно выдаст ее тайну, она поспешно проговорила:

— Я рассказал его светлости об индийском археологе, который увидел во сне место, где зарыта статуя.

Нур сразу все понял и сказал:

— Хвала Аллаху, господин! Это великая находка!

Когда они остались одни, маркиз произнес с воодушевлением, которого Медина прежде не слышала в его голосе:

— Со мной никогда еще не происходило ничего столь увлекательного! Я и не думал, приехав в Аравию, что мне выпадет удача привезти домой столь ценный предмет.

— Вы хотите оставить ее себе?

— А как же! — воскликнул маркиз. — Она займет почетное место в моем доме. — Он почти любовно коснулся статуи и добавил: — Разумеется, я дам знать о ней Британскому музею и всем, кто заинтересуется моими находками.

Он слегка улыбнулся Медине:

— На самом деле нашли ее вы, и, разумеется, если вы позволите мне оставить ее себе, я возмещу вам ее стоимость.

— Я не прошу у вас денег, милорд! — сухо сказала Медина.

— Теперь вы ставите меня в неловкое положение, — возразил маркиз, — и хотя я сказал «моя находка», статую мы нашли вместе, но распиливать ее надвое было бы кощунством.

— Разумеется, кощунством! Но я рад, что она попала к вам; и когда вы вернетесь в Англию, она будет напоминать вам об Аравии.

— *Если* я вернусь в Англию! — поправил маркиз. — А если меня раскусят в Мекке, тогда, разумеется, она останется на память вам.

Медина невольно вскрикнула:

— Не говорите таких страшных слов! Вы не подумали, что если погибнете вы, то погибну и я: меня убьют за то, что я привел вас в Священный Город?

— Это маловероятно, потому что вы араб, — ответил маркиз. — Вы поклянетесь, что я вас обманул и вы не подозревали, кто я такой на самом деле.

Он склонился над статуей и осторожно потер ее пальцем, пока не заблестела бронзовая поверхность.

— Не терпится ее почистить! — сказал он.

— Оставьте это до вашего возвращения в Англию, — посоветовала Медина. — Что бы ни случилось, никто в караване не должен знать, что мы везем.

— Нур спрячет ее среди моих вещей, — сказал маркиз. — Вы совершенно уверены, что ему можно полностью доверять?

— Я уже доверял ему свою жизнь, — ответила Медина, — а, как вы знаете, у человека нет ничего более ценного.

— Да, разумеется, — согласился маркиз. — И теперь я доверю свою.

Чуть позже Нур принес мешок с вещами маркиза.

Он завернул статую, ожерелье и монеты в длинный шерстяной платок, из тех, в которые закутываются арабы, когда бывает холодно.

Это был его собственный платок, давно выцветший и ставший грязно-серого цвета.

Нур положил сверток на самое дно, а сверху навалил все остальные вещи.

— Я навьючу его на своего верблюда, мой господин, — сказал он, — иначе кому-нибудь может показаться, что он подозрительно тяжелый.

— Только будь с ним поосторожнее, Нур, — сказала Медина.

— Чем скорее мы уедем, тем лучше! — ответил Нур. — Мой господин всегда говорил, когда он что-нибудь откапывал: «Никогда не задерживайся на месте преступления!»

Медина знала, что он имел в виду ее отца, но как только Нур ушел, маркиз спросил ее:

— Нур упомянул о своем бывшем хозяине. Это был археолог?

— Кажется, да, — небрежно ответила Медина.

Маркиз посмотрел на нее при свете лампы и сказал:

— Из ваших слов я понял, что Нур служит у вас уже очень давно. Как вы его нашли? Ваш отец шейх. Нур тоже ваш соплеменник?

— Сегодня я могу думать только о сокровище, которое вы нашли, — ответила Медина. — Неужели нам выпала такая удача? Не есть ли это благословение богов?

— Я сам себя об этом спрашиваю, — сказал маркиз.

— Теперь самое важное, — продолжала Медина, — как можно быстрее вывезти ее из Аравии. Вы можете положиться на Нура. Он никому не обмолвится, что у вас такое сокровище.

Она помолчала мгновение и добавила:

— Если кто-нибудь узнает об этом, у вас отнимут ее, а для этого жителям Мариба придется вас убить!

Маркиз посмотрел на нее с удивлением:

— Вы предлагаете мне вернуться в Англию немедленно?

— Теперь мне кажется, что это было бы разумнее всего.

— И отказаться от путешествия в Мекку?

— Неужели это действительно так важно?

— Для меня — да! — ответил маркиз. — Черт побери, я сказал, что проникну туда, и все статуи в мире не заставят меня нарушить слово!

Медина ничего не сказала.

А она-то не сомневалась, что стоит предложить ему выбор, как маркиз предпочтет вернуться в Англию и не станет рисковать жизнью ради того, чтобы выиграть пари.

Она понимала, насколько опасное дело он затеял, и даже вздрогнула от испуга.

— Вы действительно за меня боитесь? — спросил маркиз.
— Вы не араб... И поэтому вы не понимаете, что мы превращаемся в фанатиков, когда дело касается Мекки.

Она помолчала, подбирая слова, а потом продолжала:

— Мы считаем, что одно присутствие неверного оскверняет святое место. Любой, кто будет столь безрассуден... или столь отважен... чтобы осквернить главную святыню всего мусульманского мира... не может рассчитывать на то, что это сойдет ему с рук.

Но, говоря это, Медина понимала, что все ее усилия тщетны.

Губы маркиза сжались в тонкую линию.

Медина видела, что ее доводы и ее мольбы только укрепили его решимость.

— Я пойду в Мекку, даже если это будет стоить мне жизни! — поклялся он.

— Именно так и будет! — со злостью сказала Медина.

Она поднялась и, выйдя из палатки маркиза, пошла к своей.

В эту минуту она поняла, что любит его.

Глава 6

Очень рано утром, когда все в лагере еще спали, Медина выскользнула из палатки и пошла к могиле отца.

Она нашла ее без труда, потому что, после того как его похоронили, она положила на могилу камни.

Эта груда чем-то напоминала шотландские надгробные пирамиды, которые тоже складывались из камней.

Ветер сдул песок, и поэтому никто не мог бы сказать, что камни положены на могилу недавно.

Медина опустилась на колени рядом с могилой. В эту минуту она чувствовала такую близость с отцом, какой не испытывала, даже когда он был жив.

Задыхаясь от волнения, она прошептала:

— Помоги мне... отец, помоги мне спасти маркиза! Ты знаешь, что он не откажется от своего решения... идти... в Мекку... И если он умрет... я этого не переживу. Я тоже... умру!

Медина говорила очень тихо, но ей казалось, что она выкрикнула эти слова во весь голос и даже призраки, живущие в руинах древнего города, услышали их.

— Я люблю его... Отец, я люблю его всем сердцем, как ты... любил маму... И я не переживу... его смерти.

Из глаз у нее потекли слезы, но она этого словно не замечала.

— Я люблю его... И никогда... не смогу полюбить другого!

Она зарыдала, опустив голову, и в этот миг ей почудилось, что рука отца коснулась ее.

Это ощущение было настолько реальным, что Медине на мгновение показалось, что его смерть была всего лишь дурным сном.

Они вновь были вместе, как раньше.

Потом это чувство прошло.

И все же она могла поклясться, что отец где-то рядом и защищает ее, как защищал всегда, с тех пор как она была маленькой девочкой.

Внезапно она почувствовала себя гораздо счастливее, чем в ту минуту, когда выходила из своей палатки.

Медина постояла мгновение, жалея, что не может положить на могилу цветы и ладан.

Но она понимала, что это привлечет к могиле лишнее внимание, особенно опасное, если кому-то придет в голову разрыть свежую яму в развалинах храма.

— Да будет с тобою Аллах, отец! — прошептала Медина.

Потом она повернулась и поспешно пошла обратно в лагерь.

Никто не заметил ее отсутствия, и через двадцать минут после того, как Медина вернулась к себе в палатку, она услышала, что проснулись погонщики.

Она слышала их разговоры и фырканье верблюдов, поднимающихся на ноги.

Нур спешил уехать, и завтрак, который он приготовил, оказался довольно скудным.

Медина подумала, что маркиз проголодается гораздо раньше, чем придет время обеда.

Потом она с улыбкой сказала себе, что зря она волнуется за него.

Он был вполне способен сам позаботиться о себе.

Выходя из палатки, он улыбнулся, и она поняла, что он по-прежнему взволнован вчерашней находкой и ему не терпится продолжить путешествие.

Медина хотела еще раз попробовать уговорить его удовольствоваться тем, что у него уже есть, и возвратиться на родину.

Но она успела узнать его достаточно хорошо, чтобы понимать: все, что она скажет, попадет как будто в уши глухого.

Если он что-то решил, ничто не могло заставить его отступить.

Медина была уверена, что даже самой царице Савской не удалось бы его переубедить.

Караван выступил в путь и шел два часа, пока солнце не поднялось высоко и не стало слишком жарко.

Впереди возвышались горы, отмечающие северную границу Сабеи; Медина знала, что там будет прохладнее.

Через час они достигли подножия.

Голые скалы выглядели еще мрачнее по сравнению с пшеничными полями в плодородной долине.

Между двумя высокими пиками был проход, который, как было известно Медине, вел к городу Сааде, через который лежал путь в Мекку.

Здесь нужно было ехать цепочкой, и Медина пустила своего дромадера вперед, чтобы указывать дорогу.

Оглянувшись, она увидела, что маркиз едет прямо за ней, а караван идет следом за ним.

В тот миг, когда она обернулась, высоко в горах, справа от нее взвился дымок и послышался громкий звук, эхом отдавшийся от скал.

В первое мгновение она не поняла, что произошло.

Еще раз послышался тот же звук, и дромадер, на котором она ехала, внезапно рухнул на землю.

Медину выбросило из седла. Она перелетела через голову верблюда, упала и потеряла сознание...

Маркиз, поняв, что на них напали, резко остановил своего дромадера. Погонщики достали ружья.

Маркиз соскользнул с верблюда, и в следующий миг они открыли огонь.

Маркиз собирался тоже начать стрелять, но подумал, что важнее сейчас позаботиться об Али.

Подбежав к его верблюду, он увидел, что пуля попала животному прямо в сердце. Дромадер был мертв.

Али лежал ничком, вытянув руки вперед.

Маркиз поднял юношу на руки и в отчаянии огляделся.

Он понимал, что оба они представляют собой легкую мишень для тех, кто стрелял с вершины горы.

Прямо перед собой, в подножии той же горы, он увидел темное отверстие, вероятно, ведущее в пещеру.

С Али на руках маркиз побежал туда по каменистой тропке, которая когда-то была руслом реки.

Это действительно оказалась пещера.

Она была достаточно высокой, и в ней можно стоять почти не пригибаясь.

Маркиз внес Али внутрь.

Он бережно опустил свою ношу на песок и тут увидел, что очки Али при падении разбились, а красная махрана съехала на лоб.

Глаза юноши были закрыты, и маркиз на одно ужасное мгновение испугался, что первая пуля попала в него и он мертв.

Он снял с Али бурнус, чтобы послушать сердце. Потом он поспешно расстегнул на нем рубашку и просунул под нее ладонь.

Рука его неожиданно коснулась чего-то теплого, мягкого и выпуклого. Маркиз в изумлении замер.

Словно не веря собственным ощущениям, он распахнул рубашку и увидел не только маленькую девичью грудь с розовым соском, но и разглядел цвет ее кожи.

В темноте пещеры она была ослепительно белой, и в первое мгновение маркиз просто не поверил своим глазам.

В минуту, когда он удостоверился, что сердце девушки бьется, он услышал чьи-то шаги и быстро запахнул рубашку.

— Он ранен, господин? — с тревогой в голосе спросил Нур, вбегая в пещеру.

— Нет, — ответил маркиз, — только оглушен падением.

— Стрельба закончилась, разбойники разбежались.

— Разбойники? — переспросил маркиз, вспомнив о сокровищах, которые они нашли прошлой ночью.

— Бедуины в горах нападают на караваны, идущие в Мекку, и отбирают весь груз. Но сейчас мы их отпугнули.

— Надеюсь, что так, — с чувством сказал маркиз.

Он посмотрел на Медину и принял решение.

— Далеко ли до ближайшего селения? — спросил он.

— Две мили, господин. Небольшая деревня, но там можно остановиться на отдых.

— Поезжай вперед, — приказал маркиз, — и найди дом, где мы могли бы пожить, пока Али не поправится. Заплати хозяевам, чтобы дом предоставили нам целиком. Ты понял?

— Да, господин!

Маркиз подождал, пока Нур не уйдет, а потом очень осторожно завязал рубашку Медины до самой шеи.

Поправляя на ней махрану, он увидел, что волосы у нее не такие, как у арабов.

Они были более теплого и светлого оттенка, свойственного европейским женщинам со светлой кожей.

«Почему она мне ничего не сказала?» — спрашивал он себя, пока нес ее к своему дромадеру.

Проходя мимо убитого верблюда, он обратил внимание, что седло, упряжь и весь груз с него уже успели снять.

Медина по-прежнему была без сознания, и маркиз не сомневался, что у девушки сотрясение мозга.

Учитывая ее состояние, в первую очередь нужно было найти более подходящее убежище, чем палатка в пустыне.

Маркиз вынужден был идти медленно и в то же время старался не отстать от остального каравана. Оставалась опасность, что появятся другие любители легкой поживы.

Понадобилось почти два часа, чтобы добраться до деревни, стоящей посреди бесплодных песков.

Там их встретил Нур и отвел маркиза в маленький домик. Это был обычный для Аравии саманный беленый дом с плоской крышей, но он выглядел аккуратнее, чем остальные.

Войдя внутрь, маркиз увидел, что, несмотря на скудность обстановки, в доме очень чисто.

— Дом принадлежит муэдзину, господин, — объяснил Нур. — Он хороший человек, только очень бедный. Я предложить ему большую плату, и он сказал, что будет ночевать в мечети.

— Хорошо, — одобрительно кивнул маркиз.

Дом состоял из общей комнаты и маленькой спальни.

В спальне стояла местная разновидность кровати, состоящая из веревочной сетки, натянутой на раму, опирающуюся на четыре ножки.

Маркиз опустил девушку на ковер в общей комнате, а Нур, не дожидаясь, пока ему дадут указание, отправился за матрацем, который они возили с собой.

Нур знал, что требовалось, и не ждал приказаний.

Тем временем маркиз смотрел на Медину и поражался тому, каким он был слепцом.

Без уродливых очков она выглядела очень юной и очень хрупкой, но никто бы не сказал, что это мальчик.

Маркиз представил, как посмеялся бы над ним Руперт.

С его репутацией знатока хорошеньких женщин было просто невероятно, что он умудрился принять Али за юношу.

Теперь он видел, что женственным было не только ее лицо с классическими чертами, но и тонкие пальцы рук и изящные ступни с высоким подъемом.

«Будет о чем рассказать в «Уайтс», — подумал маркиз.

Все просто лопнут со смеху, когда узнают, что маркиз Энджелстоун, известный женолюб, почти три недели был не способен распознать в арабском юноше девушку.

«Но кто же она?» — спрашивал себя он.

Этот вопрос маркиз был намерен выяснить как можно скорее.

Нур принес матрац и мягкую подушку.

Маркиз поднял Медину и отнес ее в спальню.

Там он снял с нее красную махрану, и волосы девушки мягкими волнами упали по обе стороны ее лица.

Маркиз знал, что Нур наблюдает за ним.

— Я полагаю, в этом пустынном месте нет доктора, — сказал маркиз, — да если и был бы, то вряд ли от него была бы большая польза.

— Я забочусь о молодом господине, — твердо ответил Нур.

— Вероятно, тебе уже приходилось это делать, — заметил маркиз.

— Много раз.

Не спрашивая разрешения у маркиза, Нур подошел к Медине, пощупал ей пульс и осторожно положил руку на лоб.

— Вы отдыхать, — сказал он маркизу. — А я готовить для молодого господина отвар из трав.

У маркиза мелькнуло в голове, что это может быть опасно.

Он знал, что в Сабее собирают наркотические растения и богатые арабы жуют их, чтобы не замечать усталости.

Потом он подумал, что Нур не станет причинять вреда Медине, а тот, прочитав его мысли, спокойно сказал:

— Аллах велик, все будет хорошо.

Маркиз хотел насмешливо сказать, что Аллах мог бы уберечь ее от падения с дромадера, но потом ему пришло в голову, что на самом деле это почти чудо, что пуля попала только в верблюда.

В этом узком ущелье разбойники могли с легкостью перестрелять их всех.

Он подумал, что должен на коленях благодарить Бога за то, что все остались живы.

Он посмотрел на Медину и внезапно испытал великое облегчение и радость оттого, что она жива.

Он повелительно сказал Нуру:

— Иди и готовь отвар, о котором ты говорил. И еще приготовь мне поесть.

Араб бросил на него почти испуганный взгляд и торопливо вышел.

Когда он ушел, маркиз очень нежно снял с Медины бурнус.

Теперь, сквозь тонкий шелк ее длинной рубашки, ему ясно были видны очертания ее груди и узких бедер.

У нее была длинная и нежная шея.

Маркиз снял с нее сандалии и осторожно укрыл девушку покрывалом, которым она накрывалась по ночам.

Ее руки с длинными тонкими пальцами он положил поверх покрывала.

Глядя на ее обращенное к потолку лицо и сомкнутые веки, он вдруг подумал, что она лежит как будто в гробнице.

Ему опять захотелось удостовериться, что она жива, но он сказал себе, что не должен касаться ее груди.

Вместо этого он, по примеру Нура, пощупал ей пульс.

Сердце билось, и он успокоился.

Потом он пошел осматривать дом.

В общей комнате он увидел Коран. В европейском смысле этого слова окон в комнате не было, но сквозь сводчатое отверстие в стене маркиз мог видеть маленький сад.

Он вновь подумал о том, как развеселится Руперт, узнав, что он делил кров с загадочной женщиной.

Она заинтриговала его, она подхлестнула его ум и привела его к сокровищу, которому нет цены.

И все же он не переставал думать о том, что ей зачем-то понадобилось скрывать свою личность.

«Должно быть, я старею, — сказал себе маркиз, — если я перестаю чувствовать женские флюиды!»

Внезапно он понял: если «Али» удалось так долго морочить ему голову, то это, без сомнения, очень умная девушка.

И это было всего одним из многих примеров остроты ее ума, которая поразила маркиза с самой первой минуты их знакомства.

Ему хотелось задать ей тысячи вопросов, и он знал, что не успокоится, пока не получит ответы.

Если «Али» не сын шейха и даже вообще не араб, то откуда английская девушка может столько знать о Востоке?

Как ей удалось обмануть не только его, но и погонщиков, которые повиновались ей беспрекословно?

Никто из тех, с кем они встречались в дороге, тоже ничего не заподозрил.

Только Нур, очевидно, все знал, и маркиз решил, что он и есть ключ к этой загадке! Он дал себе слово заняться Нуром при первой же возможности.

Однако прежде надо было еще многое сделать.

Маркиз обнаружил, что караван разбил лагерь недалеко от дома муэдзина.

Его было видно из окон.

Потом маркиз пошел к мечети, чтобы поблагодарить муэдзина, хозяина дома, за доброту и гостеприимство.

Он понимал, что Нур не пожалел денег.

Увидев внутреннюю часть мечети, маркиз подумал, что знает, на что они пойдут: здание было в ужасном состоянии.

На узенькой улочке толпились торговцы, с надеждой глядя на маркиза: все знали, что владелец каравана должен быть человеком богатым.

Маркиз понимал, что Нур лучше справится с покупкой необходимых продуктов.

Но он не мог противиться желанию купить мирры и ладана.

Еще ему попался на глаза небольшой ящичек для специй, который, как показалось маркизу, понравился бы Медине.

Когда он вернулся, она по-прежнему была без сознания.

Он остался в спальне и сидел там до тех пор, пока Нур не принес ему еду.

Тогда маркиз перешел в общую комнату.

Нур, как всегда, приготовил превосходные блюда. Поев, маркиз спокойно сказал:

— Я хочу кое о чем тебя спросить, и тебе лучше говорить правду!

В глазах араба мелькнула настороженность, а маркиз продолжал:

— Как зовут твою госпожу, которой ты служил много лет?

Он видел, что Нур ждал этого вопроса.

Однако он молчал, и маркиз добавил:

— Ты должен понять, что я больше не заблуждаюсь насчет того, что мой проводник — мужчина. Поэтому я прошу тебя быть честным со мной и обещаю, что эта тайна останется между нами и никто о ней не узнает.

Нур переступил с ноги на ногу и проговорил:

— Погонщики думают, молодой господин — мужчина.

— Так и должно быть, — сказал маркиз. — Но мне ты скажешь правду.

Нур по-прежнему колебался, и маркиз мягко спросил:

— Каково ее настоящее имя?

— Медина Тевин, господин.

Нур говорил так, будто слова из него вытягивали клещами. Маркиз посмотрел на него в изумлении.

— Тевин? — переспросил он. — Не дочь ли она Эдмунда Тевина?

— Да, господин.

— Тогда почему же она не с отцом? Где он сейчас?

— Он умер, господин, — ответил Нур. — Он похоронен недалеко от Мариба.

Маркиз глубоко вздохнул.

Теперь ему стало понятно, почему Медина так много знает обо всем, что его интересует.

Разве могло быть иначе, если ее отец был автором книги «Духи богов» и другом Ричарда Бертона?

Известие о том, что человек, чья книга вдохновила его, человек, с которым он так мечтал встретиться, мертв, поразило маркиза.

Но в соседней комнате была его дочь.

— Когда умер профессор Тевин? — спросил маркиз.

Араб назвал ему дату, и маркиз понял, что это случилось непосредственно перед его приездом в Кану.

Теперь ему стало ясно, почему в иные минуты его юный проводник выглядел таким несчастным.

Сначала он решил, что сказал или сделал что-то, что обидело его. Маркиз знал, что некоторые арабы очень ранимы и легко обижаются, особенно на иностранцев.

Потом ему пришло в голову, что причина не в этом, а в том, что у юноши неприятности личного свойства.

Но сейчас он, разумеется, понимал, что Медина тосковала без отца.

Маркиз знал, что многие люди, пережив первое потрясение, вызванное смертью близкого человека, потом страдают сильнее, чем в тот момент, когда понесли утрату.

Проницательный человек, он нередко улавливал исходящие от Медины волны сжигающей ее изнутри душевной боли.

Но маркиз говорил себе, что это только его воображение.

Он был захвачен этой страной, ее странной духовностью, которой не ожидал встретить, и ее красотой, которая навсегда вошла в его сердце.

Улавливая эти волны, он лишь жалел, что она не доверяет ему настолько, чтобы попросить о помощи.

Тогда он понимал, что она не могла этого сделать, потому что, узнай он, что она женщина, их отношения были бы совсем иными.

Маркиз слишком хорошо знал, чего могли бы ожидать мужчина и женщина, оказавшись в одиночестве посреди неизвестности.

В мире, на который «западная цивилизация» не имела никакого влияния, где ее законы не действовали.

Потом он подумал, что с Мединой все было бы иначе, чем с такими женщинами, как Эстер, или другими, с которыми он развлекался в Англии.

У него не было и тени сомнения в том, что, хотя с ней можно было говорить, как с мужчиной, и поражаться ее необыкновенному уму и запасу знаний, как женщина она была очень неопытна.

Он не раз замечал, что она не понимает кое-каких замечаний, которые маркиз порой бросал в разговоре с «Али», как мужчина мужчине.

Теперь он понимал почему.

Маркиз, который всегда любил необычное, неожиданно для себя оказался в ситуации, которую не мог представить даже в своих самых безумных снах.

Но, как ни странно, сейчас он не знал, как ему поступить.

Солнце уже садилось. Он спросил Нура, что они еще могут сделать для Медины.

— Ее судьба в руках Аллаха, — ответил Нур. — Когда она очнуться, разум еще будет страдать, но ей станет лучше.

— Надеюсь, ты знаешь, о чем говоришь, — сказал маркиз, — но, я полагаю, ты прав, и мы можем лишь уповать на Аллаха.

— Аллах велик, — сказал Нур по-арабски.

Маркиз понимал, что теперь остается только ждать.

Он перенес свой матрац из маленькой спальни в общую комнату.

Двери между комнатами не было, только легкая занавеска, и он знал, что услышит ее малейшее движение.

— Я остаюсь с госпожой, — предложил Нур, но маркиз отрицательно покачал головой.

— Полезай спать на крышу, — сказал он. — Я позову тебя, если она очнется.

Он думал, что Нур будет спорить, но тот, видимо, слишком его боялся, чтобы перечить.

Араб послушно полез на крышу, а маркиз положил матрац возле открытого окна, но уснул не сразу.

Он думал о Медине и о том, что это имя удивительно ей подходит.

Ему хотелось узнать, почему ее так назвали.

Уже засыпая, он вдруг подумал, что с тех пор, как с Мединой случилось несчастье, он ни разу не вспомнил о статуе, которую нашел в Марибе.

Маркиз крепко спал, но был внезапно разбужен чьим-то голосом и сразу вскочил, как человек, которому в жизни не раз грозила опасность.

Потом он узнал голос Медины.

Он пошел в спальню, где оставил у кровати свечу, зажженную на случай, если она очнется.

У Медины был жар, и она металась на кровати в бреду.

Маркиз налил в пиалу немного отвара, который Нур оставил на маленьком столике у стены, и, подойдя к кровати, встал рядом с ней на колени.

Он обнял Медину за плечи, осторожно приподнял ей голову и поднес пиалу к ее губам.

Она отвернулась, и он тихо сказал:

— Тебя мучает жажда. Попей, тебе станет легче.

Подчиняясь не словам, а лишь убедительной интонации его голоса, она отпила немного, и маркиз убрал пиалу.

Потом, когда он опустил ее голову на подушку, она вдруг едва слышно забормотала:

— Помоги мне... Отец... Помоги мне! Если он... пойдет в Мекку, то... умрет... И... я тоже не захочу... больше жить.

Ее голос дрогнул, и в нем послышалась неподдельная мука:

— Я... люблю его... Люблю!

Услышав это, маркиз словно окаменел.

Потом маркиз увидел, что по щекам Медины из-под сомкнутых век текут слезы.

Очень нежно он стер их, и через минуту Медина затихла и вновь погрузилась в бессознательное состояние, из которого ненадолго вырвалась.

Маркиз едва мог поверить тому, что услышал, и все же теперь он знал.

Это было невероятно, но Медина любила его.

Маркиза любили многие женщины, и он всегда понимал, когда женщина влюблена — по ее взглядам, жестам, по голосу и интонациям.

Как он говорил, «они трепетали».

И теперь он был поражен тем, что «Али» ни разу ничем не показал, что «его» волнует что-то еще, помимо обязанностей проводника и учителя языка.

Вероятно, это уродливые очки не позволили прочесть тайну Медины в ее глазах.

В ее голосе, который, как маркиз теперь понимал, был таким музыкальным, не было и намека на какие-то возвышенные чувства.

Как же мог он предположить, что «юноша», который казался столь необычным арабом, на самом деле был весьма необычной юной английской леди?

Этой сложности он не ожидал в своем путешествии.

Наконец маркиз вернулся в общую комнату. Улегшись на свой матрац, он подумал, что никто не поверит ему, когда он будет рассказывать об этой поездке.

Это было путешествие в неизвестное, и началось оно оттого, что Эстер с помощью шантажа хотела склонить его к браку.

Маркиз понимал, что единственный способ уберечься от ее цепкой хватки — убежать на край света.

Но и тут появилась женщина, посягающая на него.

Он сказал себе, что разумнее всего было бы, как только ей станет лучше, отправить ее назад в Кану, а самому продолжить свой хадж в одиночку.

Подумав об этом, он внезапно осознал, что будет очень опечален, лишившись ее общества.

Он представил себе, как скучно будет в одиночестве медленно тащиться по горячим пескам.

— Я хочу, чтобы она осталась со мной! — сказал он вслух таким тоном, словно какие-то невидимые силы хотели ее у него отнять.

«Но она женщина — а ты ненавидишь всех женщин!» — сказал ему внутренний голос.

«Это правда, но до сих пор она не посягала на мою свободу — значит, нечего бояться, что она сделает это теперь».

«Но разве твое отношение к ней не изменилось?»

«Почему оно должно было измениться?» — с возмущением спросил маркиз сам себя, но он заранее знал ответ.

Медина была женщиной, и можно было ожидать, что она так или иначе постарается выказать свою любовь.

Ему ли не известно об уловках, мольбах и соблазнах, искушениях, с помощью которых женщины стремились поймать его в свои сети?

Он привык к тому, что женщины делали первый шаг к сближению раньше, чем он.

Он привык откликаться на приглашение во взгляде женщины и целовать их призывно сложенные для поцелуя губки.

Но их руки всегда обнимали его так, словно хотели не дать ему ускользнуть.

«Черт возьми, неужели в мире не найти такого места, где нет ни одной чертовой бабы, и они никогда не оставят меня в покое?»

Едва он подумал об этом, как тут же посмеялся над самим собой, над своей порочностью, циничностью и пресыщенностью.

Он вспомнил Эстер.

И содрогнулся, вспомнив их так называемую любовь, которая, как ни грустно теперь ему было это признать, была всего лишь обычной похотью.

Потом, лежа без сна и глядя на звезды, он вдруг осознал, что Медина, не важно, в женской или мужской ипостаси, совсем не такая.

Он не мог бы словами определить эту разницу, но знал, что она есть.

И еще он знал, что от нее ему убегать не нужно. Он может ее не бояться: она никогда не сделает ему ничего дурного.

Маркиз сам не понимал, почему он так в этом уверен.

Он знал только, что обстоятельство это не подлежит сомнению, что это такая же правда, как то, что он и Медина в Аравии и оба они — англичане.

Не представляя, куда заведут его эти мысли, он встал и вновь прошел в соседнюю комнату.

Медина лежала в той же позе, в какой он ее оставил; казалось, она успокоилась, и на ее губах теперь была видна слабая улыбка.

Маркиз только сейчас обратил внимание, что эти губы были такой же классической формы, как у античных статуй в Энджелстоун-Хауз, которыми он очень гордился.

Он стоял, глядя на нее, и думал, действительно ли она сказала, что любит его, или он только вообразил, будто это услышал.

Только в одном он был до конца уверен: в том, что она необычная женщина, совсем не похожая ни на одну из тех, кого маркиз знал до встречи с нею.

Она никогда не причинила бы ему вреда.

Он был так в этом уверен, будто она была ангелом, спустившимся с небес, чтобы защитить его.

Потом маркиз сказал себе, что во всем виноват звездный свет, который смутил его разум и вселил в него какие-то чудные мысли.

Женщины есть женщины, и нет никаких логических причин полагать, будто Медина какая-то особенная.

И все же, возвращаясь в комнату, где он спал, маркиз знал, что это правда.

Глава 7

Перед самым рассветом маркиз услышал, как Медина ходит в соседней комнате, но он не пошел туда.

Он слышал, как она выпила отвар, а потом вернулась к кровати и снова легла.

Наутро Нур сказал ему, что благодаря отвару она будет спать, пока не выздоровеет, и маркиз подумал, что не стоит ее тревожить.

Он пошел взглянуть на нее, только когда она снова заснула.

Глядя на ее лицо, утопающее в подушке, и волосы, почти касающиеся плеч, он вновь подумал, что был слепцом, не догадавшись сразу, что она — женщина.

Нур сказал, что она будет в состоянии встать приблизительно через три дня.

Поэтому маркиз занялся покупкой нового дромадера и забраковал полдесятка верблюдов, прежде чем нашел подходящего.

Кроме того, он подружился с муэдзином.

Это был умный и образованный мужчина; он объяснил маркизу некоторые места в Коране, которых тот раньше не понимал, и рассказал много нового об Аравии и истории этой страны.

На третью ночь маркиз спал на крыше, а Нур — внизу, в общей комнате.

Проснувшись на рассвете, маркиз подумал, что, если они хотят отправиться в путь, пока еще прохладно, нужно выходить сразу после завтрака.

Он спустился в дом; завтрак был готов, и, как и ожидал маркиз, Медина вышла из-за занавески, разделяющей комнаты.

Глядя на нее, он подумал, что, не будь ее кожа выкрашена хной, она выглядела бы бледной.

Она похудела, и ее глаза на тонком лице казались огромными.

Она заговорила с маркизом в той же манере, что и всегда.

Ее голос звучал приветливо, но ни в коем случае не интимно, и он понял, что она не знает, что он проник в ее тайну.

— Сожалею, что так получилось, — сказала она, садясь на ковер перед низким столиком.

— Как вы себя чувствуете? — спросил маркиз. — Вы уверены, что путешествие не будет для вас слишком тяжело?

— Нет, я чувствую себя хорошо, — ответила Медина. — Отвары Нура мне всегда хорошо помогали, а на этот раз он добавил каких-то особых трав.

— Вам нельзя переутомляться, — настаивал маркиз.

— Я постараюсь, — сказала она, — но у нас впереди еще длинный путь.

— Только до Адена, — спокойно сказал маркиз.

Она посмотрела на него с удивлением:

— До... Адена?

— Я переменил свое решение и оставил намерение пробраться в Мекку.

В глазах Медины вспыхнули огоньки, и он понял, что эти слова ее обрадовали.

Но, отведя взгляд, Медина равнодушно сказала:

— Ну что ж, в таком случае могу сказать, что вы поступаете... мудро.

— Вы мне говорили, что идти в Мекку было бы безумием, — сказал маркиз, словно оправдываясь, — и теперь, когда у меня есть статуя, я могу спокойно возвращаться домой.

— Да... Конечно, — тихо промолвила Медина.

Больше она ничего не сказала.

Выйдя наружу, маркиз показал ей дромадера, которого он купил, и она похвалила его выбор.

Он, однако, упорно настаивал, чтобы она ехала на том верблюде, на котором он путешествовал вначале, потому что животное это было послушным и управлять им было легче. Маркиз боялся, что на более молодого верблюда ослабевшей после болезни девушке садиться опасно.

Их никто не провожал.

Накануне маркиз заплатил муэдзину, и тот едва не потерял дар речи от щедрости своего гостя.

Медина впервые увидела домик снаружи.

Она думала о том, как увлекательно было бы жить в нем вдвоем с маркизом, если бы она не пролежала все время без сознания.

Но он никогда не должен узнать, какие чувства она к нему питает.

Потом Медина подумала, что ей осталось всего шесть или семь дней в его обществе и она должна постараться воспользоваться ими как можно лучше.

Они медленно тронулись в путь.

Первый день не был трудным, и они преодолели большое расстояние. Маркиз, однако, раньше обычного заговорил о привале.

— Мы достаточно на сегодня проехали, — сказал он Медине, когда она попыталась возражать.

Они разбили палатки в маленьком оазисе, где была вода, чтобы напоить верблюдов, и пальмовые деревья, дающие тень.

Место показалось Медине весьма романтическим.

Она невольно спросила себя, какие чувства могла бы испытать, если бы маркиз любил ее так же сильно, как она его.

«Он такой красавец, — думала она. — Когда он вернется в Англию, вокруг него соберется множество прекрасных женщин, и он никогда обо мне не вспомнит».

Боясь, что он догадается о ее любви, она старалась держаться от маркиза подальше.

А он, поскольку и так уже знал обо всем, ожидал увидеть это в ее взгляде и в тысяче различных способов, которыми женщины всегда выражают свои чувства.

Но вместо этого она от него отдалялась.

Ему казалось, что она отвечает ему, не слушая, и его слова не вызывают у нее никаких чувств.

На третий день путешествия он почувствовал себя уязвленным.

На четвертый день он был уже просто поражен и, если быть до конца честным, раздражен тем, что, как ему показалось, она потеряла к нему интерес.

На самом ли деле она говорила, что любит его?

Впервые ему пришло в голову, что, произнося эти три слова в бреду, она могла иметь в виду совсем не его.

Однако это было невозможно, и если только чувства ее не изменились, она любит его, как и говорила, всем сердцем.

Он тайком поглядывал на нее, пока они ехали рядом, и думал о том, как красив ее профиль на фоне ясного синего неба.

Как и прежде, он замечал, что она надвигает махрану низко на лоб и старается прикрывать шею и нижнюю часть лица.

Маркиз исподволь следил за изящными движениями ее рук и губ.

«Каковы на вкус эти нежные губки?» — думал он и был уверен, что они окажутся очень мягкими, сладкими и невинными.

Он также был уверен, что ее еще ни разу не целовал мужчина.

Ему становилось все труднее уходить от нее, когда они разбивали лагерь и нужно было отправляться в свою палатку спать. Ему не хотелось расставаться с ней даже на минуту.

Маркиз говорил себе, что его привлекает ее ум и ему просто нравится с ней разговаривать, но на самом деле он понимал, что никогда не забудет красоту ее высокой груди и белизну кожи.

Занятый мыслями о Медине, он едва замечал монотонность их долгого похода по пустыне и даже жару.

Тем не менее он знал, что она для него недоступна!

Накануне того дня, когда они должны были достичь Адена, он объявил привал раньше, чем обычно.

Медина удивленно посмотрела на него, и он объяснил:

— Завтра мы будем в Адене. Я хочу в последний раз насладиться бесконечностью пустыни и посмотреть, как на небе одна за одной загораются звезды.

Медина затаила дыхание, подумав, что ей самой очень хотелось разделить с ним красоту последнего вечера.

Это останется ей на память, когда он уедет.

В Адене они расстанутся, а потом она вернется в Кану.

Там она снова спросит Селима Махана, нужно ли ей возвращаться в Англию или можно остаться с ним.

Она понимала, что с отъездом маркиза станет совсем одинокой, потому что, кроме отца, потеряет еще и сердце.

«Я люблю его... люблю!» — много раз повторяла она, сидя в темноте своей маленькой палатки.

Она смотрела на маркиза, когда тот этого не замечал, и думала, что он не просто самый красивый мужчина из всех, кого она когда-либо видела, но он еще и совсем особенный, не такой, как другие люди.

Он был настоящим аристократом и при этом отличался гибким умом и твердостью характера, что ей очень нравилось.

Она уважала его за самообладание и за то, что, даже теряя терпение, он никогда не позволял себе возвысить голос.

«Папа был бы от него в восторге», — говорила она себе и жалела, что не может сказать маркизу, что книга, которая, по его словам, его вдохновила и которую он всегда брал с собой в палатку, написана ее отцом.

Оазис, в котором они остановились, был еще романтичнее того, которым они наслаждались в первую ночь путешествия.

Здесь было больше пальм, колодец был глубже, а вода в нем — чище.

Даже верблюды казались довольными, когда всадники спешились и позволили животным лечь.

Маркиз и Медина разошлись по своим палаткам, которые Нур поставил в стороне от остального каравана, в тени пальмовых деревьев.

Медина сняла бурнус.

Она встала возле последнего дерева, за которым снова начиналась пустыня, и посмотрела в ту сторону, где за горизонтом должен был находиться Аден.

Они поужинали, не дожидаясь захода солнца, которое медленно опускалось в багрово-золотое зарево позади невысоких гор.

К Медине подошел маркиз, и когда он встал рядом, она сказала:

— Здесь так красиво!

— Да, трудно будет все это забыть.

— А вы... хотите забыть? — спросила она.

Ему послышалась печаль в ее голосе.

— Я буду помнить этот день всю жизнь, — ответил маркиз, — и, конечно же, вас!

Он почувствовал, что она затрепетала при этих словах, и с тех пор, как они тронулись в путь, это был первый знак того, что он ей небезразличен.

Всего лишь легкий трепет.

И однако ему показалось, что эту дрожь он почувствовал так, словно она пробежала по его собственному телу, и в этот самый миг он понял, что любит Медину.

Он пытался побороть свои чувства.

Он пытался убедить себя в том, что сможет покинуть Аравию, вернуться на родину и без сожалений продолжить прежнюю жизнь.

Теперь ему пришлось признаться себе в том, что он не может расстаться с Мединой. Сердце его навсегда останется с ней.

Она не смотрела на него, не делала никаких движений, глаза ее были обращены вдаль.

Но точно так же, как он чувствовал ее, маркиз не сомневался: она чувствует его.

Он не двигался, но ощущал, что все его существо стремится к ней.

— Я хочу вам кое-что сообщить, — быстро проговорил он.

— Что же?

— Нечто такое, что должно вас удивить.

Она слушала, и он продолжал:

— Пока вы были без сознания и мне было нечем заняться, я велел Нуру принести мне статую, которую мы нашли в Марибе.

— Вы... остались ею довольны?

— Я ее очистил, — ответил маркиз. — И она не из бронзы, как мы подумали, когда я выкопал ее из земли.

— Не бронзовая? — переспросила Медина.

— Нет, она золотая!

Медина ахнула, и маркиз добавил:

— Надпись на ней, я думаю, докажет, что она из царской сокровищницы, и я уверен, наша находка окажется одной из самых замечательных вещей, какие были привезены из Аравии.

Медина испуганно вскрикнула и сказала:

— Теперь я понимаю, почему вы так спешите домой. Если кто-нибудь узнает об этой статуе... вам не сносить головы!

— Это меня не тревожит, — ответил маркиз, — Меня больше заботит то, что по крайней мере половина статуи принадлежит вам, если не вся.

Медина рассмеялась:

— Вы очень щедры... Но она ваша. Вы ведь ее нашли.

— Но вы указали мне место.

Она промолчала, и он добавил:

— Теперь я понимаю, что должен благодарить вашего отца.

Медина резко обернулась к нему.

— М-моего... отца? — Она запнулась.

— Ума не приложу, почему вы мне не сказали, — продолжал маркиз, — что являетесь дочерью человека, чья книга значит для меня больше любой другой книги, какую я когда-нибудь читал.

— К-как вы узнали, кто я?

— Я понял, что вы женщина, когда поднял вас на руки, — спокойно сказал маркиз.

— Я... простите меня, но Селим считал, что я буду для вас лучшим проводником.

— И он не ошибся, — согласился маркиз. — Вы вели меня, учили и... вдохновляли.

Вновь он почувствовал, что она затрепетала, еще до того, как услышал тихое:

— Я очень рада.

— Но вы так и не ответили на мой вопрос, — настойчиво проговорил маркиз. — Как нам с вами разделить эту статую? Она принадлежит нам обоим.

После недолгого молчания Медина сказала:

— Мне бы хотелось, чтобы вы поставили эту статую в своем доме в Англии.

— Я думаю, вы должны поехать и увидеть своими глазами, как она будет там смотреться.

Он наблюдал за ее лицом и знал, что она пытается понять, можно ли считать его слова приглашением. Потом она отчаянно произнесла:

— Я не хотела возвращаться в Англию... Но судя по всему, рано или поздно мне придется это сделать.

— Думаю, нам стоит вернуться домой вместе, — сказал маркиз.

Теперь она посмотрела на него с явным изумлением.

— Не хотите ли вы сказать, что... приглашаете меня в гости? — с трудом проговорила она.

— У меня есть идея получше, — ответил маркиз.

Она подняла на него вопрошающий взгляд.

Губы маркиза чуть дрогнули, и он произнес:

— Я прошу тебя, любимая, выйти за меня замуж!

На мгновение Медина окаменела от неожиданности.

Но когда он обвил руками ее талию, она издала невнятный возглас и спрятала лицо у него на груди.

Он крепко прижал к себе Медину и очень нежно снял с ее головы махрану.

Рука его коснулась шелковистых волос, и он, почувствовав дрожь ее тела, поднял за подбородок ее лицо.

— Я люблю тебя! — сказал он. — И знаю, что ты любишь меня!

Он прикрыл губами ее губы и почувствовал, что на вкус они именно такие, как он ожидал: очень мягкие, сладкие и невинные.

В ту же секунду он ощутил, что Медина испытывает сейчас неземное блаженство.

Ее охватил неописуемый восторг, душа ее уносилась в Небеса.

Он знал, что она чувствует, и сам испытывал то же.

Никогда еще в его жизни не было поцелуя, который бы доставил ему такое невероятное наслаждение и вызвал бы в женщине такое же наслаждение.

Целуя Медину и не переставая ее целовать, он знал, что нашел ту Мекку, которую все ищут, и это — совершенная, духовная любовь.

Она нисколько не была похожа на все те чувства, которые ему доводилось испытывать в прошлом.

Только ощутив, как разгорается в нем и в Медине новое солнце, маркиз оторвался от губ возлюбленной.

Он смотрел на нее и думал, что ни одна женщина не могла бы сильнее светиться от любви.

В ней была еще и духовная красота, которую он не встречал доселе на лице женщины.

— Я люблю тебя... люблю! — прошептала Медина.

— Так же, как и я люблю тебя, — ответил маркиз.

— Неужели это правда? Неужели ты действительно смог полюбить меня?

— Я никогда не знал, что можно так сильно кого-то любить и чувствовать то, что я чувствую теперь.

Он снова принялся ее целовать, и она осознала, что не только губы, но и души их сливаются в одно.

Они стали неделимым целым и теперь уже не расстанутся.

Немного позже, когда солнце скатилось за линию горизонта, маркиз повел Медину к тому месту, где Нур расстелил для них покрывало и разложил подушки.

Они сели рядом, и маркиз снова обнял ее:

— Я хочу, чтобы ты хорошенько отдохнула, моя любимая, потому что, когда мы прибудем в Аден, нам надо будет многое сделать.

Она посмотрела на него вопросительно, и он сказал:

— Мы зарегистрируем наш брак в британском консульстве, но сначала, я думаю, надо подыскать тебе одежду.

Медина рассмеялась:

— Консул наверняка не ожидает, что твоя жена может выглядеть так, как я сейчас!

— Ты выглядишь восхитительно, моя несравненная. Но все же я думаю, что будущей маркизе Энджелстоун следовало бы быть чуть больше похожей на женщину.

К удивлению маркиза, Медина вдруг отстранилась от него.

— Что с тобой? — спросил он.

— Ты просишь меня стать твоей женой, — тихо проговорила Медина, — но, возможно, ты совершаешь ошибку.

— Ошибку? — Маркизу показалось, что он ослышался.

— Здесь в пустыне ты просто мужчина, — сказала она. — Замечательный мужчина, которого я люблю и уважаю... Но в Англии...

Она замолчала, и маркиз мягко спросил:

— Что в Англии?

— Я и забыла, что ты маркиз и аристократ. Твоим друзьям может показаться, что я тебе не пара, а ты... ты, быть может, разлюбишь меня.

Маркиз почти грубо привлек ее к себе.

— Ты моя! — отчаянно воскликнул он. — Такую, как ты, я всегда искал и уже почти потерял надежду найти. Ты моя, ты моя Мекка, и потерять тебя — значит потерять саму жизнь!

Говоря эти слова, он вспомнил, как она сказала, что умрет, если его не будет на свете, и понял, что чувствует то же самое.

Что бы в Англии ни стали болтать о них, Медина принадлежит ему, и он ни за что не согласится ее потерять.

Понимая, что эти чувства слишком велики для обычных слов, он просто целовал ее, пока она не сдалась и не прильнула к нему сама.

Он видел, что в эту минуту для нее не существует ничего, кроме того блаженства, которое он ей дарил.

Он дал ей счастье, такое же ослепительное, как звезды, которые уже загорались в небесах над их головами.

Наконец, понимая, что она еще очень слаба, он отослал ее в постель.

Сам маркиз долго лежал без сна и думал о том, что он самый счастливый из смертных.

Он был полон решимости выступить против всего общества, начиная с самой королевы, если кто-нибудь осмелится обидеть Медину.

Внезапно он осознал, что знает о ней очень мало — почти ничего, кроме того, что ее отец писал книги, способные изменить жизнь человека.

Подумав об этом, маркиз не мог не признать, что ему предстоит многое объяснить своим родственникам и друзьям.

Нет сомнений, они спросят его, почему он взял в жены девушку, о которой в обществе никто даже не слыхал.

Но маркиз дал себе клятву, что не допустит, чтобы Медину кто-то обидел или причинил ей зло.

Однако он слишком хорошо знал, как язвительны и злонамеренны могут быть такие женщины, как леди Эстер.

Они всячески пытались бы унизить Медину и внушить ей мысль, что ее любовь станет источником бед для нее самой и для маркиза.

«Я огражу ее от этого зла, — сказал себе маркиз, — даже если для этого мне придется навсегда покинуть Англию».

В то же время ему хотелось жить с Мединой вдвоем в Энджелстоуне.

Он хотел постоянно видеть ее рядом: в комнатах его дома, на приемах, хотел, чтобы она спала рядом.

«Если она смогла научить меня арабскому языку, значит, и я смогу научить ее быть маркизой», — думал он, лежа в темноте.

Он знал, что в душе немного боится, но не за себя — за Медину.

В полдень следующего дня они достигли Адена и сразу направились в порт, где маркиза ждал «Морской Ястреб».

Медина поднялась на борт без махраны и с открытым лицом.

Она выглядела необычно, но в глазах моряков она, несомненно, была женщиной, и маркиз знал, что им и в голову не придет, что она и тот молодой араб-проводник, которого они однажды уже видели, — один и тот же человек.

Понимая, что Медина утомлена переездом и волнением, он велел ей пойти прилечь.

Она заняла ту же самую каюту рядом с каютой маркиза, которая в первый раз показалась ей такой уютной.

Поскольку Медина хотела исполнять все его желания, она попыталась уснуть и в скором времени задремала.

Тем временем маркиз, приняв ванну и переодевшись, отправился в британское консульство.

В белых брюках яхтсмена и спортивной рубашке он выглядел истинным англичанином.

Консул был рад увидеть его и сказал:

— Когда ваша яхта вошла в гавань, милорд, мы не сомневались, что рано или поздно вы тоже появитесь. Я счастлив видеть вас в добром здравии!

Глаза маркиза блеснули.

Он-то знал, что сильный загар, который привел консула в такое восхищение, на самом деле является остатками хны, которую не удалось полностью смыть.

— Я тоже рад, что вернулся благополучно, — ответил он. — Но я нуждаюсь в вашем совете.

— Вы знаете, что я сделаю все, что в моих силах, — ответил консул, — однако сначала, мне кажется, вам стоит прочесть телеграмму, которая вас дожидается.

Консул протянул маркизу конверт, и тот его вскрыл.

Пробежав глазами текст, он подумал, что для полноты счастья ему не хватало именно этого.

В телеграмме, отправленной неделю назад, говорилось:

СЕГОДНЯ УТРОМ ЭСТЕР ВЫШЛА ЗАМУЖ ЗА ГРАФА ДАРНШИРСКОГО. ВОЗВРАЩАЙСЯ. СКУЧАЮ. РУПЕРТ.

Маркиз хорошо знал графа Дарнширского. Это был пожилой и очень богатый пэр, который был уже дважды женат и имел несколько детей.

Эстер добилась своего: теперь у ее ребенка будет отец, который обеспечит ему положение в обществе и большое наследство.

С чувством великого облегчения маркиз подумал, что теперь он свободен и ничто не препятствует его возвращению в Англию с Мединой.

Он положил телеграмму в карман и сказал консулу:

— Совет, который мне нужен, касается моей свадьбы. Я очень хочу, чтобы она состоялась как можно скорее.

Консул смотрел на маркиза во все глаза, а тот продолжал:

— Кроме того, я был бы чрезвычайно вам благодарен, если бы ваша супруга посоветовала мне, как найти для моей невесты, которая сейчас со мной, подходящую одежду.

— Подходящую одежду? — непонимающе переспросил консул.

— Мы путешествовали переодетыми как арабы, — объяснил маркиз, — и вещи моей будущей жены остались в Кане.

— Теперь я все понял! — воскликнул консул. — Я уверен, моя жена будет рада помочь вам. Если в Адене вы что-то не сможете купить, она придумает выход из положения.

— Весьма признателен, — поблагодарил маркиз.

— А я тем временем, — продолжал консул, — пошлю за священником, который совершит обряд венчания. Если вы не против, бракосочетание состоится завтра утром. Мой секретарь подготовит необходимые документы.

— Благодарю вас, — сказал маркиз.

— Могу я узнать имя той леди, которой я должен буду принести мои искренние поздравления? — с любопытством спросил консул.

— Ее зовут Медина Тевин, — ответил маркиз. — Она дочь профессора Эдмунда Тевина, о котором вы, возможно, слышали.

— Мой старый друг! — воскликнул консул. — Некий человек, чье имя я, к сожалению, не могу вам назвать, сообщил мне о том, что он недавно умер.

— Я восхищен его последней книгой, — сказал маркиз.

— Я тоже! — кивнул консул. — Это был выдающийся человек, поистине выдающийся! Не знаю, известно ли его дочери об этом, но ее дедушка, к сожалению, тоже умер. В английских газетах было сообщение о его смерти.

Консул поднялся и подошел к столику, на котором лежала стопка номеров «Морнинг пост».

Найдя нужную газету, он развернул ее и протянул маркизу.

— Вот! — сказал консул. — Лорд Тевинклифф был весьма известной личностью.

Маркиз был поражен, но, ни слова не говоря, взял газету — она была двухнедельной давности — и прочитал:

УМЕР ДОСТОПОЧТЕННЫЙ ЛОРД ТЕВИНКЛИФФ.

С глубоким прискорбием сообщаем о смерти лорда Тевинклиффа, главы судебной и исполнительной власти графства Беркшир и члена двора ее величества королевы. На 80-м году жизни лорд Тевинклифф скоропостижно скончался после непродолжительной болезни, и это большая утрата для всех, кто его знал. Наследником лорда является его старший сын, полковник Альфред Тевин. Младший сын лорда Тевинклиффа, Эдмунд Тевин, известный писатель и археолог, в настоящее время, как полагают, находится в Аравии...

Дальше шел длинный перечень заслуг лорда Тевинклиффа, но маркизу было достаточно того, что он уже прочел.

Это был ответ на все мучившие его вопросы.

Никто, даже родные маркиза, как бы придирчивы они ни были, не посмел бы унизить его избранницу, зная, что она внучка лорда Тевинклиффа.

Теперь маркиз припомнил, что ему доводилось слышать о нем.

Однако ему и в голову не приходило связывать старого лорда с Эдмундом Тевином, о котором с такой теплотой отзывался Ричард Бертон.

Очередное препятствие было преодолено, и маркиз подумал, что теперь у него оставалась одна цель: сделать Медину счастливой.

«Я люблю ее, и наша любовь — единственное, что действительно важно», — сказал он себе.

Супруга консула оказалась чрезвычайно практичной женщиной.

Узнав, что от нее требуется, она немедленно принялась за дело.

Самая лучшая портниха в Адене была отправлена на яхту маркиза.

Проснувшись, Медина увидела, что ее каюта набита платьями всех цветов и фасонов.

Правда, многие из них требовали подгонки в талии, однако она еще до прибытия в Европу могла выглядеть соответственно своему происхождению.

Перед тем как лечь спать, Медина смыла с лица хну и сурьму, вымыла голову и почувствовала себя словно заново родившейся.

Ей понравилось, что маркиз щедро расплатился с Нуром и погонщиками, которые помогли им добраться до Адена.

Нур получил в подарок двух верблюдов, нагруженных миррой и ладаном.

Этот груз можно было без труда продать в Адене, и Медина знала, что Нур выручит за него немалые деньги.

Маркиз выплатил всем погонщикам награду за службу и дал каждому письменную рекомендацию, чтобы те могли предъявить ее любому купцу, кто захочет их нанять.

Маркиз и Медина проводили их до окраины города.

Нур в нанятом экипаже отвез маркиза и Медину на яхту, и там они простились с ним.

— До свидания, Нур! — сказала Медина. — Я никогда не забуду твоей доброты к нам с отцом.

— Теперь вы благополучны, госпожа. Аллах велик!

— Я знаю, что ты увидишь Селима, — продолжала Медина. — Передай ему, что я выхожу замуж за маркиза и безмерно счастлива.

— Хвала Аллаху! — пробормотал Нур по-арабски и почтительно поклонился Медине.

— Когда-нибудь мы еще сюда возвратимся, — тихо сказала Медина, — и обязательно отыщем тебя, Нур, где бы ты ни был.

Нур просиял от радости.

И все же ее не покидала легкая грусть при мысли о том, что она расстается с ним и с отцом.

Ее отец покоился в одинокой могиле под стенами Мариба, но она знала, что именно там он и хотел бы быть похороненным.

Медина подумала, что только благодаря ему они с маркизом нашли золотую статую, которая, как она надеялась, убедила его отказаться от опасного стремления посетить Мекку.

Словно угадав ее мысли, маркиз сказал:

— И ты действительно думала, что после того, как я узнал, что ты женщина — самая дорогая мне женщина, — я подвергну тебя опасности?

— Неужели именно это заставило тебя отправиться в Аден? — спросила Медина.

— Разумеется! — воскликнул он. — Я боялся за тебя всю дорогу! С той минуты, как ты упала с верблюда, я тревожусь за тебя и не перестану тревожиться, пока ты не ступишь на английскую землю!

Медина рассмеялась, а потом сказала:

— О мой любимый, а я так боялась за тебя! Я молилась и молилась о том, чтобы ты каким-нибудь образом изменил свое решение и... не пошел бы в Мекку.

— Не могу представить лучшего способа удержать меня от похода в Мекку, — ответил маркиз.

Его взор был прикован к ее губам, и Медина понимала, что он хочет ее поцеловать.

Они просидели за разговором до самого вечера.

Когда стемнело, маркиз вывел Медину на палубу, чтобы полюбоваться звездами.

— Наши звезды! — тихо сказала Медина. — Они смотрят на нас и оберегают нас.

— Помолимся же, чтобы они не покинули нас до конца нашей жизни, — произнес маркиз.

Он говорил так серьезно, что Медина взглянула на него с удивлением, а потом воскликнула:

— Только ты мог так сказать!

— Этому научили меня ты и твой отец, — ответил маркиз. — Если я немножко попрактикуюсь, то буду выражаться еще цветистее.

Медина рассмеялась.

Он поцеловал ее, и она вновь подумала, как сильно он отличается от того человека, который ступил на землю Аравии, желая достичь Мекки, потому что хотел выиграть какое-то глупое пари!

«Я люблю тебя... Я люблю... тебя!» — кричало ее сердце в тот миг, когда маркиз взял в плен ее губы.

Наутро, одетая в белое платье с небольшим турнюром, она выглядела очень юной и воздушной.

Маркиз впервые увидел ее в европейском платье.

Накануне вечером на ней был восточный кафтан — единственная вещь из запасов портнихи, которая не требовала подгонки.

Сейчас, с волосами, тщательно уложенными модным парикмахером, посланным на яхту супругой консула, и в фате из брюссельского кружева, она казалась просто совершенством.

Маркиз подумал, что она настолько прекрасна, что во всем Лондоне никто не сравнится с ней.

Лицо ее по-прежнему было немного смуглым, но он знал, что гораздо раньше, чем они приплывут в Англию, от загара не останется и следа.

Ее кожа станет такой же белоснежной, как в тех местах, которые сейчас были прикрыты платьем.

Супруга консула прислала Медине крем, который должен был удалить все остатки загара.

Но Нур приготовил ей свое средство из лимонного сока и трав пустыни.

Медина была уверена, что оно будет гораздо эффективнее.

Желая, чтобы маркиз восхищался ею, она на ночь сделала косметическую маску из смеси, приготовленной Нуром.

Она не сомневалась, что уже утром разница будет заметна.

Однако маркиза больше занимали ее глаза, которые светились счастьем.

Движения ее губ сказали ему без слов, как сильно она его любит.

Консул увез Медину с яхты в своей роскошной карете, а маркиз еще раньше поехал в часовню консульства, где их уже ждал английский священник.

На церемонии присутствовали только консул и его супруга.

Однако Медина была уверена, что ее отец и мать в эту минуту тоже рядом.

Она подумала, что их благословил не только христианский Бог, которому они молились в часовне, но и мусульманский Аллах, который провел их через столько опасностей и трудностей и дал им любовь, соединившую их навсегда.

После церемонии бракосочетания консул и его жена выпили шампанского за здоровье молодых.

Потом они вернулись на «Морской Ястреб», и капитан немедленно приказал отчаливать.

— Наконец-то мы одни! — сказал маркиз голосом звонким от счастья.

Как только они покинули гавань, он увел Медину в свою каюту.

Она пришла в восторг, увидев ее полной лилий, которые, вероятно, были доставлены с цветочного базара в Адене.

Воздух был напоен благоуханием ладана.

Она улыбнулась маркизу и сказала:

— Какой еще запах мог украсить наши брачные покои? Этот аромат, мой любимый, будет с нами до конца наших дней.

Он улыбнулся и тихо добавил:

— Это духи богов и твои, мое сокровище, потому что для меня ты — богиня!

Медина подняла к нему лицо, и он накрыл ее губы своими.

Маркиз, не прерывая поцелуя, снял с нее венок и фату и бросил их на стул.

Потом Медина почувствовала, что он снимает с нее платье, и когда оно упало на пол, она смущенно потупилась и спрятала лицо на груди мужа.

Он подхватил ее на руки, отнес на кровать и накрыл обшитой кружевом простыней.

Через мгновение он оказался с ней рядом.

Он крепко прижал ее к себе, и Медина почувствовала, какое у него мускулистое тело, и, как тогда в Марибе, восхитилась его силой.

Ее пронзила сладкая дрожь желания.

— Я люблю тебя! — прошептала она.

— Как и я тебя, мое сокровище, — сказал маркиз, — и больше всего на свете я сейчас хочу вновь насладиться красотой твой груди, которую впервые увидел, когда ты была без сознания.

Он увидел в ее глазах изумление и пояснил:

— Именно тогда я узнал, что ты не та, за кого себя выдаешь. Я хотел проверить, бьется ли твое сердечко, и внезапно нащупал нечто нежное, теплое и очень изящное, и это подсказало мне, что передо мной женщина!

— А я все ломала голову, как ты узнал... — пробормотала Медина.

Маркиз поцеловал ее глаза, ее прямой небольшой носик, а потом — ее губы.

Он откинул ей волосы и поцеловал ее нежную шейку, пробудив в Медине доселе незнакомое чувство.

Потом он припал губами к ее груди, и Медина застонала от наслаждения.

Маркиз старался быть очень нежным, но видел, что огонь, зажженный его ласками, превращается в бушующее пламя страсти.

В нем вспыхнул ответный пожар, и в эту минуту он пожелал ее так, как никогда не желал ни одну женщину.

Они оба стремились к возвышенному и обрели возвышенное среди аравийских песков.

Теперь они знали, что это чувство не покинет их и будет вдохновлять всю оставшуюся жизнь.

Маркиз продолжал целовать Медину, и ей казалось, что он уносит ее в небеса.

Это было блаженство, которое невозможно описать словами.

— Мы с тобой одно целое! — прошептал маркиз, и в его голосе прозвучало торжество. — Мы обрели нашу Мекку, любимая. Мы достигли невозможного и стали равны богам.

И в тот миг, когда он сделал Медину своей, они оба, казалось, достигли пределов рая.

Они знали, что их любовь будет вечной.

Как и пустыня, она не имеет границ и простирается в бесконечность, за каждым горизонтом им будет открываться еще один.

Их соединение стало самой великой и самой священной тайной, какую только может постичь человек, — тайной, что зовется ЛЮБОВЬЮ.

Барбара Картленд

Великая сила любви

ББК 84 (4Вл)
К27

Barbara Cartland
A VERY SPECIAL LOVE
1990
THE PERFUME OF THE GODS
1987

Перевод с английского
А. Загашвили («Великая сила любви»),
К. Россинского и М. Гальпериной («Цветы пустыни»)

Оформление и компьютерный дизайн Е.Н. Волченко

Печатается с разрешения автора
и его агентов Rupert Crew Limited
c/o Andrew Nurnberg Associates Limited.

Исключительные права на публикацию книги на русском языке принадлежат издательству АСТ. Любое использование материала данной книги, полностью или частично, без разрешения правообладателя запрещается.

Картленд Б.
К27 Великая сила любви. Цветы пустыни: Романы/ Пер. с англ. — М.: ООО «Издательство АСТ», 2000. — 320 с.

ISBN 5-17-002100-3

Когда прелестная юная Ция Лэнгли объявила о своем намерении уйти в монастырь, ее опекуна, благородного маркиза Рейберна, встревожила внезапность этого решения. Вскоре он убедился, что девушке угрожает смертельная опасность. Чувство долга повелевало маркизу защищать ее, но он еще не знал, что куда более сильное, прекрасное чувство свяжет их сердца на всю жизнь...

Маркиз Энджелстоун с довольно необычной целью отправился в Мекку, переодевшись паломником: он бежал от брака, к которому его хотела принудить расчетливая светская красотка. Среди опаленной зноем пустыни судьба свела его с очаровательной юной Мединой, дочерью известного путешественника. И чувство, вспыхнувшее между маркизом и девушкой, было подобно жаркому южному солнцу, согревающему их своим светом...

© Cartland Promotions, 1990
© Barbara Cartland, 1987
© Перевод. А. Загашвили, 2000
© Перевод. К. Россинский,
   М. Гальперина, 2000
© ООО «Издательство АСТ», 2000

ОТ АВТОРА

Девушки, достигшие восемнадцатилетнего возраста, могут посвятить свою жизнь служению Богу.

В течение первых девяти месяцев девушка считается просто ожидающей пострига.

Затем два года проводит послушницей и лишь по истечении этого срока, если она все еще слышит в своем сердце «зов Господа», на специальной церемонии посвящения приносит обет.

Дав обет отречься от всего мирского, девушка получает золотое обручальное кольцо с распятием. После этого ее называют Христовой невестой.

Приняв постриг, девушки почти никогда не отказываются от монастырской жизни.

Но если они и делают это, то только для того, чтобы выйти замуж, родить детей и поделиться своим опытом с другими.

Глава 1

1869 год

Рейберн чувствовал страшную, невозможную усталость.

И неудивительно, ведь уже целых два часа он предавался любви с прелестной и очаровательной Жасмин Кейтон.

Он считал ее не только самой страстной женщиной на свете, но и красавицей из красавиц.

В то же время он был убежден, что их связи необходимо положить конец. Он почувствовал непреодолимое желание очутиться в своем доме на Парк-лейн, унаследованном им вместе с титулом маркиза Окхэмптонского.

Он попробовал подняться с кровати, но очаровательная Жасмин удержала его.

— Мне необходимо серьезно поговорить с тобой, Рейберн, — тихо сказала она.

В ответ он пробормотал что-то невнятное и неопределенное.

— Сегодня утром я получила из Парижа известие, что у Лайонела сильный сердечный приступ, — продолжала она.

Маркиз вздрогнул и в глубине души поразился.

— Сегодня утром? — воскликнул он. — Как же ты могла вести себя столь беспечно весь вечер?

— Слава Богу, пока никто ничего не знает. А мне необходимо было поговорить с тобой.

Маркиз смотрел на нее в немом, непреодолимом изумлении. Лорд Кейтон длительное время занимал в правительстве высокий пост и в этот раз, по поручению самой королевы, отправился в Париж с официальным визитом к императору.

Как это ни странно, лорд был на сорок лет старше своей супруги.

Рейберну казалось совершенно очевидным, что сейчас, когда лорд Кейтон так болен, Жасмин неотлучно должна была находиться подле него.

— Вообще-то я уезжаю в Париж завтра рано утром, — словно прочитав его мысли, сказала леди Кейтон, — но я не могла сегодня не увидеть тебя!

— Завтра поутру тебе придется встать рано... — начал было маркиз, делая попытку уйти. Но Жасмин остановила его:

— У меня есть еще одна новость.

— Какая? — спросил он.

— У меня будет ребенок!

Маркиз застыл на месте как громом пораженный.

— Нам всего лишь нужно дождаться, — продолжала Жасмин, — когда умрет Лайонел. Судя по откровенному письму, которое я сегодня получила, ему совсем недолго осталось. А потом мы тайно поженимся где-нибудь во Франции.

Маркизу показалось, что он ослышался, но Жасмин беспечно продолжала:

— Мы проведем очаровательный медовый месяц, а после этого сообщим, что свадьба состоялась давно, несколько месяцев назад. Все будут считать, что ребенок родился чуть преждевременно, но зато никто не усомнится, что он твой.

Рейберн, окаменев, не мог произнести ни слова, а Жасмин как ни в чем не бывало продолжала вкрадчивым голосом:

— Мы будем очень, очень счастливы, дорогой! И когда я стану твоей возлюбленной женой, исполнится моя самая заветная мечта!

Рейберн был уверен, что о том же самом мечтали все знавшие его чаровницы.

Однако сам он не испытывал ни малейшего желания жениться ни на одной из них.

В его жизни было множество женщин, и все они с его ранней молодости видели в нем необычайно привлекательного мужчину, к тому же одного из самых состоятельных в Англии.

С тех пор как он окончил Оксфорд, его неоднократно склоняли к женитьбе.

Родственники буквально на коленях умоляли его остепениться, обзавестись семьей и иметь наследников.

Однако он был совершенно непреклонен и считал, что может выбрать супругу только сам.

Рейберн не был уверен в том, какая именно ему нужна жена, но одно он знал точно: он никогда не женится на женщине, обманывающей своего супруга.

Многие его знакомые из высшего общества посмеялись бы над ним, узнай они об этом.

Принц Уэльский был одним из первых мужчин, начавших свободно обходиться с женщинами своего круга.

Его высочество проявлял неотступный интерес к принцессе де Саган, породив тем самым море слухов и нескромных разговоров.

Подобное поведение постепенно прижилось, став своего рода неписанным правилом для всех членов высшего общества.

Маркиз Рейберн ни в коем случае не был исключением, стараясь, однако, избегать скандалов.

Он считал Жасмин Кейтон одной из самых восхитительных женщин, из всех, которых он когда-либо встречал.

С первой минуты знакомства они оба почувствовали непреодолимое влечение друг к другу, и оба понимали, чем это закончится.

Они наслаждались жизнью до той минуты, когда Жасмин сообщила ему о своей беременности.

Сказке пришел конец.

Это известие буквально парализовало сильную волю Рейберна. Весь его прежний опыт опасных ситуаций подсказывал ему, что ничего хуже с ним еще не случалось.

Великая сила любви

Даже когда он бывал на волосок от смерти, когда пули буквально свистели у его виска, когда он едва не погиб в морской пучине, лишь чудом оставшись в живых, — всё это было детскими игрушками по сравнению с теперешним.

Разве что чудо могло ему помочь избежать ловушки, в которой он останется пленником до конца своих дней.

Маркиз был человеком сообразительным и находчивым, но тут он просто онемел.

Ему никогда не приходило в голову, что Жасмин Кейтон решится таким образом склонить его к браку.

Она поставила его в такое положение, когда он был обязан жениться на ней, чтобы сохранить её доброе имя.

Первой блеснула утешительная мысль о том, что лорд Кейтон, возможно, и не умрёт.

Однако Рейберн вспомнил, что в последний раз, когда он видел его светлость в Виндзорском замке, тот выглядел усталым и постаревшим на несколько лет.

Маркиз мучительно пытался подобрать нужные для ответа слова, но Жасмин опередила его:

— Я люблю тебя, Рейберн. Люблю тебя всем сердцем и уверена, что ты тоже меня любишь. Подумай, ведь у нас родится сын — как это прекрасно!

Она говорила проникновенным, мечтательно-сентиментальным тоном, который придавал сказанным словам ореол беззащитной невинности.

И тут спасительным озарением на него снизошло воспоминание об одном давнишнем разговоре.

Разговор этот случился в тот день, когда он впервые увидел Жасмин Кейтон.

Маркиз вспомнил, что он тогда обедал в Уайт-клубе со своим старинным приятелем, с которым служил когда-то в одном полку.

Приятеля звали Гарри Блессингтон. В тот день они обсуждали детали блестящего приема, который Рейберн намеревался дать в Дубовом замке, своем фамильном поместье в Сассексе.

Ни один прием не обходился без Гарри, особенно такой, который обещал самое изысканное женское общество.

Медленно, словно пробираясь сквозь туман, Рейберн восстановил в памяти тот разговор.

— Полагаю, вы собираетесь приглашать Жасмин Кейтон? — поинтересовался Гарри. — Я видел вас вместе вчера вечером.

— Она необычайно хороша собой, не правда ли? — ответил тогда маркиз.

— Да, моя мать думает так же. Она близко знакома с их семьей. Ей кажется преступлением, выдать юную красавицу за человека, годящегося ей в отцы.

— По-моему, единственное, что принималось в расчет, так это то, что он богат и занимает высокое положение в обществе, — цинично подытожил маркиз.

— Конечно, — согласился Гарри. — Именно поэтому ее повели к алтарю, когда ей не исполнилось еще и восемнадцати. Бедняжка и понятия не имела, каким потрясающим занудой окажется ее будущий супруг!

— Я с ним почти не знаком.

— А я имел удовольствие два часа беседовать с ним в Виндзорском замке через день после свадьбы, — пожаловался Гарри. — Клянусь, это было так сильно, что я чуть не повредился рассудком!

— В таком случае мне очень жаль его супругу, — усмехнувшись, ответил маркиз.

— Лорд Кейтон решился на второй брак, чтобы обрести наследника, — словно раздумывая вслух, продолжал Гарри. — Его первая жена подарила ему лишь дочерей. Однако, по мнению моей матери, его и в этот раз постигнет глубокое разочарование.

Тогда маркиз не слишком прислушивался к словам Гарри, но теперь он отчетливо вспомнил, как тот добавил:

— В первый же год их брака, во время охоты, прелестная Жасмин упала с лошади. Видимо, у нее уже никогда не будет сына.

Рейберн, вполуха слушая Гарри, размышлял лишь о том, как Жасмин прекрасна. О, если бы было можно говорить и говорить ей об этом!

Но сейчас тот разговор всплыл в его памяти во всех деталях.

Теперь он осознал, что Жасмин просто пытается завлечь его в ловушку. С ее стороны уже были неудачные попытки склонить его к браку.

Все словно встало на свои места, туман, мешавший ему рассуждать трезво, рассеялся, и он вновь обрел способность ясно мыслить.

Выход был только один: встать и уйти без лишних разговоров. Вслух же он сказал:

— По-моему, ты слишком торопишь события. Сейчас тебе необходимо собраться с силами для поездки в Париж. И молись, — сказал он холодно, — чтобы никто не узнал, что известие о болезни своего мужа не помешало тебе обедать со мной.

— Письмо в надежном месте. Оно заперто у меня в шкатулке для драгоценностей, — ответила Жасмин.

Маркизу оставалось надеяться, что до письма не доберется служанка.

Слуги обожают разносить слухи, и подобная история разлетится по свету со скоростью северного ветра.

— Ты правильно поступила, — сказал он, — но теперь мне необходимо уйти.

Жасмин тщетно пробовала остановить его, но маркиз решительно поднялся с кровати и начал одеваться.

Со свойственной женщинам проницательностью она, безусловно, почувствовала что-то и откинулась обратно на подушки так, чтобы он мог видеть в зеркале, как она прекрасна. Он сотни раз сравнивал ее тело с полупрозрачным жемчугом, но теперь ему хотелось зажмуриться при виде этой опасной красоты.

Он никогда не считал ее особенно умной, однако он и понятия не имел, какой твердой она может быть в решительную минуту.

Маркиз понял, что руководило ею: она боялась, что год траура по мужу лишит ее наслаждений светской жизни. К тому же Жасмин опасалась, что не сможет удержать возлюбленного в этот долгий год.

И вот она вспомнила о кажущемся любой женщине единственно возможном способе надежно привязать его к себе.

По ее замыслу они должны были пожениться в ближайшие месяц-два, а потом она сумела бы объяснить миф о ребенке.

Маркиз надел вечерний фрак и подошел к Жасмин.

Она раскрыла ему объятия, но он понимал, что если сейчас наклонится и поцелует ее, то уже не будет в силах оторваться от этой сладкой отравы.

Он просто поцеловал протянутые ему прекрасные руки и сказал:

— Береги себя, Жасмин.

— Ты будешь обо мне думать, милый? — спросила она. — Знай, что я буду считать часы до нашей встречи.

Ничего не ответив, чуть не бегом маркиз направился к двери.

Жасмин крикнула ему вдогонку:

— Подожди! Я хочу тебе еще кое-что сказать!

Но дверь за ним закрылась прежде, чем она успела договорить. Она услышала звук его удаляющихся шагов.

Как только он показался в дверях, лакей вскочил со своего места, чтобы открыть дверцу экипажа.

В отличие от многих людей своего круга, маркиз был необыкновенно тактичен со слугами.

Он всегда расстраивался, когда слугам и лошадям приходилось ждать его подолгу.

Как только он сел в экипаж, лакей накрыл его колени теплым пледом.

Маркиз почувствовал себя загнанным зверем в облаве, которому чудом удалось вырваться из лап и когтей гончих.

Он и представить себе не мог, что Жасмин Кейтон пойдет на такое и попытается привязать его к себе с помощью старой как мир уловки.

Если бы не мать Гарри Блессингтона, его положение сейчас было бы безнадежно.

Ему пришлось бы жениться на Жасмин.

Конечно, в глазах закона маркиз остался бы безупречен, ведь Жасмин была замужем и, следовательно, новорожденный считался бы ребенком лорда Кейтона.

Но Рейберн был до мозга костей джентльменом и не счел бы себя вправе просто «умыть руки». Ведь если бы он так поступил, ему самому было бы стыдно за свое недостойное поведение.

Неписаные законы чести, как правило, соблюдались неукоснительно. Любой мужчина, посмевший их нарушить, сразу же изгонялся из членов клуба, и от него отворачивались все его друзья.

К Жасмин же не могло быть никаких претензий. Ведь как говорят: «Леди не может быть джентльменом».

В то же время Рейберн подумал, что это еще не конец всей истории.

Если лорд Кейтон умрет, что вполне вероятно, Жасмин станет и дальше обманывать его.

Сегодня ему удалось скрыть от нее свои подозрения, но в дальнейшем выяснять отношения придется все чаще.

Он содрогнулся от этой мысли.

Он вообще не любил выслушивать обвинения в свой адрес, а тем более от женщины, которая перестала его интересовать.

Он представил, как она будет восклицать вся в слезах: «Почему ты больше не любишь меня? Как ты можешь быть так жесток? За что ты меня наказываешь?»

Он тут же подумал, что вряд ли когда-нибудь снова сможет увлечься женщиной.

Но если... Если он через несколько дней встретит прекрасную незнакомку, в глазах которой прочтет расположение.

Тогда теплая волна желания неизбежно настигнет их обоих, и через некоторое время она окажется в его объятиях.

— Вам мешает жить ваша чертовски привлекательная наружность, — сказал ему как-то Гарри.

Маркиз рассмеялся:

— Ну уж это не моя вина!

— Ваш отец был одним из самых эффектных мужчин, которых я когда-либо встречал, — продолжал Гарри, — а ваша мать была просто красавицей! Неудивительно, что после ее смерти он так и не женился. Найти достойную замену такой женщине непросто, хотя желающих было предостаточно.

«Это действительно так», — подумал маркиз.

Камердинер помог ему раздеться и лечь в постель. Все это время он не переставал думать о матери.

Даже на смертном одре она сохранила свою неотразимость, хотя волосы ее и поседели, а лицо покрылось морщинами.

В молодости она была потрясающе красива, но этим ее достоинства не ограничивались. К ней влекли ее нежность и очарование.

Более того, маркиз был абсолютно уверен, что единственным мужчиной в ее жизни был его отец.

Измена мужу была для нее так же невозможна, как полет на Луну.

«Как же я могу думать, что можно жениться на Жасмин только из-за ее красоты? — спрашивал себя маркиз, — ведь я прекрасно понимаю, что не один раз мне приходилось делить ее с соседями по обеденному столу в клубе».

Однако сейчас ему казалось, что в свете он встречал лишь неуклюжих, малопривлекательных и застенчивых девушек.

Тщеславные матушки заставляли их попадаться ему на глаза, используя любую возможность: балы, званые вечера и даже домашние обеды, на которые родители девушек на выданье приглашали потенциальных женихов.

На таких вечерах он глазом моргнуть не успевал, как оказывался сидящим подле такой вот восемнадцатилетней девушки. Разумеется, он сразу понимал, что оказался ее соседом не случайно.

Зная его, вряд ли кто-нибудь мог всерьез предположить, что он захочет связать свою жизнь с женщиной, которая наскучит ему сразу, едва он наденет ей на палец кольцо.

Засыпая, он вновь подумал о Жасмин, и в очередной раз дал себе клятву никогда с ней больше не встречаться.

Она, конечно, станет засыпать его письмами, но к этому ему было не привыкать.

Если, а точнее когда, лорд Кейтон скончается, Жасмин, в соответствии с королевским указом, в течение года будет вынуждена отказывать себе в светских развлечениях. Значит, ему не стоит опасаться случайной встречи.

На следующий день, когда маркиз утром проснулся в восемь часов, он чувствовал себя как будто заново родившимся.

К завтраку он спустился в приподнятом настроении.

И вдруг, словно призрак Жасмин продолжал преследовать его, он почувствовал, что ему следует немедленно уехать за город.

Сегодня он был приглашен на ленч к принцу Уэльскому.

А на вечер планировался званый обед, где он непременно встретит своих близких друзей и ослепительных красавиц, к ногам которых, как прибой, ложится весь модный свет.

Маркиз подумал, что теперь в каждой красивой женщине он будет видеть Жасмин, подозревая, что под блестящей внешностью непременно кроется обманчивая, лживая и опасная натура.

«Я поеду за город», — решил маркиз.

Он закончил завтрак и поднялся к себе в кабинет — со вкусом обставленную комнату, выходящую окнами в маленький сад позади дома.

Слуга передаст секретарю, что хозяин в кабинете и письма следует отнести именно туда.

Мистер Баррет, пожилой человек, работавший еще у отца Рейберна, был настоящим чудом. Маркиз считал, что именно благодаря мистеру Баррету дела в поместье идут так хорошо.

Штат прислуги был подобран идеально, а деловые встречи самого маркиза были расписаны по минутам, так что никогда ничего не забывалось.

Маркиз сидел за своим широким рабочим столом, выполненном в григорианском стиле, когда вошел мистер Баррет.

— Доброе утро, ваша светлость, — почтительно поздоровался секретарь. — Боюсь, сегодня я принес вам намного больше писем, чем обычно.

Он положил на стол две увесистые пачки. В одной были сложены запечатанные письма личного характера, которые мистер Баррет никогда не вскрывал без разрешения хозяина.

В другой пачке, побольше, были приглашения и просьбы о пожертвованиях, суммы которых в последнее время выросли до астрономических размеров.

— Есть что-нибудь важное, Баррет? — спросил маркиз.

— Не более чем обычно, ваша светлость, если не считать того, что вас хочет видеть священник.

— Священник? — переспросил маркиз. — Хочет просить о пожертвовании, я полагаю. Поговорите с ним сами, Баррет.

— Думаю, он просит о встрече, чтобы поговорить о миссЦии Лэнгли.

Несколько мгновений маркиз не мог вспомнить этого имени.

— Речь идет о дочери полковника Лэнгли?

— Да, ваша светлость. Полагаю, вы помните, что она находится под вашей опекой.

— О Господи! А я-то совсем забыл о ней! — воскликнул маркиз. — Насколько я помню, воспитанием девочки занимался кто-то из ее родственников?

— Именно так, ваша светлость. Я всегда знал, что у вас великолепная память, — почтительно произнес секретарь. — Когда полковник Лэнгли погиб, его родственница, леди Лэнгли, взяла девочку на воспитание и дала ей образование.

— И что же случилось? Почему меня хотят видеть? — спросил маркиз.

— Боюсь, ваша светлость забыли, хотя я говорил вам об этом шесть месяцев назад, что леди Лэнгли скончалась.

Маркиз не помнил этого, но не стал прерывать Баррета.

— В свое время об этом писали в газетах, поскольку леди Лэнгли оставила девушке все свое немалое состояние.

Маркиз подумал, что теперь-то ему не придется брать на себя заботы о сироте, которую он никогда и в глаза не видел.

В прошлом маркиз служил в гвардейском королевском полку под началом полковника Терренса Лэнгли. Это был очаровательный человек и прекрасный офицер, их дружба началась немедленно с поступлением Рейберна на службу.

Лошади были страстью обоих, и свободное от службы время они нередко проводили вместе.

Они часто ездили друг к другу в гости: полковник Лэнгли любил Дубовый замок, а маркиз останавливался в загородном доме полковника, когда приезжал посмотреть бега или скачки с препятствиями.

Маркизу вспомнился один случай из прошлого.

Однажды перед началом скачек полковник сказал:

— Напоминаю вам, молодые люди, что, если у вас есть хоть какое-то имущество, вам следует составить завещание до того, как вы вступите в это опасное соревнование.

Подобные советы вошли уже в традицию, и молодые люди рассмеялись. Некоторые действительно последовали совету полковника и составили шуточные завещания, чтобы потом прочесть их вслух для всех.

Когда они заканчивали писать, кто-то задал полковнику довольно бестактный вопрос:

— А как же вы, сэр? Вы не оставите завещания?

— Это не приходило мне в голову, — согласился полковник.

— Тогда берите перо, — загалдели все. — Вы не можете не подчиняться собственным приказам!

Будучи человеком с юмором, да к тому же, как теперь понимал маркиз, порядком навеселе, полковник составил завещание, распределив всю свою собственность.

Он завещал дом своей жене, лошадей — своим братьям, пони для игры в поло — одному из офицеров гвардейского полка, а свиней и коров распределил между своими друзьями.

Когда он закончил составление этого завещания, маркиз спросил:

— А как насчет вашей дочери? Мы никогда ее не видели, но знаем, что она существует.

— Я считал, что такие сорвиголовы, как вы, не достойны ее, — ответил полковник, — но теперь, когда вы упомянули о ней, Рейберн, я оставляю ее вам! Вы самый богатый из присутствующих, так что, если меня не станет, вы дадите бал в честь ее светского дебюта.

Все присутствующие громко рассмеялись.

Но маркиз, который тогда еще не носил этого титула и не входил в обладание своим состоянием, в ответ лишь отшутился.

Продолжая отпускать шуточки, все направились к месту проведения скачек.

К счастью, в тот день никто не пострадал.

Несчастный случай произошел с полковником Лэнгли три года спустя: экипаж, в котором ехали он сам и его жена, перевернулся.

После его кончины выяснилось, что единственным завещанием, которое он оставил, было то самое шуточное завещание, составленное перед скачками.

Поскольку супруга полковника тоже погибла, маркиз стал опекуном их дочери.

В то время когда все это произошло, маркиз находился за границей и не мог присутствовать на похоронах. Мистер Баррет от его имени послал венок с подобающей случаю надписью.

Секретарь сообщил маркизу о случившемся, только когда тот вернулся домой.

— О Господи! — воскликнул маркиз. — Что же мне делать с ребенком? Сколько ей сейчас лет?

— Ей пятнадцать, ваша светлость, но вам нет нужды брать на себя заботу о ее воспитании. В ваше отсутствие я связался с ее тетей, леди Лэнгли, старшей сестрой полковника. МиссЦия будет жить со своей тетей, и та позаботится о ее образовании и содержании.

Маркиз облегченно вздохнул:

— Спасибо, Баррет. Я знал, что на вас можно положиться!

— Леди Лэнгли обладает большим состоянием, ваша светлость. Так что несмотря на то что полковник не оставил дочери денег, девочка не будет ни в чем нуждаться.

До сегодняшнего дня маркиз не вспоминал о ней...

— А по какому поводу священник хочет видеть меня? — спросил он теперь.

— Он привез письмо от мисс Ции, — ответил Баррет. — Вот оно.

Он положил письмо перед маркизом. Однако в его голосе маркизу почудились странные нотки, и он спросил:

— Вероятно, вы читали его. Что там написано?

— Мисс Лэнгли просит вашего разрешения стать монахиней.

— Монахиней? — переспросил удивленный маркиз.

Он взял письмо и прочитал следующие строки:

Дорогой опекун,

Хочу сообщить Вам, что я решила посвятить свою жизнь служению Господу. Но для того чтобы принять постриг, мне необходимо Ваше разрешение. Я была бы чрезвычайно признательна Вам за помощь.

Искренне Ваша,
Ция Лэнгли
Монастырь Страстей Господних.

— Это просто невероятно! — воскликнул маркиз, прочитав письмо. — Сколько ей сейчас лет?

— Едва исполнилось восемнадцать.

— И вы говорите, она унаследовала огромное состояние своей умершей тетки?

— Именно так, ваша светлость.

Маркиз взглянул на письмо и произнес:

— Думаю, мне надо увидеться со священником.

— Я был уверен, что вы этого захотите, — сказал Баррет.

— Какое впечатление на вас произвел святой отец? — спросил маркиз.

— Я могу ошибаться, — поколебавшись, ответил Баррет, — но у меня сложилось мнение, что он не совсем тверд в своей вере.

— У вас есть какие-либо основания так думать?

— Сегодня утром он заезжал к нам, — объяснил Баррет. — Когда слуга предложил ему чашку кофе, он спросил немного бренди. Он объяснил это тем, что только что проделал утомительное путешествие из Корнуэлла. Однако, согласитесь, для священника это достаточно странно.

— Полностью с тобой согласен, — коротко сказал маркиз. — Пригласите его.

Маркиз знал, что Баррет прекрасно разбирался в людях и никогда еще внутренний голос не подводил его.

Не прошло и десяти секунд, как дворецкий возвестил:

— Отец Протеус к вашей светлости!

Мужчина в рясе вошел в комнату. Ему было за сорок, виски лишь слегка припорошила седина. Этот высокий, хорошо сложенный человек имел благополучный, цветущий вид. Маркиз отметил про себя, что он вряд ли ведет жизнь аскета.

Грудь священника украшал большой богато украшенный крест. Двигался он медленно, с горделивым достоинством.

Маркиз протянул руку и сказал:

— Доброе утро, святой отец. Мне передали, вы хотите видеть меня.

— Да благословит вас Господь, сын мой, — проговорил священник, садясь в указанное маркизом кресло. — Для меня большая честь встретиться с вашей светлостью. Я наслышан о

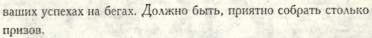

ваших успехах на бегах. Должно быть, приятно собрать столько призов.

— Да, конечно, — отозвался маркиз. — А вы увлекаетесь скачками?

— По мере своих скромных сил я стараюсь следить за всем, что происходит в мирской жизни. И к тому же Ция рассказывала о том, каким прекрасным наездником был ее отец.

— Да, это так, — согласился маркиз. — К сожалению, он умер довольно молодым человеком.

— Это очень печально, — ответил священник. — Но я уверен, что его душа упокоилась в раю. И единственная его забота на этом свете — его дочь, которую необходимо защитить.

— Защитить от чего? — немного резко спросил маркиз.

— От лжи и черствости этого суетного мира, — ответил священник. — Сказать правду, ваша светлость, Ция желает принять монашество. И могу обещать вам, что мы позаботимся о ней. Она будет жить счастливо до той минуты, когда душа ее обретет покой в раю.

— И для этого вам требуется мое разрешение? — спросил маркиз.

— Если ваша светлость соблаговолит подписать эти бумаги, обещаю, что никогда вас больше не побеспокою, — ответил священник.

Маркизу показалось, что при этом его голос слегка изменился.

Священник положил на стол два документа. Один из них должен был стать подтверждением того, что опекун не возражает против пострига своей подопечной.

Другой документ предписывал банку перечислить деньги со счета Ции Лэнгли на имя монастыря Страстей Господних.

Маркиз прочитал второй документ и спросил:

— Обязательно ли переводить деньги?

— Те, кто посвящает себя Богу, отказываются от личной собственности, — ответил священник.

— Да, и в данном случае речь идет о большой сумме денег, не так ли? — заметил маркиз.

— Для нас это не имеет никакого значения, — высокопарно произнес священник. — Девушка желает принять монашество, а средства, как должно быть известно вашей светлости, пойдут на благие дела: в помощь бедным и нуждающимся в поддержке. Таких в наше время много.

— Бедные и нуждающиеся живут в Корнуэлле? — спросил маркиз.

— Под нашей опекой действительно находится много местных жителей, — ответил святой отец, несколько удивленный вопросом. — Но мы помогаем также нашим братьям и сестрам в Лондоне и других больших городах, где люди в буквальном смысле слова голодают.

— Думаю, я должен был спросить об этом ранее, — сказал маркиз. — Я знаю, что вы — католический монастырь, но ведь полковник Лэнгли был протестантом, не так ли?

— Нет, милорд, вы ошибаетесь, — ответил священник. — Наш монастырь является одновременно и учебным заведением. К нам поступают, чтобы изучать не только Святое Писание, но и другие науки. Я убедил леди Лэнгли послать Цию именно к нам, потому что у нас самые лучшие преподаватели музыки и живописи. А Ция проявила необыкновенный интерес к этим предметам и стала первой ученицей в классе.

Мелодраматически понизив голос, он продолжал:

— Незадолго до смерти ее светлость леди Лэнгли, желая обратиться к Господу, поселилась в монастыре. Должен сказать, она была так счастлива, что не хотела покидать нас.

— Все это очень интересно, — сказал маркиз, пристально наблюдая за священником. — Я своими глазами желал бы убедиться, как обстоят дела, и, конечно, мне необходимо увидеться со своей подопечной.

Он заметил, что святой отец несколько насторожился при этих словах.

— Это совершенно ни к чему, милорд. Я не позволю себе пользоваться вашей добротой, чтобы заставить вас совершить такое утомительное путешествие.

Он помедлил, прежде чем продолжить:

— Как говорится в письме, Ция намерена принять монашество как можно быстрее. Скорее всего это случится на ближайшей неделе.

Он наклонился вперед, чтобы его слова прозвучали как можно более убедительно:

— Все, что требуется от вашей светлости, — подписать эти два документа, и я никогда более вас не побеспокою.

— В этом нет никакого беспокойства, — нарочито беззаботно сказал маркиз. — В любом случае я собирался уехать ненадолго из Лондона. Я намеревался провести несколько дней у себя в замке, но, думаю, поездка в Корнуэлл мне больше по душе. Судя по обратному адресу, ваш монастырь находится недалеко от Фелмута?

Не давая священнику возможности собраться с мыслями, маркиз продолжал:

— Я поплыву на яхте. Послезавтра я буду у вас. Вам удобно встретиться со мной в полдень?

— Право, все это ни к чему, — попытался протестовать священник. — Вашей светлости не стоит предпринимать столь утомительное путешествие только для того, чтобы увидеться с девочкой, которая к тому же будет полностью погружена в молитвы.

— Я подожду, пока она кончит молиться, — сказал маркиз, поднимаясь. Священник тоже был вынужден встать.

— Мне кажется, святой отец, — гостеприимно начал маркиз, — что в поездах плохо кормят. Может быть, ленч?

При этом он протянул гостю руку. Явно раздосадованный, священник был вынужден пожать ее.

— Я все же надеюсь убедить вашу светлость, что приезжать вовсе нет нужды. Вы просто зря потратите время.

— Я так не думаю, — ответил маркиз. — Надеюсь, вы понимаете — для меня важно все, что связано с дочерью полковника.

Священник направился к двери. По звонку маркиза ее открыл дворецкий.

— До свидания, святой отец! Увидимся в четверг, — попрощался маркиз.

Священник пробормотал что-то в ответ, но слов было не разобрать.

Несколько минут спустя появился Баррет, словно чувствуя, что хозяин захочет его видеть.

— Вы были абсолютно правы, Баррет. Здесь явно что-то не так, — сказал маркиз, протягивая секретарю бумаги.

Баррет внимательно ознакомился с документами и сказал:

— Думаю, будет лучше, если я свяжусь с директором этого банка и выясню, сколько денег на счету у мисс Лэнгли.

— Я был уверен, что вы это предложите, — ответил маркиз. — У меня есть большие подозрения насчет этого монастыря. Постарайтесь узнать, как и кем он был создан и кому подчиняется.

Он сделал паузу:

— И подозреваю, что ни архиепископ Кентерберийский, ни кардинал Вестминстерского аббатства не имеют представления, что это за монастырь.

— Я наведу справки, — ответил Баррет. — Но до меня и раньше доходили слухи об этом странном месте.

— Правда? — удивился маркиз. — Вы ничего мне не говорили.

— Не хотел вас заранее настраивать против этого священника, — ответил Баррет. — Да и сведений у меня пока недостаточно. Просто мой родственник живет недалеко от монастыря.

— Это может нам пригодиться, — заметил маркиз. — Что он тебе рассказывал?

— Я виделся с ним около года назад и в разговоре упомянул имя полковника Лэнгли. Мой родственник высокого мнения о полковнике, так как продавал ему лошадей для полка.

— Продолжай! — сказал маркиз.

— Он довольно хорошо был знаком с его сестрой. Он сказал, что леди Лэнгли действительно отдала девочку на обучение в этот монастырь.

— Священник говорил мне об этом, — сказал маркиз.

— По мнению моего родственника, это было довольно странное место. Там обитало всего несколько монахинь, а сама школа располагалась в некотором удалении от монастыря.

Маркиз слушал внимательно.

— Они наняли нескольких опытных преподавателей, жителей той части Корнуэлла, — продолжал Баррет. — Неудивительно, что многие семьи стали посылать туда своих дочерей на обучение, особенно на уроки музыки и живописи.

Маркиз кивнул.

— Однако священники, руководившие школой, не были приняты местным духовенством, — продолжил Баррет. — И еще, по слухам, в монастырь доставляется большое количество спиртных напитков.

Мой родственник утверждает, что у монастыря всегда доставало денег, чтобы покупать у фермеров самые лучшие продукты: мясо, птицу, яйца, сметану. Согласитесь, это довольно странное меню для тех, кто должен много времени проводить в посте.

— Картина мне ясна, — рассмеялся маркиз. — И именно поэтому я отправляюсь в Корнуэлл!

— Вы, действительно, поедете туда сами? — удивился Баррет.

— Именно так! Распорядитесь, чтобы «Единорог» был готов отчалить сегодня в полдень. Я обещал нашему гостю навестить его послезавтра.

Мистер Баррет рассмеялся:

— От вас всегда жди какой-нибудь неожиданности, милорд. Ваш отец всегда отзывался о полковнике Лэнгли с большим уважением.

— И я тоже! — добавил маркиз, принимаясь читать присланные ему письма.

Секретарь улыбнулся и присел к письменному столу, приготовившись записывать в блокнот указания маркиза.

Глава 2

Сразу же после обеда маркиз отправился на яхту.

Перед отъездом он написал нескольким людям, включая принца Уэльского и его супругу, письма, в которых объяснял причины своего отсутствия в ближайшие три дня.

Он еще не думал о том, что будет делать, когда вернется домой, но в одном он был уверен наверняка: с Жасмин он больше встречаться не станет. Равно как и посещать похороны лорда Кейтона, если те, конечно, состоятся.

Он сознавал, что подобным поведением вызовет массу сплетен, но сейчас думать об этом ему не хотелось.

Маркиз был намерен разузнать все о монастыре Страстей Господних.

В прошлом ему приходилось слышать о том, что монастыри охотно принимали женщин, обладавших приличным состоянием.

Правда, так было принято скорее у католиков — они с детства обучались в монастырских школах.

Многие женщины уходили в монастырь еще и из-за несчастной любви. Отчаявшись в земном чувстве, они были готовы полностью посвятить себя Богу.

Яхта с гордым названием «Единорог» уходила из гавани Фолькстоун, и маркиз подумал, что это плавание по крайней мере отвлечет его от мыслей о Жасмин.

Он давно не выходил в море и теперь был рад представившемуся случаю: погода была теплой и солнечной, а море спокойным. Рейберн приучил команду быть в любую минуту готовой к отплытию: это дисциплинировало ее. И теперь он порадовался своей предусмотрительности.

Капитан был рад приветствовать хозяина на борту надраенной до блеска яхты:

— Мы надеялись, милорд, что вы изволите опробовать новый мотор, — сказал он.

— Я был занят, — ответил маркиз, — но теперь мне необходимо быть в Фелмуте завтра вечером, в крайнем случае в четверг утром.

— Будет исполнено, милорд, — ответил капитан. — Вы не поверите, как быстро может идти «Единорог».

Маркиз пожалел, что с ним нет Гарри. Он никому не хотел объяснять истинную причину своего внезапного отъезда: посещение никому не известной монахини вызвало бы кучу ненужных сплетен. Гарри своим присутствием создал бы видимость обычной увеселительной прогулки.

Перед отплытием он написал Гарри записку, в которой объяснил, что ему необходимо увидеть дочь полковника Лэнгли, свою подопечную.

«Я буду отсутствовать дня два-три, — писал он. — Мне необходимо уладить дела, связанные с ее наследством».

Он просил также, чтобы Гарри продолжал готовиться к званому обеду в Дубовом замке.

Маркиз был уверен, что Гарри заинтересуется, какие же дела заставили маркиза уехать столь срочно, но решил, что по возвращении в Лондон у них будет возможность обо всем поговорить.

Яхта скользила параллельно берегу, и маркизу казалось, что она увозит его от сетей, расставленных Жасмин.

Однако он понимал, что она попытается настоять на факте своей беременности и привлечет некоторых друзей, а те подтвердят, что их часто видели вместе в последнее время. Ему вряд ли удастся опровергнуть эти разговоры.

Сейчас, обдумывая все случившееся, он приходил к выводу, что Жасмин была полна железной решимости в тех случаях, когда ей необходимо было добиться своего.

Он вспомнил, что Жасмин всегда сама назначала их встречи.

Ослепленный ее красотой, он был готов на все, лишь бы иметь возможность провести с ней время наедине.

Он вдруг подумал о том, что чаще сам служил предметом охоты, чем предпринимал попытки покорить кого-то.

Невероятно, но женщине всегда удавалось запустить в него свои коготки прежде, чем он успевал узнать ее имя.

Это было довольно странно, ведь маркиз обладал сильным характером.

Однако он вынужден был признать, что перед красивой женщиной он всегда таял. Красавицы могли вить из него веревки.

«Будь я проклят, если позволю подобному повториться!» — говорил он себе.

Но тут же он подумал, что женщины и лошади были смыслом его жизни.

К вечеру море стало неспокойным, поэтому, насладившись великолепным ужином, приготовленным одним из его личных поваров, Рейберн отправился в свою каюту.

Он с особой тщательностью относился к меблировке своей яхты. Вся обстановка, включая матрац его кровати, была изготовлена по особому заказу. И теперь, ложась спать, он мог быть уверен, что качка не доставит ему никакого беспокойства. Рейберн терпеть не мог неудобств.

К середине следующего дня впереди показался берег Корнуэлла, так что к вечеру судно уже входило в бухту Фелмут.

За ужином маркиз поблагодарил капитана за успешное плавание. Затем он попросил первого помощника капитана, человека способного и энергичного, сойти на берег и нанять самых быстрых лошадей и самый лучший экипаж, который только можно было достать.

Еще не подошло время завтрака, как маркизу доложили, что экипаж, хотя и несколько старомодный, но весьма надежный, стоит готовый к отъезду.

— Прекрасно! — одобрил маркиз и добавил, обращаясь к первому помощнику: — Говорят, Винтон, что вы прекрасный стрелок.

— Был когда-то, милорд, — ответил моряк. — Я служил в королевском флоте, но с тех пор не держал в руках ни пистолета, ни ружья.

— Подобные вещи не забываются, — сказал маркиз. — Я хочу, чтобы сегодня вы отправились со мной и прихватили с собой оружие.

Он поднялся и направился к бюро, стоявшему у стены. Из нижнего ящика маркиз достал три пистолета. Один из них он протянул Винтону.

— Чуть позже я расскажу вам, зачем нам понадобятся пистолеты, — сказал маркиз. — Мы отъезжаем в одиннадцать часов.

— Хорошо, милорд.

Маркизу нравилось, что моряк не задает лишних вопросов. Прежде чем нанять человека в команду «Единорога», маркиз знакомился с каждым. Про Винтона говорили, что он прекрасно владеет огнестрельным оружием.

Да и сам он как-то хвастался, что мог бы прострелить подброшенную в воздух игральную карту точно посередине.

Сойдя на причал, маркиз нашел экипаж точно там, где ему описал Винтон.

Дорога до Фелмута, протяженностью в пять миль, пролегала по живописным окрестностям, и маркиз наслаждался открывающимися из окна видами.

Маркизу не приходилось бывать в Корнуэлле ранее, но он сразу понял, почему местные жители так гордятся своим графством.

У некоторых его друзей была недвижимость в этих краях. О своих поместьях они могли говорить часами.

Вдруг маркиз вспомнил, что так и не рассказал Винтону о цели их путешествия.

— Я могу ошибаться, Винтон, но я подозреваю, что в монастыре, куда мы сейчас направляемся, не все чисто. Я хочу, чтобы вы понаблюдали за происходящим, пока я буду беседовать с настоятелем. Поговорите с людьми, может быть, они расскажут что-нибудь интересное.

Маркиз взглянул на моряка, чтобы убедиться, что тот слушает внимательно, и продолжал:

— Я постараюсь покончить с делами как можно быстрее. Но если кто-нибудь попробует помешать мне покинуть монастырь, используйте оружие. Не стреляйте в человека, просто напугайте его.

— Я так и сделаю, милорд.

Неожиданно для себя маркиз услышал нотку возбуждения в собственном голосе. Как и все молодые люди, он любил если не опасности, то по крайней мере приключения.

Был уже полдень, когда маркиз и его спутник, следуя инструкциям Баррета, подъехали к стенам замка. В прошлом замок, видимо, являлся частной резиденцией.

Маркиз был уверен, что это именно то место, которое они ищут. Экипаж остановился перед огромными воротами из кованого чугуна, увенчанными гербом древнего рода.

Увидев подъезжающий экипаж, привратник отпер ворота.

Подъехав ближе, маркиз велел остановиться и спросил у подбежавшего сторожа:

— Я ищу монастырь Страстей Господних. Это здесь?

— Так точно, милорд, — с сильным акцентом ответил привратник. — Вас уже ожидают.

— Спасибо.

Маркиз въехал в небольшой двор. Внутри находился замок — привлекательное строение, с красивыми фронтонами. Трава была подстрижена и ухожена, а весь дом утопал в зелени.

Рейберн остановил лошадей перед входной дверью, на которой был изображен тот же самый гордый герб, что и на воротах.

Маркиз передал вожжи Винтону и спрыгнул с подножки. Входная дверь отворилась, и на пороге появился человек, облаченный в рясу. Он неуклюже поклонился гостю. Маркиз отметил про себя, что у монаха был очень самоуверенный вид: подбородок задиры и тяжелое тело спортсмена. Ему бы больше подошел боксерский ринг, чем храм.

— Я приехал, чтобы увидеться с отцом Протеусом, — объяснил маркиз. — Надеюсь, вы знаете, о чем идет речь.

— Следуйте за мной, — сказал человек, тяжело переступая с ноги на ногу. Его обувь явно не соответствовала монашескому одеянию.

Он проводил гостя в большую гостиную, выходящую окнами в сад.

Маркиз был удивлен убранством комнаты: диван и кресла были затянуты дамасской узорной парчой, а на стенах висели картины, явно подлинные.

Однако у маркиза не было возможности рассмотреть все это, так как дверь почти сразу же отворилась и в комнату вошел отец Протеус.

— Добро пожаловать, милорд! — радушно поприветствовал он гостя. — Как приятно видеть вас! Надеюсь, дорога не была утомительной?

— Нет, напротив, я получил удовольствие, — ответил маркиз. — А как вы добрались до дома?

— Поездом, конечно, быстрее, но поезду не сравниться с яхтой.

— Я с вами абсолютно согласен, — улыбнулся маркиз.

Дверь открылась, и на пороге появился лакей с подносом в руках. Он поставил на стол бутылку вина и два бокала.

— Уверен, милорд, вы желаете освежиться с дороги. Сегодня жарко.

Маркиз взял бокал. Это было дорогое, изысканное вино, которое он и сам иногда покупал.

Он сделал несколько маленьких глотков и сказал:

— Представляю, как у вас много дел, святой отец. Я бы хотел увидеться с Цией Лэнгли прямо сейчас.

— Да, да, конечно! — ответил священник. — Она сейчас придет и сама вам расскажет, как она счастлива здесь, под сенью святого монастыря, в окружении великолепной природы.

Маркиз обратил внимание, как театрально говорит священник, но ничего не сказал.

Отец Протеус покинул комнату и сразу же вернулся обратно. С ним была молодая женщина. Похоже, все это время она дожидалась за дверью.

Она была в длинном черном монашеском одеянии, а голову покрывал головной убор, который, как знал маркиз, носили те, кто готовился к постригу. Он не сразу рассмотрел лицо девушки, склонившейся в вежливом поклоне.

Когда она взглянула на него, маркиз на секунду потерял дар речи.

Перед ним стояла одна из самых непривлекательных девушек из всех, кого он когда-либо встречал: худое лицо, крупный нос и следы дефекта, который врачи называют «заячьей губой». Ее возраст было трудно определить.

Маркиз взглянул в ее карие глаза и с удивлением заметил, что она напугана.

— Рад познакомиться с вами, Ция! — поздоровался он, протягивая ей руку.

— Очень любезно с вашей стороны навестить меня, — ответила девушка, и в ее голосе послышался страх.

— Я дружил с вашим отцом, — сказал маркиз. — Мне жаль, что мы с вами не познакомились раньше.

— Я скучаю по отцу.

Маркиз вспомнил, каким привлекательным мужчиной был полковник Лэнгли. В полку его внешность всегда была причиной дружеских насмешек.

Офицеры шутили, что когда полковник надевает форму, то выглядит как бравый кавалерист, любимец публики.

— На нас не обращает внимания ни одна девица, если с нами полковник Лэнгли, — шутливо жаловались подчиненные.

Разве может быть у такого привлекательного мужчины столь непривлекательная дочь?

Он вспомнил, что и миссис Лэнгли была интересной женщиной. У нее были светлые волосы и чудесные голубые глаза.

Вдруг неожиданно для себя маркиз спросил:

— Мне всегда хотелось знать, что случилось с Джокером?

При этих словах Ция растерялась. Инстинктивно она покосилась на дверь, которую отец Протеус намеренно оставил приоткрытой. Маркиз был уверен, что священник подслушивает за дверью.

Тот появился в комнате в мгновение ока.

— Я хотел узнать, милорд, — сказал он, — не хотите ли вы, чтобы Ция показала вам храм, где она проводит долгие часы в молитве. Там же мы совершим обряд посвящения, когда вы дадите свое позволение.

— Очень мило с вашей стороны, — ответил маркиз, — но я бы хотел поговорить с Цией наедине. Сейчас довольно тепло, и мы, пожалуй, прогуляемся по саду.

С этими словами маркиз направился к стеклянной двери, ведущей на террасу. Однако он успел заметить, что отец Протеус нахмурился и уже приготовился отказать.

Но маркиз не стал дожидаться разрешения, а быстро открыл дверь в сад.

В ту же секунду, хотя маркиз вряд ли смог бы это доказать, отец Протеус схватил Цию за руку и одними губами прошептал:

— Следи за тем, что говоришь.

Открытая терраса вела на ухоженную лужайку, в центре которой располагалась клумба с великолепными цветами.

— Прекрасный сад! — сказал маркиз довольно громко, чтобы его можно было услышать из дома. — Уверен, вам нравится жить здесь.

— Да, милорд.

Маркиз намеренно уходил от дома, делая вид, что любуется цветами в отдалении.

Он был уверен, что отец Протеус наблюдает за ними.

Ция шла рядом с маркизом, низко опустив голову.

Когда он убедился, что они отошли достаточно далеко и что отец Протеус не сможет при всем желании подслушать их разговор, маркиз сказал:

— Не бойтесь. Обещаю, что не причиню вам никаких неприятностей.

Девушка взглянула на него расширившимися от страха глазами.

— Мне нужна ваша помощь, — тихо сказал маркиз. — Очень нужна! Я уверен, вы порядочная девушка, и потому прошу рассказать мне правду.

— Я не понимаю...

— Думаю, понимаете, — перебил маркиз. — Где Ция? Почему мне не позволяют видеть ее?

Девушка глубоко вздохнула и была готова повернуться в сторону дома, но маркиз удержал ее, обняв за плечи так, что со стороны это выглядело, как отеческий жест.

— Поверьте мне! — настаивал он. — И пожалуйста, помогите!

— Как вы узнали, что я не Ция? — шепотом спросила девушка.

— Потому что вы совсем не похожи на ее родителей.

— Они... решили выбрать меня потому, что я безобразна. Они надеялись, вы сочтете, что при моей внешности желание принять монашество вполне объяснимо.

— Я понимаю, — сказал маркиз. — Но где сама Ция?

— Заперта у себя в комнате, до тех пор пока вы не уедете.

Маркиз увидел под сенью деревьев деревянную скамью и поспешил усадить на нее девушку. Затем он сжал ее руки в своих и произнес:

— Постарайтесь притвориться, что мы мило болтали о вашем детстве.

— Если они узнают, что я предала их, они могут убить меня, — прошептала несчастная девушка.

— Как вас зовут? — спросил маркиз.

— Сестра Марта.

— Чем вы заняты в монастыре?

— Я просто монахиня. Уже два года. Иногда я занимаюсь с учениками, которые поступают к нам в школу.

— А вы знаете, почему они так стремятся оставить у себя Цию?

Сестра Марта кивнула:

— Она очень богата, а им всегда не хватает денег.

— Кому это — *им*?

— Отцу Протеусу и с ним еще четверым, которые управляют общиной.

— Они действительно священнослужители?

— Я не знаю. Отец Антоний, который жил в монастыре еще до меня, очень болен. Раньше за ним ухаживала его сестра, тоже монахиня — мать-настоятельница.

— Что с ней случилось?

— Она умерла. И отец Антоний не знает причины.

— Да что же здесь происходит? — воскликнул маркиз.

— Я не знаю... точно, — ответила сестра Марта. — Но раньше здесь была другая девушка, такая же богатая, как Ция. Ее принудили стать монахиней — они хотели заполучить ее деньги.

— И что с ней случилось? — спросил маркиз.

Сестра отвернулась.

— Говорите же!

— Я боюсь!

— Здесь никто не сможет подслушать нас, — успокоил ее маркиз.

Она помолчала недолго, а затем еле слышно сказала:

— Она... пыталась сбежать. Я думаю, они... убили ее.

Маркиз с трудом перевел дыхание и сказал:

— Вы должны помочь мне, сестра. Обещаю, что, как только я увезу отсюда Цию, я постараюсь разворошить это осиное гнездо.

— Они убьют меня, — прошептала сестра Марта, — если заподозрят, что я вам хоть слово сказала.

— Они ни о чем не догадаются, если вы сделаете так, как я вам скажу.

— Я... боюсь, — пробормотала она. — Я знаю, то, что происходит здесь, — ужасно. Но мне некуда больше идти. Никто не желает иметь дело со мной, ведь я уродина.

— Послушайте, Марта, — тихо сказал маркиз.

Она подняла голову и взглянула на него.

— Обещаю, что, если вы поможете мне увезти отсюда Цию, я обеспечу вас до конца вашей жизни. Если вы пожелаете уйти в другой монастырь, я позабочусь и об этом. Если вы захотите стать свободной, я подыщу вам подходящее место и семью, в которой вы сможете жить и где вы будете счастливы.

Сестра взглянула на него, не веря услышанному.

Маркиз улыбнулся ободряюще и добавил:

— Доверьтесь мне и помогите.

— Я попробую, но не знаю как. Отец Протеус все время наблюдает за нами.

— Тогда нам нужно убедить его в том, что я поверил, будто вы — Ция, — сказал маркиз. — Я сделаю вид, что согласен подписать необходимые документы, так как якобы убедился, что вы здесь счастливы.

Сестра Марта слушала внимательно.

— Как только они освободят Цию, вы объясните ей, кто я такой и что я приехал помочь ей.

— Но как вы собираетесь это сделать?

Маркиз задумался на секунду, рассматривая стены монастыря, скрытые за деревьями, а затем сказал:

— Не поворачивайте головы. Скажите, где-нибудь можно перебраться через монастырскую стену?

— Есть одно место, — ответила Марта. — В конце сада есть дуб, по которому Ция сможет перебраться.

Она помедлила, прежде чем продолжить:

— Однажды она взобралась на этот дуб, чтобы посмотреть через стену. Отец Протеус увидел и очень разгневался! В наказание Цию продержали три дня на хлебе и воде!

Маркиз нахмурился, но ничего не сказал.

— После того как я уйду, ей позволят выйти в сад? — снова спросил он.

— Дважды в день нам разрешено гулять на лужайке, не отходя далеко, чтобы нас можно было видеть через окно.

— А в котором часу вы выходите в сад второй раз?

— В четыре. Перед вечерним чаем. Затем нас запирают на ночь в монастыре.

— Очень хорошо, — сказал маркиз. — Скажите Цие, что в четыре часа я буду ждать ее за оградой. Пусть она держится как можно ближе к дубу, а затем выберет время, чтобы перебраться по нему.

— Это будет непросто, — грустно сказала Марта.

— Если ей помешают сбежать, скажите, что я приду за ней вечером и заберу отсюда, чего бы мне это ни стоило.

Марта не смогла сдержать испуганного возгласа:

— Будьте осторожны, — предупредила она. — Слуги отца Протеуса очень сильны. С тех пор как появилась возможность сделать Цию монахиней, они не спускают с нее глаз.

Маркиз стал мрачнее тучи. Если бы в этот момент его видел кто-нибудь из его близких друзей, Гарри например, он бы сразу сказал, что маркиз страшно разгневан.

— Я восхищаюсь вашей храбростью, сестра Марта, — сказал маркиз. — Сейчас нам нужно возвращаться. Сделайте вид, что вы счастливы, так как я якобы дал согласие на ваш постриг.

— А кто тот Джокер, о котором вы спросили меня? — спросила Марта.

— Это прекрасный породистый жеребец, который принадлежал полковнику Лэнгли. На его счету не одна победа в скачках.

— Они ничего мне не говорили об этом.

— Даже если бы вы и ответили на этот вопрос, у меня наготове было еще несколько, — улыбнулся маркиз.

Он встал со скамьи, держа сестру Марту под руку.

— Нам пора возвращаться, — сказал он. — Не хочу давать отцу Протеусу лишний шанс заподозрить нас. Когда я уеду отсюда, все будут считать, что я вернулся на яхту. Но вы должны сказать Ции, что я жду ее за оградой.

— Уверена, что, как только вы уедете, ее выпустят.

Они пошли по направлению к замку. Маркиз успел заметить дуб, по которому придется взбираться Ции.

Как только они подошли достаточно близко, чтобы отец Протеус мог их слышать, маркиз сказал:

— Как-то раз ваш отец взял барьер в шесть футов высотой и заставил нас повторить его прыжок. Мы бы выглядели смешно, если бы не смогли сделать то, что легко далось человеку старше нас...

Сестра Марта смотрела на маркиза так, словно ее пугал даже звук его голоса.

— Ваша матушка также была прекрасной наездницей, — продолжал маркиз, пока они не подошли к входным ступенькам. — Правда, сам я никогда не видел ее верхом...

Они поднимались по ступенькам, ведущим в гостиную, когда на пороге появился отец Протеус.

— Я рассказывалЦии о прошлом. Как я понял, святой отец, вашим ученикам не позволяется кататься верхом?

— Я бы с радостью включил этот предмет в расписание занятий, если бы только мои ученики сами захотели этого, — ответил священник.

— Мне кажется, верховая езда самое полезное упражнение, какое только можно придумать, — улыбнулся маркиз. — Хотя я вряд ли объективен.

— Вы абсолютно правы, — отозвался отец Протеус. — Кому судить, как не вам, ваши лошади из самых лучших.

Они прошли в гостиную, и маркиз сказал, обращаясь к девушке:

— До свидания, дитя мое. Я был рад повидаться с вами. Теперь я понимаю, почему вы пожелали провести остаток своих дней в этом прекрасном месте.

Он взял ее за руку, и сестра Марта прошептала в ответ:

— Спасибо, милорд! Спасибо вам за все!

Она поклонилась и, смутившись, вышла из комнаты, оставив маркиза наедине с отцом Протеусом.

— Милая девушка, — сказал маркиз. — Жаль, что она не унаследовала наружность своего отца.

— Я думаю теперь, милорд, вы понимаете, почему здесь она будет счастлива. Ей пришлось бы трудно в мирской жизни.

— Да. Конечно, — согласился маркиз. — Это верное решение. В то же время мне жаль ее. Несправедливо, что некоторым женщинам дается ослепительная красота, другим, напротив, отталкивающая внешность.

— Мы можем только верить, что Бог никогда не ошибается, — ответил священник. — Одно восполняет другое. Например, Ции посчастливилось обрести покой и счастье в этом благословенном месте.

Маркиз вздохнул и сказал:

— Мне пора возвращаться на яхту. В Лондоне меня ждут неотложные дела.

— О, конечно, милорд. Очень щедро с вашей стороны потратить столько времени на бедную маленькую Цию.

Маркиз направился к двери.

— Минутку, милорд, — поспешно остановил его святой отец. — Вы забыли поставить свою подпись на просьбе Ции стать монахиней.

— Как же я мог! — воскликнул маркиз. — Как глупо с моей стороны! Я оставил бумаги у себя на яхте.

— Я сделаю для вас копию, — предложил отец Протеус.

— Не беспокойтесь, — ответил маркиз. Я подпишу их до отплытия из Фелмута и оставлю у начальника причала. Вы сможете забрать их завтра утром.

— Да, милорд, — замялся отец Протеус. — Но сделать копии займет всего несколько минут.

Маркиз взглянул на свои золотые часы.

— Вы должны простить меня, — сказал он. — Но меня уже ждут. Боюсь, я опаздываю.

Святой отец не успел ничего сообразить, как маркиз уже стоял в дверях, пожимая ему руку.

— До свидания, святой отец! — попрощался маркиз, в два прыжка оказавшись у своего экипажа.

— Храни вас Бог, сын мой! — ответил священник, но его слова потонули в вихре пыли, оставляемом удаляющимся экипажем.

Отец Протеус не успел подать знак сторожу, открывавшему ворота для маркиза, и тот в мгновение ока выехал за пределы территории монастыря.

Он был удовлетворен.

Они отъехали на приличное расстояние от монастыря, прежде чем маркиз спросил:

— Винтон, вы заметили что-нибудь странное, пока я был внутри?

— Ничего особенного, милорд, — ответил моряк. — Если не считать того, что из окон постоянно выглядывали какие-то мужчины. Согласитесь, довольно странно для женского монастыря.

— Очень хорошо, — ответил маркиз. — А теперь, Винтон, нам предстоит похитить одну молодую особу, которую держат в монастыре, как в тюрьме. Мы отвезем ее к нам на яхту, а затем как можно быстрее отчалим, чтобы эти странные мужчины не успели нам помешать.

— Как нам сделать это, милорд?

— Это будет непросто, — ответил маркиз. — Они захотят убедиться, что мы уехали. Обратите внимание, не следует ли кто-нибудь за нами.

Винтон попытался вглядеться вдаль, но ему мешала дорожная пыль, взбиваемая их фаэтоном.

— Никого не видно, милорд.

— Тогда давайте отыщем подходящий постоялый двор, где можно перекусить. Потом мы вернемся обратно к монастырю.

Маркиз видел, что Винтон несколько взволнован, но тот лишь вглядывался в дорогу и хранил молчание.

Вдруг он сказал:

— Вот здесь, ваша светлость! Я заметил на этой дороге вполне приличный постоялый двор. Здесь останавливаются почтовые дилижансы.

— Отлично, Винтон, — отозвался маркиз. — Это нам вполне подойдет.

Примерно через четверть часа они подъехали к небольшой симпатичной таверне «Петух и курочка».

Хозяин заведения был явно растерян, увидев здесь маркиза. Он никак не мог предложить знатному гостю что-либо достойное его.

Но маркиз был непривередлив и остался вполне доволен простой пищей да бутылкой самодельного сидра.

Наскоро утолив голод, он обратился к хозяину таверны:

— Расскажите мне о монастыре, что находится недалеко от вас.

— Довольно странное место, сэр, — ответил тот. — Они вроде обучают детей местных дворян. Но хочу вам сказать, их отец-настоятель довольно странный.

— Он из местных?

— Не думаю. К тому же остальные, с позволения сказать, монахи не внушают абсолютно никакого доверия.

Было очевидно, что хозяину таверны не очень-то хотелось говорить об этом. Маркиз не стал его больше расспрашивать, заплатив по счету и оставив щедрые чаевые.

Тот поклонился почтительно и сказал:

— Благодарю! Надеюсь, маркиз еще не один раз почтит мое заведение своим присутствием.

Маркиз подумал, что следующего раза не будет, но вслух ничего не сказал.

В сопровождении Винтона он вышел из харчевни, намереваясь осмотреть окрестности.

Они попросили у хозяина карту местности, но тот ответил:

— Никогда не держал у себя карты, сэр. Но могу рассказать вам обо всем, о чем хотите.

— Хорошо, — начал маркиз. — Давайте возьмем за ориентир монастырь Страстей Господних, который мы оба знаем. Мне нужно объехать его по дороге, ведущей на север, затем развернуться и приблизиться к монастырю уже с другой стороны.

Понадобилось некоторое время, чтобы владелец ясно понял, чего от него хотят.

Наконец он объяснил маркизу, что ему может подойти узкая проселочная дорога, примерно в полумиле от монастыря.

Это было то, что нужно, и маркиз со своим спутником приготовились к отъезду.

Было около трех часов дня, до монастыря было рукой подать. Вскоре они подъехали к самым стенам.

Маркиз обнаружил, что единственным входом служили ворота, через которые они въезжали в первый раз.

Ровно в четыре они подъехали к узкой тропинке, ведущей к тому месту, где рос дуб, по которому сможет, как утверждала сестра Марта, взобраться Ция.

Маркиз пересел на козлы. Он с удивлением обнаружил, что почти молится о том, чтобы сестре Марте удалось убедить Цию: ее ждут, и о том, чтобы Ции удалось улизнуть от отца Протеуса и перелезть через стену.

Он готов был поклясться, что слышит голоса по ту сторону стены.

Вдруг листва зашевелилась, и над стеной показалась девушка. Маркиз скомандовал:

— Быстрее, Винтон. Помогите ей спуститься.

Винтон быстро спрыгнул со своего места и подбежал к стене.

Девушка уже перекинула ноги через монастырскую стену и изогнулась для прыжка. В этот момент маркиз подумал про себя, что она такая же легкая и гибкая, как и ее отец.

Винтон помогал ей спуститься, придерживая за локти.

В ту же секунду за стенами из сада раздались крики.

— Быстрее! — скомандовал маркиз.

Ция мгновенно оказалась рядом с экипажем. Винтон помог ей взобраться и сам запрыгнул следом.

— Они... видели меня! — задыхаясь, произнесла девушка.

— Я слышал! — ухмыльнувшись, ответил маркиз. — Держитесь крепче! Чем быстрее мы уберемся отсюда, тем лучше!

Он щелкнул кнутом, и экипаж тронулся.

Им нужно было проехать вдоль целого пролета стены, чтобы добраться до южной стороны монастыря.

Отец Протеус выбежал на середину дороги, размахивая руками, из ворот ему на подмогу спешили еще четверо мужчин.

Маркиз не собирался останавливаться. Не сбавляя скорости, он направил лошадей прямо на отца Протеуса. Тот сообразил, что происходит, только в последнюю минуту. Он попытался было отскочить в сторону, но не успел: его задело колесом.

В этот момент Винтон выстрелил несколько раз поверх голов мужчин, пытавшихся на ходу запрыгнуть в экипаж.

Нападавшие инстинктивно пригнулись, а экипаж пролетел мимо на полной скорости, оставляя после себя лишь клубы пыли.

Прошло несколько минут, прежде чем взволнованный голос произнес:

— Вы спасли меня!.. Вы меня спасли!.. О, как это благородно с вашей стороны!

Глава 3

Пока экипаж не отъехал на приличное расстояние от монастыря, никто не промолвил ни слова.

Затем, убедившись, что их никто не преследует, маркиз обернулся и посмотрел на Цию.

Он увидел огромные синие глаза на прелестном, тонком лице. Маркиз отметил про себя, что она очаровательна. Затем решил, что «очаровательна» не то слово, скорее прелестна.

Эта девушка, без сомнения, была дочерью полковника Лэнгли, именно такой он ее себе и представлял.

— Я уверен, что вы и есть дочь полковника Лэнгли, — обратился он к Ции с улыбкой.

Она рассмеялась:

— Не представляю, как вы могли догадаться, что сестра Марта не та, за кого себя выдает!

— Это было нетрудно, — ответил маркиз. — Просто я не мог поверить в то, что такой привлекательный человек, как полковник Лэнгли, мог иметь дочь с такой несимпатичной наружностью.

— Вы меня спасли! — воскликнула Ция. — Как мне благодарить вас!

— Мы позже об этом поговорим, — ответил маркиз. — Сейчас чем быстрее мы уедем отсюда, тем лучше.

Несколько миль они проехали молча.

Ция первой нарушила молчание:

— Сестра Марта говорила, что вы обещали позаботиться о ней. Теперь, если все раскроется и отец Протеус выгонит ее из монастыря, ей совершенно некуда будет пойти!

— Мы сделаем все возможное, чтобы помочь ей, и как можно быстрее, — ответил маркиз. — А вы должны рассказать мне, как вы попали в такую историю.

Она молчала, и маркизу показалось, что слова его прозвучали грубовато. Чтобы исправить впечатление, он быстро добавил:

— Давайте только сначала доберемся до моей яхты, где вы будете в полной безопасности.

— Вы приплыли на собственной яхте? — взволнованно спросила Ция.

— Я думал, отец Протеус все вам рассказал.

— Он мне ничего не рассказывал, — ответила Ция. — Меня заперли в спальне, не объясняя ни слова. Я не знала, что происходит.

В том месте, где они проезжали, дорога была узкой, так что маркизу пришлось править лошадьми осторожнее, чтобы не задеть попадающиеся навстречу экипажи.

Он решил, что задаст все интересующие его вопросы позже.

Он вздохнул с облегчением только тогда, когда увидел белоснежный «Единорог», покачивающийся на волнах возле причала.

Теперь они были вне опасности.

Маркиз остановил экипаж, отдал поводья подбежавшему слуге и обошел лошадей, чтобы помочьЦии выбраться.

Но она сама с поразительной легкостью выпрыгнула из экипажа.

Теперь маркиз мог разглядеть ее гораздо лучше. Она была настоящей красавицей.

Правда, стоя на причале, девушка выглядела довольно необычно. Ее золотистые, блестящие волосы рассыпались по плечам, играя на солнце.

Сама она была одета в черную рясу, сшитую из грубой материи. К тому же она была босая, так как сбросила уродливые и бесформенные монашеские туфли, чтобы было удобнее карабкаться по дереву.

Как только все трое оказались на палубе, маркиз скомандовал ожидавшему распоряжений капитану:

— Выходите в море, капитан Блэкберн. Нам нужно добраться до Плимута как можно быстрее.

— Слушаюсь, ваша светлость.

Маркиз проводил Цию в гостиную. Как только девушка услышала звук работающего мотора, она воскликнула:

— Я просто... не могу в это поверить! Я была уверена, что никогда не выберусь оттуда. Единственное, что могло освободить меня, это... смерть.

— Теперь все позади, — успокаивающе сказал маркиз. — Думаю, мы отпразднуем это событие бокалом шампанского.

— Отец... всегда так делал после победы на скачках!.. — тихо сказала Ция.

Маркиз распорядился принести шампанское.

Яхта уже вышла в открытое море, когда слуга принес поднос.

Через иллюминатор Ция наблюдала, как за бортом бушуют волны.

— Теперь... мне больше нечего... бояться! — тихо, словно разговаривая сама с собой, сказала она.

— Присядьте, — сказал маркиз. — Выпейте шампанского и расскажите, что с вами произошло.

Девушка повиновалась. Маркиз не мог не отметить, что, несмотря на колебания яхты, двигалась она очень грациозно.

— Пока была жива моя тетушка Мэри, я училась в школе при монастыре, — начала она. — Когда она умерла, отец Протеус предложил мне поселиться при монастыре... ненадолго... пока кто-нибудь из моих родственников не приедет, чтобы позаботиться обо мне.

— Почему вы мне не написали? — спросил маркиз.

— Если бы я написала вам перед тем как поселиться при монастыре, вы бы, несомненно, получили мое письмо. Но я написала вам позже. Я писала несколько раз. Вскоре я поняла, что ни одно из моих посланий вы так и не получили.

Маркиз нахмурился:

— Человек, который называет себя отцом Протеусом, по-видимому, что-то затевал, когда ваша тетя была еще жива.

— Я поняла это гораздо позже, — тихо сказала Ция. — После похорон, когда адвокат сообщил, что я богата, все только и говорили об этом.

Маркиз хотел что-то сказать, но она перебила:

— Если бы вы только знали, что я испытывала. Каждый вечер я обдумывала, как бы найти способ связаться с вами или с кем-нибудь из родственников. Потом я послушалась... отца Протеуса!

— Вероятно, в тот момент вам ничего другого и не оставалось, — ответил маркиз.

— Я была так расстроена, когда умерла тетя Мэри. К тому же в Корнуэлле у меня нет знакомых. Все друзья моих родителей были далеко. И все же это было... ужасно... ужасно... глупо с моей стороны!

— Не вините себя! — ответил маркиз. — Вы не могли знать, что человек, который носит сутану, на самом деле обыкновенный преступник.

— Когда он предложил мне... принять монашество, — продолжала Ция, — я подумала, что он, должно быть, просто сошел с ума. Затем меня перевели в ту часть замка, где живут только монахини. Среди приходящих учеников у меня было много друзей. Тогда я поняла, что... меня держат как пленницу.

— Представляю, как вы были напуганы, — сочувственно произнес маркиз.

— Я была в ужасе! — подтвердила девушка. — Я и подумать не могла, что мужчины, которых нанял отец Протеус, — настоящие убийцы. Им ничего не стоило совершить какое угодно преступление.

Она перевела дыхание:

— Если бы они поймали нас тогда у ворот, то... несомненно, избили бы вас до полусмерти или, еще хуже, просто убили бы!

— Поверить не могу! — сказал маркиз. — Невероятно, что этих злодеев до сих пор никто не наказал.

— Сестра Марта рассказывала вам... Одна из учениц была, несомненно, убита. Они хотели добраться до ее денег.

— Разве никто не интересовался, как она погибла? — спросил маркиз.

— Они говорили, что она упала с лестницы и сломала себе шею, — ответила Ция. — Так и было... они столкнули ее!

Голос Ции дрогнул. Маркиз понял, что она представила, как что-либо подобное могло случиться и с ней.

— Теперь все позади, — успокоил ее маркиз.

Она ничего не ответила.

— О чем вы думаете сейчас? — спросил он через минуту.

— Мне пришло в голову, что отец Протеус так просто не отступит, — тихо сказала Ция. — Если вы захотите пролить свет на то, что происходит в монастыре, он, несомненно, будет мстить вам.

— Думаю, это маловероятно, — ответил маркиз. — Надеюсь, вы поддержите меня: я собираюсь поговорить с лейтенантом полиции Корнуэлла, а также с начальником полиции графства.

Ция ничего не ответила, и он продолжил:

— Помимо всего прочего, нам нужно помочь сестре Марте. Я обещал ей позаботиться о ее будущем и устроить ее иначе, если она не захочет оставаться монахиней.

— Она очень хороший человек, — сказала Ция. — По-моему, она будет счастлива в монастыре, только не в таком, из которого мы только что вырвались!

Она вздрогнула, и маркиз решил, что плохих воспоминаний на сегодня достаточно.

— Думаю, в первую очередь нам следует подыскать вам подходящее платье, — сказал он.

Ция рассмеялась:

— Я и забыла, что выгляжу так необычно! Когда меня поместили к монахиням, то забрали всю мою одежду, выдав лишь это одеяние.

— Уверен, мы подберем вам подходящую одежду в Плимуте, — сказал маркиз. — Так что вам не придется носить это до самого Лондона. Ну, а там — Бонд-стрит к вашим услугам!

Ция взглянула на него и спросила:

— Мои деньги... они... я могу ими воспользоваться?

— Они в безопасности, — ответил маркиз. — Никто не мог бы добраться до них без моего позволения. И как только мы приедем ко мне домой на Парк-лейн, я сообщу в банк, что вы хозяйка.

— Спасибо!.. Спасибо... за то, что вы обо всем позаботились, — улыбнулась Ция. — До сих пор не могу поверить, что мне не нужно больше опасаться, что отец Протеус убьет меня из-за моих денег.

— Если нам удастся доказать, что одна из девушек была убита самим отцом Протеусом или его подручными, я уверен, его арестуют.

Он понял по выражению лица девушки, что только в этом случае она будет чувствовать себя в полной безопасности.

Маркиз подумал о том, что ей пришлось пережить.

Такое кого угодно может выбить из колеи.

Однако он был уверен, что, как только она окажется в другой обстановке, будет принята в высшем свете, станет посещать всевозможные праздники, как и положено в ее возрасте, дурные воспоминания забудутся.

Маркиз намеренно стал рассказывать ей о благополучных днях ее детства.

Он говорил, что все подчиненные и сослуживцы полковника Лэнгли были просто влюблены в него и в его искусство наездника.

— Полагаю, вы тоже любите верховую езду? — спросил он у девушки.

— Когда мы жили с тетей Мэри, у нас были лошади, — ответила Ция. — Но это совсем не то, что прогулка верхом с моим отцом. С ним всегда хотелось как можно лучше держаться в седле.

— Мы все думали так же, когда служили под его началом, — ответил маркиз.

Когда яхта добралась до Плимута, было уже темно. Маркиз написал два письма и велел одному из матросов доставить их по назначению как можно быстрее.

Одно их них было адресовано лейтенанту полиции Корнуэлла, а другое начальнику полиции графства.

Маркиз надеялся, что этим он поможет Ции немного успокоиться. Он был уверен, что девушка все еще опасалась преследований со стороны отца Протеуса.

Он также приказал Винтону и еще одному матросу из команды вооружиться и всю ночь охранять яхту.

На следующее утро, как только начали открываться магазины, капитан Блэкберн сошел на берег.

Ему было поручено подобрать подходящую одежду для Ции, чтобы она могла выглядеть соответствующим образом.

Накануне вечером она обедала с маркизом, облачившись в его шелковую пижаму и летний халат из тонкого материала.

Одежда была слишком длинной, поэтому она подвернула полы халата и пришпилила их английскими булавками.

Вместо пояса она повязала длинный шарф, который очень подходил к ее глазам.

Маркиз отметил про себя, что ему никогда не приходилось видеть таких поразительных темно-синих глаз.

Он с удивлением отметил, что никогда прежде не обедал наедине со столь молодой девушкой.

Хотя его родственники не переставали твердить, чтобы он женился на молодой девушке, ему казалось, что такая девушка непременно будет скучной и не сможет разделить всех его пристрастий и увлечений.

Ция же, несмотря на свой юный возраст, знала о лошадях очень много и прекрасно в них разбиралась.

Ее, как и маркиза, очень интересовала история полка, в котором служил ее отец.

Ция задавала ему интересные и очень неглупые вопросы о его недвижимости и о сельском хозяйстве, в котором она тоже, как выяснилось, неплохо разбиралась, так как долгое время жила с родителями в их имении за городом.

Она считала, что фермеров необходимо убеждать вводить разнообразные новшества, хотя они, к сожалению, относятся к ним с недоверием.

Одним словом, когда вечер подходил к концу, маркизу показалось, что он обедал с самим Гарри. Именно с ним он обсуждал подобные темы.

Рейберн настоял, чтобы Ция рано легла спать. Он не без основания полагал, что она сильно утомлена пережитыми накануне событиями.

Девушка рассказала ему, что в монастыре она плохо спала ночами, ожидая, что с ней случится самое худшее.

С трудом верилось в то, что отец Протеус осмелился бы пойти на хладнокровное убийство.

Однако что могло бы ему помешать, завладей он деньгами Ции?

Отправляясь спать, маркиз все еще прокручивал в голове произошедшие с ними события и обдумывал услышанное от девушки.

Все случившееся казалось нереальным, словно он участвовал в каком-то спектакле или читал захватывающий роман, который вот-вот должен подойти к концу.

Пока он засыпал, ему так и не пришло в голову, что все это время он ни разу не вспомнил о Жасмин.

Несмотря на ранний час, маркиз уже заканчивал свой завтрак. Только он подумал о том, что Ция, должно быть, еще спит или решила перекусить у себя в каюте, как девушка вошла в гостиную.

Несколько мгновений он не мог вымолвить ни слова.

Вчера вечером в его пижаме и с просто убранными волосами, она выглядела привлекательной. Но сейчас в настоящем платье она была поразительно красива.

Хотя единственной достойной вещью, которую удалось достать в Плимуте, было простое летнее платье.

Незатейливая юбка была украшена сзади на поясе мелкими складками, а тонкая талия девушки была перехвачена шелковым шарфом темно-синего цвета.

Это платье подчеркивало прекрасную фигуру и в особенности оттеняло нежную стройную шейку.

Видимо, капитан позаботился и о прическе, так как волосы Ции были собраны и заколоты в шиньон.

Маркиз поднялся ей навстречу со словами:

— Уверен, ваш отец был бы счастлив увидеть, как вы прекрасны.

Ция улыбнулась:

— Теперь я чувствую себя как прежде. То уродливое монашеское одеяние я выбросила в море!

Маркиз рассмеялся:

— Надеюсь, оно унесет на морское дно все ваши неприятности.

Он помог Ции сесть за стол и велел стюарду принести закуски.

— Вчера вечером, — начала Ция, — я забыла поблагодарить вас за первый после долгого перерыва настоящий вкусный обед! Я была так увлечена разговором, что начисто позабыла о простых приличиях.

Маркиз подумал, что ни одна другая женщина не смогла бы таким удивительным образом показать, что общение с ним доставляет ей радость.

Накануне вечером она выглядела как подросток, теперь же перед ним была действительно молодая женщина. Вскоре ей предстоит начать блистать в лондонском свете.

Утром, одеваясь к завтраку, он решил попросить свою бабушку представить Цию ко двору.

Несмотря на свои семьдесят лет, вдовствующая маркиза была живой и полной сил женщиной.

Она не любила оставаться одна в Дубовом замке — там ей было слишком скучно. И при каждом удобном случае миледи навещала Лондон.

Сейчас она гостила у маркиза в доме на Парк-лейн, где раньше у нее был один из самых блестящих салонов.

«Бабушка будет счастлива, если я попрошу ее позаботиться о дебютантке, — думал маркиз. — Ции с ее красотой не будет отбоя от предложений руки и сердца».

Ему также пришла в голову мысль, что ее богатство сделает ее добычей охотников за приданым.

«Но, будучи ее опекуном, — решил маркиз, — я позабочусь о том, чтобы к ней сватались по любви, а не из желания прибрать к рукам ее деньги».

Теперь, глядя на девушку, он был абсолютно уверен, что найдется много мужчин, которые влюбятся в нее с первого взгляда.

Маркиз знал, что от него потребуется много сил и времени, чтобы держать ситуацию под контролем. Однако он не мог понять себя: то ли его эта мысль угнетала, то ли, наоборот, радовала.

— Мы долго здесь пробудем? — спросила Ция, принимаясь за завтрак.

По этому простому вопросу маркиз понял, что она все еще боится отца Протеуса, который, как ей казалось, может явиться в любую минуту и увезти ее.

— Мы уедем сразу же, после того как я поговорю с лейтенантом полиции, — ответил маркиз. — Но, боюсь, Ция, вам придется ответить на ряд вопросов о монастыре.

Он подумал, что она может отказаться, и добавил:

— Знаю, что это неприятно, но мы должны подумать о сестре Марте и о других беспомощных девушках, которые могут оказаться в руках этого преступника. Они-то вряд ли так проворны, чтобы вскарабкаться на высокий дуб.

Мягким, ласкающим голосом он стремился успокоить девушку.

— Я сделаю все, что потребуется. Может быть, кто-то из живших раньше в монастыре монахинь захочет вернуться, если, конечно, после отца Протеуса на счету монастыря остался хоть пенни.

На следующее утро маркиз узнал о том, что прежде в этом монастыре проживали пожилые женщины, у которых не было другого пристанища.

Затем отец Протеус прибрал его к рукам и вызвал своих сообщников. Прежний священник был слишком болен, чтобы бороться против них, а мать-настоятельница необыкновенно напугана. Так что преступники просто захватили управление монастырем в свои руки.

В монастыре не было никого, кто бы посмел возражать или жаловаться.

— Вы понимаете, ваша светлость, — объяснял прибывший начальник полиции графства, — что мне не поступало никаких жалоб от обитателей монастыря. У меня не было оснований вмешиваться в это дело.

— Я понимаю, — сказал маркиз. — Но теперь что-то необходимо предпринять.

— Непременно! — подтвердил лейтенант полиции Корнуэлла.

Он был членом палаты пэров. Маркиз несколько раз встречал лейтенанта в Виндзорском замке.

Когда он услышал о том, что происходит, то сам настоял на том, чтобы принять немедленно все возможные меры против отца Протеуса.

У Дии взяли показания против него.

Оба представителя закона пообещали маркизу разобраться с этим делом как можно быстрее. Сам маркиз торопился в Лондон, и его заверили в том, что отчет будет прислан ему на дом.

— Надеюсь, вы понимаете, как я заинтересован в расследовании, — сказал он. — И я также буду вам благодарен, если имя моей подопечной не появится в газетах.

— Я понимаю, ваша светлость, — ответил лейтенант полиции, — Я сделаю, как вы просите.

Как только гости покинули яхту, маркиз распорядился выходить в море.

— Теперь от нас ничего больше не зависит, — сказал он Дии. — Можно отдохнуть и насладиться путешествием.

— С вашей стороны было очень благородно проявить заботу о бедной сестре Марте.

Маркиз пообещал, что, если потребуется, констебль поможет Марте добраться до Дубового замка, где сестра поживет, пока ее будущее не определится.

— Все расходы я беру на себя, — добавил маркиз. — Я также оплачу дорогу тому, кто пожелает поехать с ней в качестве сопровождающего. Мы должны помнить, что, если бы не сестра Марта, которая набралась смелости ослушаться отца Протеуса, вы никогда бы не выбрались из монастыря.

— Я сделаю для нее все возможное, — сказала Ция. — На самом деле это мне следует заботиться о ней, а не вам.

— Не будем ссориться по поводу сестры Марты, — улыбнулся маркиз. — Надеюсь, ее будущее будет намного счастливее, чем прошлое.

— Бедняжка, если бы только мы могли изменить ее внешность! — сказала Ция. — Она страдает от того, что некрасива.

— Если она не захочет оставаться монахиней, — ответил маркиз, — она сможет носить красивые платья и модные прически. Уверен, этого вполне достаточно.

— Мы постараемся ей помочь, — сказала Ция и добавила с улыбкой: — Мы говорим о ней, как будто мы ее удочерили!

Обоих развеселило такое сравнение.

Нечаянное упоминание о ребенке заставило маркиза подумать о Жасмин.

Он едва справился с нахлынувшими чувствами, когда вспомнил, что она обманом пыталась принудить его вступить с ней в брак.

— Я что-нибудь сказала... не так? Что вас... так расстроило? — прервала его мысли Ция.

Она была так взволнована, что маркиз поспешил ее успокоить:

— Это никак не связано с вами. Я просто вспомнил о своих неприятностях, это привело меня в такое смутное расположение духа.

Он видел, что она все еще в недоумении, и добавил:

— У меня такое ощущение, что вы читаете мои мысли. Я всегда гордился своей проницательностью, но никак не мог предположить, что мне встретится еще кто-нибудь с такими же качествами.

— Мне кажется, я всегда обладала этим свойством, — ответила Щия. — Папа обычно говорил, что я угадываю его мысли. Мама считала, что это благодаря кельтской крови, которая течет в наших жилах.

— Как ваш опекун, — с шутливой серьезностью произнес маркиз, — я запрещаю вам читать мои мысли: они не всегда достойны ушей молодой девушки.

Щия рассмеялась:

— Вы разожгли мое любопытство. Теперь я буду более внимательно прислушиваться к вашим мыслям.

— Не могу поверить, что вы отказываетесь подчиняться мне! — воскликнул маркиз. — Придется держать вас под строгим присмотром.

Щия снова рассмеялась:

— Я слишком молода, чтобы быть проницательной, а вы слишком молоды, чтобы быть моим опекуном. Опекуны, как правило, очень старые и седые.

— Именно так и относитесь ко мне, — сказал маркиз.

Она одарила его озорной улыбкой:

— Теперь вы пытаетесь напугать меня. Но так как теперь я свободна и ничего не боюсь, то вам придется подыскать более подходящий способ присматривать за мной.

Маркизу показалось, что Щия становится все более беспечной: весь вечер она поддразнивала его.

В ее обществе время бежало незаметно.

Они решили, что переночуют в тихой бухте, на следующее утро доберутся до Фолькстоуна, а оттуда поедут поездом до Лондона.

Маркиз вдруг понял, что ему так приятно это маленькое путешествие в обществе Ции, что возвращаться в Лондон совсем не хочется.

Тем не менее он распорядился, чтобы капитан повел яхту вверх по Темзе, чтобы сойти на берег возле Вестминстера.

— Мне очень нравится плавать по морю, — сказала Ция, когда маркиз рассказал ей о своих планах, — но еще большее удовольствие мне доставит путешествие в вашей компании: вы напоминаете мне об отце.

Маркиз мысленно усмехнулся: никому из тех женщин, с кем он когда-либо общался, он не напоминал об их отцах.

Несмотря на то что Ция шутила и смеялась, словно они были ровесниками, маркиз был уверен, что она относится к нему иначе, чем те женщины, с которыми он до сих пор встречался: зачастую они видели в нем лишь привлекательную партию.

Он объяснил это тем, что Ция еще слишком молода и не знает жизни.

С ней было очень интересно разговаривать, намного интереснее, чем с теми юными красавицами, чьего расположения они с Гарри так упорно добивались. Возможно, потому, что юных леди всегда сопровождают дуэньи, что делает разговор невыносимо скучным.

С Цией же ему не было скучно ни секунды.

Общение с его прежними приятельницами, включая Жасмин, как правило, сводилось к банальному флирту, даже если удавалось остаться наедине. И во взгляде каждой сквозило неприкрытое желание завладеть им.

От них он ждал лишь объятий, поцелуев и всего, что следует за этим.

В поведении Ции не было и намека на такое развитие событий.

Маркиз первым вышел к обеду, ожидая появления Ции в гостиной.

Яхта встала на якорь в маленькой бухте, укрытой от ветра и волн.

Стюард еще не зажег свет. Гостиная освещалась лишь зажженными свечами, что создавало романтическое настроение.

Маркиз был одет в вечерний костюм.

Ожидая Цию, он наблюдал, как в иллюминаторе одна за другой зажигаются звезды.

Вечер выдался теплым. Рейберн подумал, что в такую замечательную погоду любая другая женщина пожелала бы выйти на палубу, где в лунном свете ее тонкий профиль и нежная шейка выглядели бы неотразимо. Завладеть им, утонуть в его объятиях, слиться с ним в долгом поцелуе — вот чего с неизбежностью хотелось бы ей.

От этих размышлений его отвлек звук легких шагов, и через секунду Ция появилась на пороге.

— Вы только посмотрите на меня! — воскликнула она, раскинув в стороны руки и поворачиваясь кругом так, чтобы маркиз мог разглядеть ее новый наряд.

Низ пышной юбки был украшен свободным каскадом оборок, талия казалась еще тоньше, чем в дневном наряде. Платье цвета весенней молодой листвы оставляло плечи обнаженными. В сочетании с красноватыми искорками в волосах, отбрасываемыми зажженными свечами, бледно-зеленый наряд делал ее похожей на маленькую сирену, вышедшую из морских волн.

В ней было что-то легкое, воздушное, неземное. В то же время казалось, что она словно напоена музыкой.

— Я должен поздравить капитана! — сказал маркиз. — У него безупречный вкус.

— Я тоже так считаю, — согласилась Кия. — Я должна сейчас же ему показаться!

Не дожидаясь от маркиза ответа, она выбежала из гостиной и поднялась на палубу. Затем он услышал, как она направилась к капитанскому мостику.

Он пошел вслед за ней, не в силах сдержать улыбки.

Ему вдруг пришло в голову, что ни одна из тех светских красоток, кем они с Гарри увлекались, не пошла бы интересоваться мнением капитана, хотя они и ожидали бы от него шквала комплиментов.

— Я не должен портить ее, — сказал себе Рейберн, направляясь к капитанскому мостику.

— Я счастлив, что вам понравился мой выбор, мисс Лэнгли, — услышал маркиз слова капитана. — Моя жена всегда спрашивает моего совета, прежде чем купить себе новое платье.

— Тогда вы можете передать ей, что его светлость также находит ваш вкус безупречным, — ответила Кия. — Надеюсь, когда мы доберемся до Бонд-стрит, вы посоветуете мне, что следует купить.

Капитан рассмеялся:

— Я все-таки лучше разбираюсь в кораблях, чем в платьях, мисс Лэнгли. А надо сказать, сейчас мне выпала честь управлять одним из лучших кораблей в мире.

— Теперь настала моя очередь получать комплименты! — сказал маркиз, присоединяясь к ним.

— И по праву, — заметила Кия. — «Единорог» — великолепная яхта.

Когда они направлялись обратно в гостиную, маркиз не мог не задуматься о том, какого же мнения была Ция о самом хозяине «великолепной яхты».

Он так привык получать комплименты от женщин, с которыми виделся прежде, что с удивлением обнаружил, что теперь ему этого не хватает.

Они сели за стол, и Ция отметила, что блюда приготовлены так же великолепно, как и вчера. Затем они вновь заговорили о прошлых днях, и Ция забыла о своем новом наряде.

— Я не знаю... когда мы с вами... вновь встретимся, — с грустной ноткой в голосе произнесла Ция, — но может быть... если вы будете участвовать... в бегах... вы могли бы взять меня с собой?

— Это вряд ли возможно! — ответил маркиз. — Женщины не принимают участия в скачках с препятствиями. Но обещаю, что летом я устрою бега, в которых вы сможете поучаствовать среди прочих наездниц.

Несколько мгновений Ция пристально, как бы изучая, смотрела на него, а потом сказала:

— Я дочь своего отца. Если вы одолжите мне одну из ваших превосходных лошадей, то, держу пари, я выиграю у вас скачку.

— Вы действительно так считаете? — спросил маркиз.

Он ожидал, что она ответит что-нибудь вроде того, что это маловероятно, но она постарается, но вместо этого девушка сказала:

— Надеюсь, вы позволите мне самой выбрать лошадь. И еще мне нужно немного времени, чтобы познакомиться с ней поближе.

Маркиз удивленно вскинул брови.

— Лошади любят скачки, — пояснила Ция. — Каждый раз им надо рассказывать, что там будет. И еще — хорошо, если у лошади есть время привыкнуть к своему седоку. Тогда они смогут лучше понимать друг друга. Так всегда говорил мой отец.

Рейберн хотел было возразить, что Ция все это придумала, но затем он вспомнил, как полковник сам говорил нечто подобное своим подчиненным перед ответственными полковыми соревнованиями.

— Я хочу сказать, — продолжала Ция, — что, если у меня будет время поговорить с моей лошадью, я смогу объяснить ей, что нам необходимо вас обыграть. Я уверена, мы пересечем финишную прямую первыми.

— А я уверен, что вы фантазируете, — ответил маркиз. — Это не входит в правила игры.

Ция рассмеялась.

— Если я смогу хоть раз показать вам, что я имею в виду, — ответила она, — уверена, вы все поймете.

Маркиз действительно понял, что прежде он никогда не встречал женщины, владеющей секретами, известными только цыганам и жокеям.

Когда пришло время идти спать, он почувствовал, что получил огромное наслаждение от прошедшего вечера. Как никогда прежде, он был уверен, что Ции суждено блистать в лондонском обществе.

— Она необыкновенно естественна и очень обаятельна! — сказал он себе.

Он решил, что непременно скажет бабушке, что собирается дать в честь Ции два бала — один дома в Лондоне, другой в Дубовом замке.

— На балу, — думал он, — в элегантном, модном туалете она будет выглядеть просто потрясающе, намного привлекательнее других девушек, впервые вывозимых в свет. Она с легкостью завоюет сердце какого-нибудь преуспевающего молодого аристократа. На этом я буду считать свой долг выполненным. Именно так поступили бы и ее родители.

Затем он стал перебирать в уме, кто из знакомых ему молодых людей подошел бы на роль мужа Ции. Он отвергал одну кандидатуру за другой.

Претендент непременно должен принадлежать к аристократии, к древнему роду и носить звучный титул.

Но вскоре маркиз был вынужден признать, что ни один из его знакомых не сравнится с Цией.

С ее огромным состоянием можно долго и придирчиво выбирать себе мужа.

Но было невозможно представить Цию, например, женой одного из молодых пэров, приятеля маркиза, который, с тех пор как окончил школу, только и делал, что волочился за смазливыми актрисами.

Два других его приятеля-аристократа проводили все свободное время, объезжая лошадей.

Из разговора с Цией маркиз понял, что она не подозревала о существовании так называемого «нормального мужского поведения».

Она будет поражена, когда узнает об этом.

В ней было столько чистоты и цельности! Столько неземного, светлого, делавшего ее непохожей на большинство женщин!

— Черт возьми! — возмутился маркиз. — Неужели на свете нет достойного Ции мужчины, который будет всегда честен со своей женой?

Затем он принялся размышлять о том, станет лиЦия с возрастом такой же, как Жасмин и многие другие знакомые ему женщины.

Сам он всегда испытывал неловкость, если случалось ухаживать за чужой женой, к тому же в доме ее мужа.

Это было похоже на карманное воровство.

Тем не менее это было принадлежностью светской жизни, жизни, которой он до сих пор жил.

Он был готов согласиться с тем, что женщина, чей муж находит развлечение на стороне, в свою очередь не обязана хранить ему верность.

Но от своей жены он ожидал бы преданности. Немного поразмыслив, Рейберн подумал, что требует слишком многого.

Как он мог быть уверен в том, что, отлучись он хоть ненадолго, его жена не приведет в дом любовника? Сама мысль об этом доставляла ему мучения.

Маркиз встал и подошел к иллюминатору. Небосвод был усыпан сияющими звездами, которые отражались в морской воде.

Это было очень красиво и необыкновенно таинственно.

Он постоял недолго у окна, а затем обреченно произнес приглушенным голосом:

— Женщины, все до единой, нечестны, вероломны и непостоянны! Я никогда не женюсь!

Глава 4

Наконец «Единорог» прибыл в Лондон.

Когда они сошли на причал, карета уже ждала маркиза и его гостью.

Ция не забыла поблагодарить капитана за приятное путешествие.

Когда карета тронулась, она сказала маркизу:

— Все было просто восхитительно!

— Уверен, вам понравится в Лондоне, — ответил маркиз. — А позже я покажу вам свой замок в Сассексе.

Она улыбнулась:

— И конечно же, ваших лошадей!

Маркиз подумал о том, уместно ли пригласить Цию на обед, который он собирается устроить на следующей неделе.

С Жасмин покончено, следовательно, освобождается одно место. Но тут же он сказал себе, что это не тот случай, когда можно приглашать дебютантку.

«Я поселю ее в Лондоне вместе с моей бабушкой, — решил маркиз. — А через неделю она сможет приехать погостить в замок».

Когда они подъезжали к дому маркиза на Парк-лейн, Ция от души восхитилась прекрасным особняком. Не менее сильное впечатление на нее произвело внутреннее убранство дома. Она была просто очарована картинами, украшавшими стены.

Маркиз был польщен. Он всегда гордился домом, который некоторое время назад был заново обставлен его матерью.

Салфеточки, вазочки и прочие безделушки, ставшие необыкновенно модными при королеве Виктории, здесь полностью отсутствовали.

Вдовствующая маркиза получила воспитание во времена регентства.

Она вспоминала о прошлом с особым восхищением и считала, что нововведения викторианской эпохи не выдерживают никаких сравнений с той золотой порой.

Ция и не знала, что восхищается стилем, который уже давно «вышел из моды». Она просто чувствовала, что это прекрасно и необыкновенно отвечает ее настроению.

Маркиза уже получила известие о том, что ее внук скоро прибудет, и теперь сидела в огромной гостиной в ожидании гостей.

Сама гостиная была выполнена в великолепном классическом стиле. Стены украшали полотна французских художников, а огромная люстра сияла тысячью тонких свечей.

Ции эта комната, занимавшая почти весь первый этаж, показалась настоящей дворцовой залой.

Маркиза приятно удивило то, что Ция так непринужденно общалась с маркизой, которая многим людям внушала благоговейный страх.

Она грациозно поклонилась и сказала:

— Я очень хотела познакомиться с вами, мадам. Его светлость так много рассказывал мне о вас и о тех балах, что вы регулярно даете. Он говорит, что они одни из самых блестящих в Лондоне.

Маркиза улыбнулась и спросила:

— Вы ожидаете, что я устрою нечто подобное и в вашу честь?

— Нет, что вы! — ответила Ция. — Но когда я вошла в эту гостиную, то подумала о том, как здесь должно быть красиво во время подобных празднеств. Эта комната — готовая декорация к пьесам Шекспира.

Маркиза снова улыбнулась.

— По-моему, Рейберн, — обратилась она к внуку, — Ция относится к нам, как к книжным героям, а не как живым людям, которые частенько бывают и капризны и занудливы.

— Уверен, бабушка, — ответил маркиз, — что к вам это не относится. Что касается меня, то сравнение с книжным героем мне нравится больше, чем с невыносимым занудой.

Маркиза взглянула на маркиза изучающе. Он понял, что в его голосе прозвучала неприкрытая горечь.

Тогда он быстро перевел разговор на другую тему: он принялся рассказывать о том, как ему удалось вырвать Цию из лап отца Протеуса.

— Только прошу тебя, бабушка, — добавил он, — никому ничего не рассказывай. Иначе эта история станет главной темой сплетен в салонах и клубах Лондона.

— Конечно, мой мальчик. Никогда не слышала ничего более ужасного! — продолжала маркиза. — Бедное дитя! Представляю, через что вам пришлось пройти.

— Я была очень напугана... — ответила Ция. — Но его светлость считает, что я должна быстрее забыть о том, что произошло. Это я и пытаюсь сейчас сделать.

— Надеюсь, вам помогут в этом наряды, которые мы для вас приготовили. Уверена, они самые красивые во всем Лондоне. А мой внук уже приступил к рассылке приглашений на бал в вашу честь.

— Бабушка, я хотел бы устроить два бала: один здесь, а другой в Дубовом замке, — сказал маркиз. — Уверен, это именно то, что сделали бы для Ции ее родители.

— Именно так! — одобрила маркиза. — Тебе следует поторопиться с рассылкой приглашений, так как, уверена, ты хочешь, чтобы у Ции осталось время посетить и другие балы.

— Я просто не могу во все это поверить! — взволнованно воскликнула Ция. — Это как сон. Мне хочется петь и танцевать и совсем не хочется просыпаться.

Рейберн и маркиза рассмеялись.

Когда они отправились обедать, маркиз был в приподнятом настроении. Его увлекала идея дать бал в Дубовом замке: прежде он никогда этого не делал.

После обеда маркиза распорядилась приготовить экипаж, чтобы отправиться с Цией за покупками.

— Сначала мы выберем вам несколько готовых платьев, — предложила Ции маркиза, — и попросим прислать их сюда, чтобы вы смогли как следует их примерить. А затем мы сошьем несколько нарядов на заказ и подберем к ним все, что следует.

— Для меня это слишком сложно! — сказал маркиз. — Надеюсь, вы не заставите меня сопровождать вас по магазинам?

— Этого мы как раз и не хотим! — ответила маркиза. — Как настоящий англичанин, ты будешь сидеть со скучающим видом, давая всем понять, что тот, кто проводит время в магазине в такой солнечный день, — совершает преступление против собственного здоровья!

Ция рассмеялась:

— Так и будет. Папа всегда любил, когда мама покупала новое платье. Но об участии в самой покупке не могло быть и речи. Он предпочитал сразу увидеть маму в обновке.

Маркиз проводил обеих женщин до экипажа.

Затем он вернулся в свой кабинет, где, как он был уверен, его уже ждет мистер Баррет с кучей писем.

Он не ошибся. Баррет тут же приступил к делу:

— Здесь два письма, милорд, которые, как я уверен, вы захотите прочесть первыми. Одно из них из банка с подробным отчетом о состоянии дел мисс Лэнгли. Другое от лейтенанта полиции Корнуэлла.

— Я ждал от него вестей! — оживленно воскликнул маркиз, взяв письмо.

Но по мере того как он его читал, выражение его лица менялось.

— Вы уже читали это, Баррет? — спросил он.

— Да, ваша светлость.

— Как этому подлецу удалось скрыться так быстро? Не понимаю, как ему удалось узнать, что его собираются арестовать?

— Плохие новости быстро разносятся, ваша светлость, — заметил Баррет.

— Могу только предположить, что он каким-то образом узнал о том, что моя яхта стоит в бухте Плимута, и понял, что я веду переговоры с начальником полиции.

— Похоже, что именно так все и было, — согласился Баррет. — Лейтенант полиции сообщает о том, что в монастыре никого не осталось, за исключением монахинь и священника, который слишком стар, чтобы понимать, что происходит.

Маркиз вновь взглянул на письмо.

— Лейтенант пишет, что поможет сестре Марте уехать в Лондон сегодня же. Думаю, к вечеру у нас будет больше сведений.

— Боюсь, когда она приедет, будет уже довольно поздно, — сказал Баррет. Может быть, лучше будет молодой женщине отправиться отдохнуть с дороги. Думаю, все расспросы можно оставить на утро.

— Так и сделаем, Баррет, — согласился маркиз. — Меня беспокоит лишь то, что преступник до сих пор не наказан.

— Ваша светлость считает, что мисс Лэнгли угрожает какая-либо опасность со стороны этих разбойников?

— Этого никто не может знать, — ответил маркиз. — Но я уверен, что они вряд ли будут благодарны нам за то, что из-под самого носа мы увели у них целое состояние.

Баррет выглядел обеспокоенно.

Затем маркиз убежденно сказал:

— Беспокоить мисс Цию сейчас было бы большой ошибкой. К тому же я не думаю, что отец Протеус, хотя это вряд ли его настоящее имя, глуп настолько, чтобы пытаться предпринять что-нибудь решительное. Он прекрасно понимает, что сейчас его всюду разыскивает полиция.

— Уверен, что вы правы, милорд, — согласился мистер Баррет. — По крайней мере мисс Ции будет покровительствовать ее светлость.

— Да, конечно, — согласился маркиз.

Про себя он решил, что обязательно поговорит с бабушкой. Лучше поостеречься и не ездить с Цией во всякие неизвестные места, где вполне может появиться Протеус.

И уж конечно, маркиз позаботится о том, чтобы карету Ции всегда сопровождал вооруженный человек, как это было в те времена, когда на дорогах бесчинствовали грабители и разбойники.

К счастью, это дела давно прошедших дней. Маркиз был уверен, что почти никто из путешественников не берет с собой оружия, а если и берет, то оставляет его незаряженным.

Маркиз отдавал себе отчет, что он скорее всего излишне осторожничает: маловероятно, чтобы отец Протеус решился рискнуть своей свободой и принялся бы разыскивать Цию.

Вслух он сказал:

— Я поговорю с мисс Цией. Слугам не следует ничего об этом знать, иначе поползут сплетни.

— Да, конечно, милорд, — согласился Баррет.

Затем он передал маркизу письмо из банка.

В отчете подробно излагались все денежные операции, связанные со счетом мисс Лэнгли. Когда маркиз дочитал до последней страницы, то был поражен не на шутку.

От Баррета он знал, что леди Лэнгли оставила племяннице большое состояние, но точной суммы не знал. Теперь же реальная цифра превзошла все его ожидания.

Баррет ожидал, что маркиз придет в изумление, и поспешил объяснить:

— Когда ее светлость вышла замуж за брата полковника, она не была настолько богата. Но в течение нескольких лет скончались некоторые из ее родственников, оставив ей все состояние. К тому же деньги были очень удачно вложены, что принесло дополнительный капитал.

— Понимаю, — сказал маркиз. — Хотя для молодой девушки не всегда благо обладать таким огромным состоянием.

— Уверен, вы беспокоитесь об охотниках за богатыми невестами, — заметил Баррет.

— Еще как! — воскликнул маркиз. — Поручаю вам, Баррет, пресекать в зародыше всякие попытки молодых повес завязать отношения с мисс Цией, будь то цветы, приглашение в театр или еще что-нибудь в этом роде.

— У меня нет сомнений, — начал Баррет, — что немногие мужчины упустили бы шанс наложить руку на столь огромное состояние. Не говоря уже о том, что мисс Ция самая привлекательная молодая леди, которую мне доводилось встречать.

— Не понимаю, — сказал маркиз, — почему я так часто попадаю в подобные истории? Вне всякого сомнения, Баррет, если мисс Лэнгли свяжет свою судьбу с неподходящим человеком, это останется у меня на совести до конца моих дней.

Мистер Баррет хотел было ответить, но дверь в кабинет открылась и на пороге появился Гарри Блессингтон.

— Привет, Рейберн, — поздоровался он. — Слава Богу, вы вернулись. Я уже начал скучать.

— Да, я вернулся, — ответил маркиз. — А для вас у меня есть работа.

— Работа? — удивился Гарри.

Маркиз протянул ему банковский отчет.

Зная, что близким друзьям необходимо побеседовать наедине, мистер Баррет тихо вышел из кабинета.

Гарри прочел письмо и присвистнул от удивления.

— Я знал, что вы удивитесь! — заметил маркиз.

— Удивлюсь? Да я просто поражен! — ответил Гарри. — Кто бы мог предположить, что дочь полковника Лэнгли превратится в «мисс Крез», обладательницу несметных богатств.

— Жаль, что самому полковнику не пришлось узнать этого, — сказал маркиз. — Он завел бы еще более быстрых скакунов!

— Расскажите мне, какая она, — попросил Гарри. — Скажите мне, что она прекрасная наездница, иначе я никогда больше не буду верить в теорию наследственности.

— Мне очень многое нужно вам рассказать, — сказал маркиз.

Он погрузился в удобное глубокое кресло и принялся рассказывать Гарри обо всем, что с ним случилось за последние несколько дней.

Гарри слушал, не перебивая. Затем он сказал:

— О Господи, Рейберн! Если бы я не был вашим близким другом, то непременно бы решил, что вы все это выдумали спьяну. С вами случилась история, достойная театральных подмостков Лондона.

— Я и сам так думаю, — согласился маркиз. — Но вопрос в том, что нам теперь следует предпринять?

— Вы считаете, что история еще не закончена?

— Нет, пока этот лжесвященник и его приспешники на свободе! И тут вы должны мне помочь.

Гарри удивленно взглянул на маркиза и сказал:

— Конечно, я готов. К тому же вам следует подумать и о более неотложных делах.

— Что вы имеете в виду? — спросил маркиз.

— У меня для вас плохие новости, — ответил Гарри.

Маркиз внутренне сжался: он уже чувствовал, что это будет за новость.

— Я только что узнал, — начал Гарри, — что лорд Кейтон скончался прошлой ночью.

Это было именно то, чего маркиз боялся, но что ожидал услышать.

В то же время по голосу Гарри он понял, что знает не обо всем.

— Вам вряд ли это понравится, — продолжил Гарри после паузы, — одна моя знакомая, по имени Ирэн, получила накануне письмо от Жасмин Кейтон.

Маркиз молчал, уже догадываясь, о чем именно было написано в письме.

— Жасмин написала Ирэн, конечно же, настаивая на полной конфиденциальности, — продолжал Гарри, — что вы якобы просили ее стать вашей женой и как можно скорее. Она также пишет, что носит вашего ребенка!

Маркиз ожидал и этой новости. Но, произнесенная вслух, она прозвучала как внезапный выстрел.

Он поднялся, повернулся к Гарри спиной и принялся разглядывать камин, наполненный цветами, как делают летом.

— Это ложь! — с усилием произнес он после паузы.

— Я-то это знаю! — ответил Гарри. — Но необходимо что-то предпринять.

Маркиз обернулся:

— А что, черт возьми, я могу поделать?!

Вернувшись с Бонд-стрит, Ция пребывала в самом радужном настроении: она только что любовалась новинками последней моды.

Маркиза выбрала для нее множество нарядов, которые Ция должна будет примерить в Дубовом замке.

После того как она выбросила в море монашеский наряд из грубого хлопка и не менее уродливое белье, она впервые оказалась в магазине, где продавали предметы женского туалета. Потрясающие наряды из тонкого шелка и нежных кружев — такого Ция прежде никогда не видела.

— Это так прекрасно! — воскликнула она, когда карета везла их обратно на Парк-лейн. — Не представляю, мадам, как я смогу вас отблагодарить за вашу доброту!

— Я получаю от всего этого не меньшее удовольствие, чем вы! — ответила маркиза. — По-моему, каждая женщина мечтает о том, чтобы однажды отразиться в зеркале в самом дорогом и роскошном наряде, и иметь достаточно денег, чтобы за него заплатить.

Ция молчала несколько мгновений, а затем сказала:

— Вы должны помочь мне, мадам, потратить часть моих денег на бедных.

Маркиза ласково посмотрела на Цию и ответила:

— Конечно, милая, я помогу вам.

— Я уверена, его светлость также сможет дать мне по этому поводу правильный совет, — продолжала Ция. — Мне бы не хотелось, чтобы деньги, предназначенные больным и голодающим, попали бы в руки прохвоста, вроде отца Протеуса.

Маркиза улыбнулась:

— Вы очень отзывчивы, дитя мое, и это хорошо. Большие деньги — это всегда большая ответственность. Мне приятно, что вы думаете о других больше, чем о собственных развлечениях.

— Разве может быть иначе? — удивилась Ция. — Я хотела бы попросить его светлость порекомендовать мне человека, способного позаботиться о престарелых монахинях в монастыре.

Она вздохнула и продолжила:

— Они всегда жили впроголодь, в то время как Протеус и его приспешники набивали за их счет свои животы!

— Мы поговорим об этом с Рейберном, — пообещала маркиза.

— Знаете, — задумчиво произнесла Ция, — единственное, чего бы мне сейчас очень хотелось, чтобы Протеус и его ужасные собутыльники как можно быстрее попали за решетку.

За обедом все говорили о чем угодно, но только не о том, что случилось в Корнуэлле.

После обеда, когда маркиза отправилась к себе в опочивальню, а Гарри ненадолго вышел из комнаты, девушка обратилась к маркизу с вопросом о судьбе Протеуса и его приспешников.

Ция чувствовала, что маркиз что-то скрывает от нее. Теперь, когда они остались наедине, она спросила:

— Я слышала, вы получили известие от лейтенанта полиции. Что они пишут о Протеусе?

Маркиз хотел было скрыть правду, но решил, что это будет ошибкой.

Ция заметила, что он колеблется, и воскликнула:

— Он скрылся? Неужели он скрылся?

— Да, — неохотно подтвердил маркиз. — Когда полиция прибыла в монастырь, его уже там не было.

Ция всплеснула руками, и маркиз заметил, как в ее глазах промелькнул страх.

— Он ни за что не отступится... Теперь ему все равно — получит он деньги или нет, в любом случае... он убьет меня.

— Чепуха! — резко возразил маркиз. — Вам не следует даже думать об этом! Потому он и скрылся, что был напуган. Видимо, его кто-то предупредил о том, что за ним охотится полиция.

Затем он продолжил более спокойным тоном:

— Мы считаем, что он должен прятаться где-то в Шотландии или Северной Англии, а может он отправился кораблем в Америку. В любом случае ему никак не добраться до вас.

— Вдруг он решится на... отчаянный поступок?

— Он не станет рисковать, не имея возможности прибрать к рукам ваши деньги, — сказал маркиз. — Будьте благоразумны, Ция. Теперь вы под моей защитой. И к тому же зачем ему тщетно охотиться именно на вас, если на свете, извините меня за мой цинизм, есть много других беззащитных женщин.

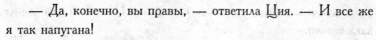

— Да, конечно, вы правы, — ответила Ция. — И все же я так напугана!

Она вздрогнула и добавила:

— Я жила с ним под одной крышей. Я знаю, каким безжалостным он может быть в достижении своей цели.

— Я могу повторить только одно, — сказал маркиз. — Я не позволю ему обидеть вас. Забудьте о нем!

Он видел, что Ция все еще расстроена, и добавил:

— Сегодня вечером приезжает сестра Марта. Я предлагаю вам взять заботы о ней на себя. Давайте сделаем так, чтобы ее будущее стало намного счастливее прошлого.

— Она поселится здесь? — спросила Ция. — Я так рада! Надеюсь, Протеус не успел никак навредить ей?

— Не думаю, что он так опасен, как вы себе представляете, — сказал маркиз.

Но он видел, что Ция напугана, и, что бы он сейчас ни говорил, это не избавит ее от страха.

Было уже за полночь, когда сестра Марта, в сопровождении специально отобранного для этой миссии полицейского, прибыла в дом маркиза.

Маркиз распорядился, чтобы ее сразу же отвели в уютную спальню, где она могла бы отдохнуть с дороги.

Пока служанка распаковывала ее небольшой дорожный чемодан, принесли на подносе ужин.

Немного перекусив, уставшая девушка крепко заснула.

На следующее утро она проснулась очень рано, как и привыкла в монастыре. В это время все монахини возносили молитвы к Господу.

Сестра Марта села в кровати и огляделась. Спальня показалась ей настоящим дворцом.

Она почему-то вспомнила о том, как в прошлом месяце отец Антоний из-за болезни пропустил службу.

Но вот дверь отворилась и на пороге появилась Ция.

Она увидела, что сестра Марта не спит, и с радостным криком бросилась к ней.

— Ты здесь! Как я рада тебя видеть! — воскликнула она.

Затем она взглянула на сестру Марту более пристально и спросила:

— Что случилось? Откуда у тебя такой синяк?

— Соул ударил меня! — ответила Марта. — Ты помнишь его — человек со шрамом на лице?

Ция присела на край кровати.

— Мне он всегда внушал страх. Я боялась его, потому что он на все способен. Как ты себя чувствуешь?

— Он ударил меня, и я потеряла сознание, — ответила сестра Марта. — Когда позже я пришла в себя, мне рассказали, что случилось. Оказалось, что Протеус и четверо его приятелей покинули монастырь, прихватив с собой все ценности.

Ция слушала, вся сжавшись, а сестра Марта продолжала сдавленным голосом:

— В это трудно поверить, Ция, но Протеус забрал с собой даже церковную утварь, подсвечники и серебряные кресты.

— Он самый отъявленный из злодеев! — воскликнула Ция. — Но как же полиция упустила его?

— Они прибыли слишком поздно, — ответила сестра Марта. — Я слышала, что ночью в монастырь прискакал посыльный на лошади. Видимо, он рассказал отцу Протеусу, что его разыскивают и что ему следует скрыться как можно быстрее.

Ция вспомнила, что маркиз тоже так объяснил происшедшее. Видимо, у Протеуса был соглядатай, который узнал, что «Единорог» стоит у причала в Плимуте. Тут он понял, что маркиз вел переговоры с лейтенантом полиции, и предупредил Протеуса.

— Как ты думаешь, где они могли бы скрыться? — спросила Ция сестру Марту.

Та покачала головой.

— Они могут быть где угодно, — ответила она. — Но мне кажется, что они где-то в Лондоне.

— Почему именно в Лондоне? — удивилась Ция.

— Однажды я подслушала, как отец Протеус говорил: «Мне надоело это место, у меня от этого монастыря мурашки по коже. Скорее бы в Лондон, с его блеском и красивой жизнью».

Ция была напугана.

— Я должна рассказать об этом маркизу, — сказала она. — А ты, Марта, будь очень осторожна. Уверена, они будут в ярости, если узнают, что ты здесь.

— Не думаю, что им есть дело до нас с тобой, — ответила Марта. — Теперь им не добраться до твоих денег.

— Конечно, ведь его светлость позаботится об их сохранности.

— Если хочешь знать мое мнение, — начала сестра Марта, — то я считаю, Протеус найдет сейчас какое-нибудь другое спокойное и тихое место, вроде нашего монастыря. У него тысяча способов выманивать у людей деньги.

Ция решила, что это правда, вспомнив, как легко Протеусу удалось убедить ее тетушку, что он честный священник.

Немало семей отдало своих детей в монастырь к Протеусу, так как он убедил их, что даст детям прекрасное образование.

Несомненно, он достаточно умен, так как нанял для школы действительно хороших педагогов, особенно по музыке и изящным искусствам.

В школе были еще три опытных учителя. Они преподавали различные предметы и делали это хорошо: ученики всегда посещали их уроки с огромным интересом.

Позже, обсуждая это с маркизом, она сказала:

— Когда я думаю об этом, милорд, то прихожу к выводу, что все было организовано очень умно. Он просто предлагал людям то, в чем они нуждаются. Сам он жил в шикарном доме и прибыли получал огромные, хотя, насколько мне известно, преподавателям платил очень мало.

— И ни у кого не возникало никаких подозрений? — спросил маркиз.

— Нет, конечно, нет! Он держался так, словно и вправду был честным и достойным священником. После того как отец Антоний заболел, Протеус отправлял службы, особенно когда в монастыре бывали гости. Теперь я понимаю, что это было настоящее богохульство, за которое его обязательно покарает Господь.

Маркиз улыбнулся.

— Будем надеяться, что так и произойдет, — сказал он. — Но поскольку нам вряд ли суждено узнать правду, давайте просто забудем о нем.

Ция подумала, что это невозможно, но вслух ничего не сказала.

Они поговорили о сестре Марте. Ция думала, что знатным людям не свойственна сердечность, и была приятно удивлена, увидев, как искренне маркиз интересуется у сестры Марты ее планами.

— Если вам хочется остаться монахиней, — сказал он, — я поговорю с архиепископом Вестминстерского аббатства. С его рекомендацией вас примут в лучший монастырь.

Сестра Марта слушала, затаив дыхание.

— Есть и другая возможность, — продолжал маркиз. — Почему бы вам не пожить немного здесь или за городом жизнью обычного человека. Вы сможете поступить в монастырь позже, если захотите.

Прежде чем он закончил фразу, он понял, что сестре Марте, может быть, не совсем удобно жить вместе с ними, и поэтому он добавил:

— Мне кажется, что вам нравится помогать людям. Я основал школу в Сассексе. Одна из преподавательниц уже довольно стара.

Он увидел, как у сестры Марты загорелись глаза, и продолжил:

— Мистер Баррет сказал мне, что она подыскивает преемницу. Пока у нее никого нет, и я подумал, что вы могли бы попробовать свои силы. Она уже приготовила у себя в доме комнату для помощницы, которую я обещал ей прислать.

Еще до того как сестра Марта успела что-либо сказать, Ция воскликнула:

— Прекрасная идея! Его светлость предлагал мне поселиться в замке. Это значит, что я смогу навещать тебя!

Сестре Марте мешали говорить душившие ее слезы.

Ция вскочила и обвила шею девушки руками.

— Тебе не нужно торопиться. Просто знай, что это возможно. Мы еще поговорим об этом, ты можешь сказать о своем решении через несколько дней.

— Вы очень... добры, — прошептала сестра Марта. — Я... просто не знаю, как выразить свою благодарность.

Затем, подумав, что маркиза смутят слезы девушки, Ция увела сестру Марту из кабинета.

Оставшись один, маркиз подошел к окну и выглянул в сад. Его удивляло то, с какой добротой и заботой относилась Ция к этой бедной монахине, ведь она даже не была с ней в тесной дружбе.

Он с горечью подумал о том, что большинство знакомых ему светских дам не заботились ни о ком, кроме себя.

«Полковник Лэнгли прекрасно воспитал свою дочь», — сказал себе маркиз.

Но затем он решил, что это не столько воспитание, сколько врожденная природная сердечность девушки.

Оставшись один, маркиз заставил себя подумать о Жасмин. Он должен был признать, что она весьма умело добивалась поставленной цели.

Вскоре весь высший свет будет повторять эти слухи. Ирэн, без сомнения, поделится ими со своими знакомыми.

Единственный человек, на которого можно положиться, был Гарри.

Гарри уверил маркиза, что заставил Ирэн поклясться ему на Библии, что она не расскажет о содержании письма ни одной живой душе.

Но на женщину нельзя надеяться твердо: Ирэн по секрету передаст это своей подруге, та своей, а вскоре об этом заговорит весь Лондон.

«Что мне делать? — в сотый раз спрашивал себя маркиз. — Могу ли я вообще что-нибудь сделать?»

Вдруг дверь отворилась, и в комнату вошел Гарри.

— Извините, Рейберн, что я опоздал, — сказал он. — Одна из моих лошадей захромала, и мне пришлось отправить ее обратно в конюшню.

— Вы всегда можете одолжить одну из моих, — предложил маркиз.

— Это я и собирался сделать, — ответил Гарри. — А вы чем думаете заняться?

— Я хотел прокатиться верхом, — сказал маркиз. А потом у нас сегодня семейный обед, если вы не забыли.

— Конечно, я помню! В мире есть всего один человек, с которым я никогда не устану разговаривать, — это ваша бабушка.

Он сделал паузу и продолжил:

— Кстати, я еще не сказал вам, как восхищен вашей воспитанницей. Она прелестна, Рейберн, просто прелестна! Наслаждайтесь ее обществом, пока есть возможность, так как долго она под вашей опекой не задержится.

— Ради Бога, Гарри, — раздраженно воскликнул маркиз, — перестаньте говорить о ее замужестве: она еще и на балу-то ни разу не была.

— Готов побиться об заклад, что, когда подойдет время второго бала, у нее уже будет десяток предложений руки и сердца, — улыбнулся Гарри.

Маркиз ничего не ответил, и Гарри воскликнул:

— Прошу вас, Рейберн, не ходите как в воду опущенный! Если все дело в Жасмин, то я кое-что придумал.

— Правда? — оживился маркиз.

Он подумал, что Гарри просто хочет подбодрить его.

Сам он долгие ночи проводил без сна, размышляя над ситуацией, в которую попал, но не видел никакого выхода.

— Все очень просто, — сказал Гарри. — Не понимаю, почему мы не подумали об этом раньше?

— О чем именно? — спросил маркиз.

— О том, что вам следует жениться!

Глава 5

Маркиз уставился на Гарри, собираясь что-то сказать, как вдруг дверь отворилась и на пороге появился дворецкий:

— Лорд Чарльз Фейн к вашей светлости!

В комнату вошел молодой человек приятной наружности.

— Я только что услышал от вашей бабушки, что вы вернулись, Рейберн, — сказал он. — И сразу же пришел повидаться с вами.

Маркиз протянул ему руку.

— Как дела, Чарльз? Все развлекаетесь?

— Как обычно, — ответил лорд Чарльз. — Я пришел поговорить о рауте, который вы устраиваете. К сожалению, Эвелин не сможет присутствовать на нем, так как вернулся с севера ее муж.

— Ну вот, второй несчастный случай! — воскликнул Гарри, прежде чем маркиз успел что-либо сказать.

— Привет, Гарри! — поздоровался лорд Чарльз. — А какой первый?

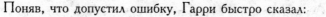

Поняв, что допустил ошибку, Гарри быстро сказал:

— Рейберн вам обо всем расскажет.

— Сейчас, — сказал маркиз, не имея ни малейшего желания посвящать Чарльза во все новости. — Но, может быть, сначала что-нибудь выпьете?

— С удовольствием! — отозвался тот. — Я всегда считал, что ваше шампанское — лучшее тонизирующее средство.

Маркиз рассмеялся, и, пока лорд Чарльз усаживался в глубокое кресло, подошел к столику, чтобы налить ему.

— Мне было интересно, что у вас происходит? — спросил гость у маркиза. — Я случайно встретил вашу бабушку в сопровождении самого прелестного создания, какое я когда-либо видел.

— Я тоже ему об этом говорю, — вмешался Гарри.

— Она и вправду красавица! — продолжал лорд Чарльз. — Если вы не пригласите меня сегодня на обед, я усядусь у вас на пороге, чтобы еще раз иметь удовольствие видеть ее.

Он говорил непринужденно, но маркизу вдруг стало неприятно.

Он знал Чарльза как человека с веселым нравом. Но он занимался только тем, что перебирался из одной спальни в другую. На его счету было бесчисленное количество любовных побед.

Чарльз был последним, о ком бы подумал маркиз как о подходящем женихе для Ции.

— Послушайте, Чарльз, — обратился он к лорду, протягивая ему бокал шампанского, — Ция молода и невинна. Мы с Гарри собираемся подыскать ей подходящую партию. Это должен быть порядочный молодой человек, и, конечно, не с вашей репутацией. Так что держитесь от нее подальше!

Лорд Чарльз уставился на маркиза.

— Вы что, указываете мне, Рейберн? — спросил он наконец. — Никогда не слышал ничего более вызывающего! Я не собираюсь оставаться в стороне, когда речь идет о таком лакомом кусочке.

Маркиз почувствовал, как в нем закипает ярость.

Затем он сказал себе, что раз Una и к нему-то относится, как к отцу, то к лорду Чарльзу будет относиться так же. Тем более Чарльз старше его на два года.

— А теперь я хочу знать, — продолжал лорд Чарльз, — кто она и где вы ее нашли?

Маркиз не собирался отвечать, но Гарри вмешался:

— Она дочь полковника Лэнгли. Вы его помните?

— Конечно, я его помню! — отозвался лорд Чарльз. — Лучший наездник, какого я когда-либо видел. И к тому же красавец! Думаю, никто не сомневался, что дочь тоже будет красавицей. Она словно маленький, спустившийся с небес ангелочек, ну или откуда там спускаются ангелы.

Маркиз сел за свой рабочий стол.

— Если вы оба собираетесь продолжать обсуждать это в той же идиотской манере, то лучше выйдите в другую комнату, — сказал он. — Хотя мне еще нужно о многом поговорить с Гарри.

Лорд Чарльз допил шампанское.

— Не знаю, Рейберн, чем я мог вас обидеть, — сказал он. — Но хочу сказать вам, что я об этом не помышлял. Я просто пришел узнать, как обстоят дела с вашим приемом?

— Я решил ненадолго его отложить! — ответил маркиз.

Гарри взглянул на него удивленно, а Чарльз сказал:

— Мне это вполне подходит. Не хотелось бы проводить вечер без Эвелин, только если ее место не займет бесподобная мисс Лэнгли!

Он говорил вызывающе, но маркиз постарался пропустить это мимо ушей.

— Я уведомлю вас о новой дате, — холодно сказал он. — Но не думаю, что это произойдет скоро.

— У меня такое ощущение, что от меня что-то скрывают, — пожаловался лорд Чарльз. — Но, если вы устроите прием без меня, Рейберн, клянусь, мы станем непримиримыми врагами! Я даже начну подумывать о том, чтобы вызвать вас на дуэль!

На этот раз маркиз рассмеялся, но в его смехе не было веселья.

— В прошлый раз, когда вы пытались это сделать, вы три недели ходили с перевязанной рукой!

— Тогда я придумаю что-нибудь еще, — отозвался лорд Чарльз. — Что-нибудь весьма неприятное, уверяю вас!

Вдруг маркиз заметил, что Гарри смотрит на него нахмурившись, и тут же вспомнил, что у Чарльза была репутация невыносимого сплетника.

Поэтому маркиз решил, что ссориться с ним теперь будет в высшей степени неразумно.

— Не дурите, Чарльз, — сказал он. — Вы ведь знаете, что ни одна вечеринка не может без вас обойтись. Все считают вас душой компании. Просто немного изменились обстоятельства: для молодой девушки это не совсем подходящий случай, чтобы впервые показаться в свете. А оставить ее и бабушку здесь и уехать в замок будет не совсем прилично.

Чарльз, видно, тоже не хотел обострять ситуацию.

— Я понимаю, — с улыбкой отозвался он. — Если бы вы сразу поговорили со мной как следует, я бы в ту же секунду отступился бы и дал дорогу неоперившемуся птенчику. Но предупреждаю вас — это не навсегда.

— Я собираюсь найти для Ции подходящую партию, — с усилием сказал маркиз. — А вы, так же как и я сам, не имеете ни малейшего желания вступать в брак.

— Когда-нибудь вам придется жениться, мой друг, — сказал Чарльз. — Хотя бы для того, чтобы иметь наследника. Как вы знаете, у моего брата три сына, так что мне никогда уже не суждено унаследовать титул герцога.

— Какая жалость! — улыбнулся Гарри. — Вы были бы самым любвеобильным герцогом в истории Англии. Но, к сожалению, за бессчетное количество скандалов вас отказались бы принимать в Виндзорском замке.

— Я ничуть об этом не жалею, — ответил лорд Чарльз. — Мне весьма жаль тех разодетых джентльменов, которые вынуждены быть на побегушках у королевы, промокать ей слезки и часами выслушивать, как она поет дифирамбы достоинствам давно ушедшего из жизни принца-консорта!

Маркиз и Гарри дружно рассмеялись.

Но оба они подумали о том, каким нескромным может быть лорд Чарльз.

Маркиз молился о том, чтобы он никогда не узнал об истории с Жасмин или о том, что произошло с Цией.

Гарри почувствовал настроение друга и поспешил перевести разговор на другую тему. Он попросил Чарльза посвятить их в последние события, произошедшие при дворе.

Новостей было несколько. Пока Чарльз рассказывал, дверь в кабинет распахнулась и на пороге появилась Ция.

Сам маркиз в это время стоял спиной к камину, а Гарри и лорд Чарльз сидели в глубоких кожаных креслах.

Ция увидела лишь маркиза и бросилась к нему:

— Посмотрите! Я не могу не показать вашей светлости, какое мне купили красивое платье! А через час сюда прибудет еще дюжина, чтобы я могла их как следует примерить!

Она перевела дыхание и продолжила:

— И знаете, что еще произошло? Сегодня вечером меня пригласили на бал — мой первый бал! А ваша бабушка получила для нас троих приглашение на обед к герцогине Бедфорд!

— Тогда вы должны обещать свой первый танец мне, — раздался голос Чарльза.

Он прекрасно понимал, что ведет себя дерзко, и потому посмотрел на маркиза с задорной искоркой в глазах.

— О, простите! — воскликнула Ция. — Я не заметила, что в комнате есть еще кто-то.

— Позвольте познакомить вас с лордом Чарльзом Фейном, — представил маркиз. — Но я предупреждаю вас сразу, что вам не следует верить ни единому его слову!

— Ну вот! — воскликнул лорд Чарльз. — Теперь он нарушает все светские обычаи! Уверяю вас, мисс Лэнгли: я абсолютно чистосердечно признаюсь, что вы самая красивая девушка, которую мне когда-либо доводилось видеть.

Секунду Ция смотрела на лорда с удивлением, а затем сказала:

— Спасибо, милорд, но я всегда и во всем слушаюсь своего опекуна.

Мужчины рассмеялись, а Ция добавила, обращаясь к маркизу:

— Теперь мне пора идти: мы с ее светлостью собираемся пить чай. Но вы все еще ничего не сказали по поводу моего нового платья!

— Вы в нем просто прелестны! — отозвался маркиз.

Она улыбнулась и выпорхнула из комнаты.

— «Прелестны»? — взорвался Чарльз. — Нет, вы только послушайте! Это самое невыразительное слово, какое только можно было подобрать! Рейберн, неужели в вашей душе нет ни капли поэтического?

— Я уже предупреждал вас, что она чиста и невинна, — отозвался маркиз. — А теперь я собираюсь идти пить чай с бабушкой и моей подопечной. И еще раз напомню ей, чтобы она держалась от вас подальше.

— То, что она живет в вашем доме, дает вам неоспоримые преимущества, — пожаловался лорд Чарльз.

Но маркиз уже покинул комнату и направился вниз по лестнице.

Он был уже в холле, когда заметил, что лорд Чарльз и Гарри следуют за ним.

Маркиз остановился, чтобы у Чарльза не возникло желания последовать за ним в гостиную, где были Ция и его бабушка.

Но тот уже принимал цилиндр, перчатки и трость из рук дворецкого. Одевшись, он повернулся к маркизу и сказал:

— До свидания, Рейберн. Увидимся сегодня вечером. Обещаю, что первый танец будет моим.

Он покинул дом, не дожидаясь ответа.

— Он неисправим, — вздохнул маркиз. — Но разве мы можем с этим что-нибудь поделать?

— Вряд ли, — ответил Гарри. — Но я уверен, что Ция достаточно умна, чтобы не воспринимать всерьез каждое сказанное им слово.

Но маркиза все еще не отпускало какое-то тревожное чувство.

— И все же мы должны найти способ помешать таким ветреным особам, как Чарльз, вскружить ей голову.

Они пошли по коридору в сторону гостиной. Через мгновение Гарри сказал:

— По-моему, такой способ существует. К тому же вы решите этим и свои проблемы.

— О чем это вы? — не понял маркиз.

— Раз вы не понимаете, я скажу просто по-английски: чем скорее вы сами женитесь на этой девушке, тем лучше.

Бальная зала в доме герцогини Бедфорд показалась Ции сказочной.

Прелестные дамы в пышных платьях и сияющих драгоценностях были похожи на волшебных фей.

А джентльмены во фраках с длинными фалдами словно сошли со страниц романов.

Ция испытывала радостное волнение и не замечала, что сама, в свою очередь, вызывает восхищенные взгляды присутствующих.

Когда красавец-маркиз под руку с прелестной Цией вошли в бальную залу, пожилые матроны, не оставлявшие происходящее своим вниманием, восхищенно вздохнули.

Джентльмены, выбирающие себе пару на следующий танец, все как один затаили дыхание, увидев Цию.

На ней было платье, которое, слава Богу, не требовалось переделывать и которое привезли буквально за пятнадцать минут до выхода.

Платье было белым, как и положено девушке, впервые появляющейся в свете, а лиф и подол были усеяны искристыми стразами, переливающимися при каждом движении.

Маркиза подобрала для ее прически подходящие бриллиантовые заколки, которые были искусно вплетены в волосы.

Каждому, кто обращал на девушку свой взор, казалось, что глаза ее сияют так же, как и драгоценные камни.

Перед тем как отправиться на бал, Ция показалась в новом наряде маркизу, который не усомнился признать ее самой красивой из виденных им женщин.

В то же время в ней было что-то, что отличало ее от остальных девушек ее возраста.

Но идея Гарри о том, чтобы ему самому жениться на Ции, казалась абсолютно нереальной, хотя и достаточно неглупой.

Конечно, единственное, что могло бы помешать Жасмин распространять о нем слухи, было бы известие о его собственной женитьбе.

Если он объявит о помолвке, попытки Жасмин завладеть им окажутся тщетными.

Даже если кто-нибудь и поверит в то, что она носит его ребенка, они сочтут Жасмин легкомысленной женщиной, которая попала в неприятную ситуацию по собственной вине, так как не удосужилась узнать, действительно ли ее избранник искренен в своих намерениях.

Весь свет ожидал от него женитьбы: у него непременно должна появиться спутница жизни, которая поддержит славу его титула, и, подобно его матери и бабушке, примет самое живое участие в светской жизни.

Рейберн до сих пор не мог поверить, что Жасмин лгала, лишь бы завладеть им. Он также прекрасно понимал, что, если в ближайшее время не придумает какой-нибудь выход, Жасмин причинит ему еще немало неприятностей.

Гарри считал, что единственным способом избавиться от Жасмин, стала бы женитьба на ком-нибудь еще.

Маркиз взял себе за правило по возможности не танцевать на балах. Но бывало, что этого требовали обстоятельства. Однако как только он пересек порог бальной залы под руку с Цией, то не пропустил ни одного танца.

Он заметил, как лорд Чарльз все время держится поблизости, чтобы улучить момент и ангажировать Цию. Но сегодня вечером маркиз не собирался этого допускать.

— Это восхитительно! — воскликнула Ция, когда они медленно кружились под звуки романтического вальса.

Она чувствовала, как от близости маркиза ее всю охватывает какое-то волнение.

— Я был уверен, что вам понравится, — отозвался маркиз. — Но вы должны знать, что танцевать несколько раз с одним и тем же мужчиной неприлично. По окончании танца возвращайтесь к моей бабушке и займите место возле нее.

— Я видела в окно, как в саду зажгли китайские фонарики, — промолвила Ция.

— Нет! Нет! Нет! — твердо возразил маркиз, невольно сжимая ее талию. — Вы не пойдете в сад одна! Вам понятно?

— Конечно, мне все понятно, — ответила Ция. — Но вам незачем напускать на себя такой свирепый вид.

Она взглянула на него с улыбкой, и маркиз понял, что говорил обо всем этом слишком горячо.

— Просто мне не хочется, чтобы на первом же балу у вас сложилась плохая репутация, — объяснил он.

— Ваша бабушка научила меня, как себя вести, — сказалаЦия. — Я обещала ей быть умницей.

— Надеюсь, вы сдержите обещание.

— Конечно, ведь один из моих... родителей был так убедителен!

Мгновение маркиз удивленно смотрел на нее, а потом понял, что она просто подшучивает над ним.

— Ради Бога, Ция, будьте благоразумной! — взмолился он. — Вам следует понимать, что Лондон только о вас и будет болтать. Особенно теперь. Ведь вы моя подопечная!

— Неужели? — притворно удивилась Ция. — Какой ужас! Хорошо еще, что мы с вашей бабушкой успели найти такое красивое платье!

Она взглянула на него лукаво и добавила:

— Мы с маркизой решили сохранить это в тайне. Но вам я должна признаться: это платье предназначалось для какой-то испанской принцессы в качестве свадебного наряда! Теперь бедным модисткам придется трудиться целую ночь, чтобы вовремя сшить для нее другое платье.

— Уверен, им за это хорошо заплатят! — цинично заметил маркиз, но тут же понял, что Ция его не слушает.

Она окинула взглядом зал и прошептала ему на ухо:

— Вы абсолютно правы! На нас все смотрят! Но, думаю, это не только из-за платья. Они удивлены, почему вы танцуете с такой незнатной девушкой, как я.

— Кто это вам сказал? — спросил маркиз требовательно.

Ция снова рассмеялась:

— Ваша бабушка, экономка, все горничные и сам капитан Блессингтон!

— А что говорит Гарри? — резко спросил маркиз.

— Я вам не скажу, боюсь раздуть ваше тщеславие, — ответила Ция. — Но теперь я знаю, что мне очень повезло быть вашей подопечной.

Маркиз промолчал, а когда танец закончился, отвел Цию к бабушке.

Он намеревался было пойти поиграть в карты, но не смог преодолеть желание остаться и посмотреть, что будет делать Ция.

Он заметил, что практически каждый неженатый мужчина в этой зале стремился попасть в ее танцевальную карточку, но танцев было значительно меньше, чем желающих оказаться с Цией в паре.

Он с удивлением заметил, что в отличие от остальных дебютанток, которых на балу было предостаточно, Ция спокойно разговаривала и шутила со своими партнерами.

По-видимому, их комплименты ее не смущали.

Когда экипаж маркиза отвозил всех троих домой, Ция воскликнула:

— Спасибо! Спасибо за самый удивительный вечер в моей жизни!

— Вы пользовались огромным успехом, моя дорогая, — заметила маркиза. — Уверена, что завтра вы получите кучу приглашений на подобные вечера.

— Неужели это происходит со мной? — понизив голос, произнесла Ция. — Я была так несчастна, пока его светлость не спас меня! Я даже хотела расстаться с жизнью!

— Вы обещали мне никогда не вспоминать об этом, — напомнил маркиз.

— Как же мне не вспоминать: у меня впечатление, будто я действительно рассталась со своей жизнью, со своей прошлой жизнью, и, возможно, я уже в раю.

— Хорошо бы вы всегда себя так чувствовали, — сказала маркиза.

— А вы знаете, — воскликнула Ция, словно вспомнила об этом только сейчас, — трое джентльменов, чьих имен я практически не запомнила, просили меня о свидании. Все настаивали на беседе тет-а-тет.

Маркиза бросила быстрый взгляд на внука и заметила, как тот нахмурился.

— Если кто-нибудь из них заговорит с вами о браке, вам не следует давать согласия, прежде чем вы не посоветуетесь со мной, — жестко сказал маркиз.

— Заговорят о браке? — удивилась Ция. — А почему они должны заговорить о браке?

— Вы должны помнить, — голос маркиза отвердел, — что вы — обладательница огромного состояния.

Некоторое время Ция размышляла, а потом спросила потускневшим голосом:

— Я об этом и не думала. Это была единственная причина, почему все эти мужчины хотели танцевать со мной?

— О нет! Конечно же, нет! — быстро вмешалась маркиза. — Вне всяких сомнений, вы были самой прелестной девушкой на балу. Это естественно, что все мужчины хотели танцевать только с вами. Просто мой внук хочет сказать, что подходящий муж — это совсем не то же, что подходящий партнер в танцах.

— Да, конечно, — согласилась Ция. — Но я не могу поверить, что мужчина может захотеть жениться, увидев девушку лишь раз.

Маркиза вновь взглянула на внука.

— Мне кажется, на завтра у вас предусмотрен поход по магазинам, — медленно начал маркиз, — так что времени на разговоры с этими пылкими молодыми людьми совсем не останется. Я распоряжусь, чтобы дворецкий выпроводил их из дома.

Ция вскрикнула:

— О нет! Прошу вас, позвольте мне услышать, как делаются предложения! Мне всегда было интересно знать, что в таких случаях говорят мужчины, и действительно ли они встают на одно колено, как об этом пишут в романах.

Маркиза рассмеялась.

— Тебе не следует быть с ней слишком строгим, Рейберн! — сказала она. — Я прекрасно помню, как мне впервые сделали предложение. Это был мужчина средних лет, друг моего отца. Он был так взволнован, что его пышные усы подрагивали, и я не смогла удержаться от смеха!

Рейберн промолчал, и маркиза добавила:

— Ция должна научиться все решать сама. И, как бы пылок не был мужчина, она должна привыкнуть обдумывать все это и отстаивать свое мнение.

Пока она говорила, экипаж незаметно подъехал к дому. Маркиз спрыгнул с подножки первым, чтобы помочь дамам.

Никто не заметил, как он был раздосадован.

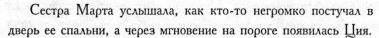

* * *

Сестра Марта услышала, как кто-то негромко постучал в дверь ее спальни, а через мгновение на пороге появилась Ция.

— Ты уже проснулась? — удивилась Марта. — Когда я услышала, как поздно ты вчера вернулась, то решила, что ты проспишь до полудня.

— Маркиза тоже так считала, — ответила Ция. — Но я слишком взволнована, чтобы спать. И я хочу рассказать тебе о бале.

— Я просто умираю от желания услышать твой рассказ, — отозвалась Марта. — Но сперва я должна сделать тебе признание.

— Признание? — удивилась Ция.

— Я думала об этом всю ночь. Надеюсь, у меня хватит смелости, чтобы рассказать тебе всю правду.

— Что-нибудь случилось? — забеспокоилась Ция.

— Я лгала тебе, — сказала Марта упавшим голосом.

— Не понимаю...

— Я больше не могу притворяться! Я не монахиня! Когда в монастыре появился Протеус, мне пришлось ею стать!

— И это все? — удивилась Ция. — По-моему, ты поступила очень разумно.

— Ты действительно так считаешь? Ты не изумлена?

— Конечно, нет!

— Когда появился Протеус и сказал нам, что берет монастырь под свою опеку, я солгала, что я монахиня. В противном случае он бы выгнал меня, как это произошло с другими бедными женщинами.

— Да, он на такое способен!

— Мне некуда было идти, и отец Антоний позволил мне поселиться в монастыре. Мы решили отложить постриг, пока мне не исполнится двадцать один год.

— Ты решила, что Протеус не причинит тебе зла, если поверит, что ты монахиня?

— Мне очень стыдно, — сказала сестра Марта. — Отец Антоний был так болен, и я не могла объяснить ему, что происходит в монастыре. Я просто взяла у одной из монахинь ее апостольник и рясу.

Она всхлипнула и продолжила:

— После этого все стали называть меня «сестра Марта». Вскоре я и сама забыла, что я не монахиня, а просто Марта, бедная, никому не нужная девушка.

— Никогда больше так не говори! — запротестовала Ция. — Ты мне нужна! Теперь принять предложение маркиза будет даже легче. Ты можешь стать преподавательницей в его школе.

— Когда он услышит, что я лгала ему, он может не захотеть иметь со мной дела, — нервно сказала Марта.

— По-моему, ему абсолютно все равно, приняла ты постриг или нет, — ответила Ция. — Если бы ты была настоящей монахиней, все было бы гораздо труднее. А раз ты такая же мирянка, как я, то сможешь быстро забыть о Протеусе и начнешь новую жизнь.

Марта вытерла набежавшие слезы и сказала:

— О, Ция! Ты так добра ко мне! Неужели в другом месте я смогу начать все заново!

— Именно это тебе и предстоит, — ответила Ция.

Она подумала секунду и добавила:

— У меня потрясающая идея!

— Какая именно?

— Сейчас только девять утра, маркиза не проснется до одиннадцати, а его светлость уехал на верховую прогулку с друзьями. Ну а мы с тобой отправимся по магазинам! Я подберу тебе удобную и красивую одежду. Ты сможешь выбросить этот уродливый монашеский наряд, как совсем недавно это сделала я.

Марта ахнула в восхищении, а Ция продолжала:

— Снимай его! Снимай его прямо сейчас! Я принесу тебе одно из своих платьев и попрошу закладывать лошадей.

С этими словами она вылетела из комнаты. Через несколько минут она вернулась, держа в руках наряд, подаренный ей капитаном.

Платье было длинновато, но они подобрали его на талии, закрепив поясом.

Затем Ция помогла Марте уложить волосы в прическу и прикрепила небольшую шляпку, также выбранную для нее в Фелмуте.

Когда обе были готовы, Ция схватила Марту за руку и увлекла ее вниз по лестнице.

Готовый экипаж уже ждал их у парадного подъезда. Ция распорядилась, чтобы их отвезли в большой торговый дом, где они с маркизой побывали накануне.

Ция приметила там несколько нарядов, которые маркиза не удостоила своим вниманием, сказав, что для Ции они недостаточно роскошны. Но Ция понимала, что для Марты и не следует подбирать что-либо роскошное: она будет выглядеть в этом по меньшей мере странно.

Если Марта примет предложение маркиза работать в сельской школе, то и наряды ей нужны такие, чтобы они не изумляли местных жителей.

Кучер помог девушкам сесть в экипаж. Ция объяснила ему, куда следует ехать, но он явно медлил.

— С нами больше никто не едет, — обратилась она к кучеру.

— Вы решили отправиться без провожатых, мисс?

— Только до торгового дома, — ответила Ция. — Тем более что это не займет много времени.

Кучер закрыл дверцу экипажа и потихоньку тронул лошадей.

— Ты уверена, что все в порядке? — спросила Марта, немного нервничая. — Я чувствую себя несколько неловко в этом наряде.

— Ты выглядишь превосходно! — успокоила ее Ция. — Когда мы подберем тебе одежду по размеру, ты будешь выглядеть просто великолепно.

Ция понимала, что девушка стесняется своей невыразительной внешности. Она решила, что сделает все возможное, чтобы помочь Марте стать более уверенной в себе.

Чтобы отвлечь Марту от грустных мыслей, Ция принялась рассказывать подруге о том, как хорошо провела время на балу.

— А что говорили мужчины, когда приглашали тебя танцевать? — спросила Марта.

— Одни делали мне бессчетное количество комплиментов, другие из кожи вон лезли, чтобы напустить на себя внушительный вид. Одним словом, все это выглядело очень забавно.

— А ты танцевала с его светлостью?

— Да, с первого же танца я поняла, что он — бесподобный танцор, — ответила Ция.

Она помедлила мгновение, а затем добавила:

— На балу не было более привлекательного и элегантного мужчины, чем маркиз. Все самые красивые дамы пытались завладеть его вниманием, но должна сказать тебе, что моя мама сочла бы их манеру себя вести чересчур кокетливой.

— Неудивительно, ведь они наверняка все влюблены в него! — заметила Марта.

— Ты думаешь? — Ция удивленно взглянула на подругу. — Но они почти все замужем! Сейчас я не припомню их имен, но там были графини, герцогини и множество других громких титулов. Я сама слышала, как одна обратилась к маркизу: «Рейберн, дорогой, когда вы приедете навестить меня?»

— Так и сказала? — спросила Марта.

Ция утвердительно кивнула.

— Сначала я подумала, что она родственница его светлости, но, когда она удалилась, маркиз сказал:

«Это графиня такая-то. Многие считают ее самой красивой женщиной в Лондоне».

— Она действительно так красива? — спросила Марта.

— Думаю, да, — отозвалась Ция. — Я по сравнению с ней просто дурнушка.

— О, не может быть! — воскликнула Марта. — Ты настоящая красавица! Все горничные говорят, что ты самая красивая женщина, которая когда-либо переступала порог дома его светлости!

— Они действительно так говорили? — с неподдельным интересом спросила Ция.

— Именно так! — подтвердила Марта. — Еще они говорили, что леди Жасмин, к которой неравнодушен его светлость, тоже очень красива.

Ция подумала секунду и сказала:

— Не припомню, чтобы вчера на балу была девушка по имени Жасмин.

— Конечно, ведь она во Франции, — объяснила Марта. — Я слышала, как экономка говорила Эми, моей горничной, что муж леди Жасмин очень болен.

Она подумала и добавила:

— Леди Кейтон — так ее зовут — Жасмин Кейтон! По их тону я поняла, что его светлость очень увлечен этой дамой.

Ция молчала. До этой минуты она не задумывалась о том, есть ли у маркиза дама сердца.

Теперь она считала себя просто глупой девчонкой.

Она должна была догадаться, что женщины просто с ума по нему сходят, ведь он так красив. Накануне вечером они проходу ему не давали!

Ция вспомнила, как ее мать часто шутила с отцом:

«Ты так красив, дорогой! Боюсь, тебя у меня уведут!»

«Как ты можешь так говорить! — восклицал отец. — В целом мире нет женщины прекраснее тебя! Ты завоевала мое сердце при первой же встрече. Теперь оно принадлежит тебе навеки!»

Ее мать тогда рассмеялась, а в глазах появилось выражение нежности и бесконечной любви. Отец обнял ее и страстно поцеловал.

«Мне бы тоже хотелось найти настоящую любовь!» — подумала Ция.

Она знала, что ни к одному из молодых людей, просивших ее вчера вечером о свидании, она не испытывала ничего, хотя бы отдаленно похожего на настоящее чувство.

При этом она видела, что маркиз был красив, элегантен и умен. Весь его облик казался девушке необыкновенно притягательным.

«Когда я разговаривала с ним на яхте, — размышляла Ция, — то относилась к нему не как к мужчине, а скорее как к архангелу Михаилу, который спустился на землю с небес, чтобы защитить меня от Протеуса».

Она подумала о том, что стала бы делать леди Кейтон, окажись она на «Единороге» вместо нее.

Прежде чем она успела найти удовлетворяющий ее ответ, экипаж привез их к торговому дому.

Ция успела научиться у маркизы, как следует себя вести. Она велела позвать управляющую и, когда та пришла, сказала:

— Меня зовут мисс Лэнгли. Вчера я была здесь с маркизой Окхэмптонской.

— Да, да, мисс. Я вас прекрасно помню, — ответила управляющая.

— Эта молодая девушка — моя подруга, — сказала Ция, указывая на Марту. — Я хочу, чтобы ей подобрали подходящий гардероб. Ее багаж затерялся в дороге, и у нее ничего нет, кроме платья, которое я ей одолжила. Да и оно, как видите, не подходит по размеру.

— О, какая неприятность! — воскликнула управляющая. — Но не волнуйтесь, мы подберем для молодой леди подходящий гардероб.

— Сейчас ей необходима одежда, которую удобно носить в сельской местности. Моя подруга собирается преподавать в местной школе, организованной маркизом.

Ция видела, что управляющая все прекрасно поняла.

— К сожалению, у нас мало времени, — продолжала она. — Мы возьмем одно-два готовых платья, чтобы их можно было надеть прямо сейчас, а остальные я попрошу вас прислать в дом его светлости на Парк-лейн.

Управляющая тотчас принялась выполнять распоряжение.

Через несколько минут Марта уже была одета в прелестное и вполне скромное летнее платье.

В тон платью были подобраны туфельки, чулки и, конечно же, шляпка.

Ция взглянула на часы и решила, что пора ехать: маркиза может захотеть видеть ее до завтрака.

Все покупки были упакованы, и управляющая пообещала прислать их на Парк-лейн.

— Большое спасибо! — поблагодарила ее Ция.

— Спасибо вам! — ответила управляющая. — Надеюсь еще не раз увидеть вас в нашем магазине!

— Непременно! — улыбнулась Ция.

Когда она выходила из дверей торгового дома, поднялся сильный ветер. Чтобы удержать шляпку, Ция прижала ее рукой. Именно поэтому она не видела ничего, кроме дорожки, ведущей к экипажу. Не успела она залезть внутрь, как дверь за ней с треском захлопнулась.

Она взглянула назад и в ужасе увидела, как Марта сначала словно оцепенела, а затем упала на тротуар, как будто ее кто-то ударил.

Но прежде чем Ция успела что-либо сообразить, лошади тронулись.

Она подалась было к окошку, чтобы позвать на помощь и предупредить, что с Мартой что-то случилось, но в этот момент один из лакеев обернулся и взглянул на нее.

На Цию смотрело изуродованное шрамом лицо.

Она в ужасе отпрянула и забилась в глубь экипажа. От страха ее сердце готово было выпрыгнуть из груди.

На козлах сидел человек, которого она не смогла бы забыть ни за что на свете!

Это был Соул — правая рука Протеуса!

Глава 6

По возвращении с верховой прогулки, маркиз и Гарри расстались в конце Парк-лейн.

— Увидимся вечером, — попрощался Гарри. — Сейчас мне нужно торопиться, чтобы не опоздать на ленч к герцогине.

— Да, она не любит опозданий, — заметил маркиз.

— Вот-вот, — уныло согласился Гарри. — Но сегодняшняя прогулка стоила того, чтобы вызвать неудовольствие ее светлости.

Маркиз улыбнулся и повернул лошадь к своему дому.

Сейчас ему очень хотелось увидеться с Цией и услышать, довольна ли она вчерашним балом.

Если верить бабушке, то она произвела на нем настоящий фурор.

Было несколько необычным, что девушка, которая до этого вела замкнутый образ жизни, так легко вошла в одно из самых искушенных светских обществ Европы. Было очевидно, что все, видевшие ее, были ею очарованы.

В ней не было ни излишней застенчивости, ни неловкости, которые так свойственны ее ровесницам.

«Она необыкновенная!» — подумал он про себя.

Маркиз был абсолютно уверен, что многие мужчины завидовали ему, оттого что у него такая очаровательная подопечная.

Грум уже ждал хозяина у парадной двери. Маркиз спешился, потрепал лошадь по морде, как будто поблагодарив ее за приятную прогулку, и вошел в дом.

К своему удивлению, он обнаружил, что зала полна людей. Здесь был его секретарь, мистер Баррет, экономка, кучер, весьма странно одетый лакей, несколько служанок и молодая нарядно одетая женщина, в которой он с трудом узнал сестру Марту.

Как только маркиз появился на пороге, все присутствующие замолчали и обратили свои взгляды к нему. По выражению их лиц он понял, что что-то случилось.

— Почему вы все здесь? — быстро спросил он. — Что-нибудь случилось?

— Слава Богу, вы вернулись, милорд! — воскликнул мистер Баррет.

— В чем дело?

— Мисс Цию похитили!

Пораженный этой новостью, маркиз несколько мгновений не мог вымолвить ни слова.

Затем он с трудом произнес:

— Кто и когда?

Он уже догадывался, каким будет ответ, но хотел услышать это от тех, кто не отрываясь смотрел на него.

Его кучер, человек средних лет, который служил еще его отцу и был мастером своего дела, вышел вперед.

— Все произошло так неожиданно, милорд... но в этом нет ни моей вины, ни Бена...

— Пожалуйста, начните с самого начала, Добсон, — спокойно сказал маркиз.

Он старался держать себя в руках, хотя чувствовал, как в его сердце закипает ярость. Однако он понимал, что не должен давать волю эмоциям.

— Думаю, вашей светлости нужно сперва узнать, — вмешался Баррет, — что миссЦия ушла из дома около девяти часов утра. С ней не было никого, кроме сестры Марты.

С этими словами Баррет взглянул на Марту, прижимавшую платок к глазам.

— Вас никто не провожал? — обратился маркиз к девушке.

— Нет, милорд.

— Куда вы ездили?

— Утром ко мне в комнату вошла Ция, — вытерев слезы, начала рассказывать Марта. — Я призналась ей в том, что я не монахиня. Она сказала, что купит мне подходящую одежду, чтобы я могла поехать преподавать в школу, которая принадлежит вашей светлости.

Слезы душили ее и мешали говорить, отчего разобрать сказанное было почти невозможно, но маркиз все понял.

— Тогда вы решили отправиться по магазинам в одном из моих экипажей?

— Да, милорд... А потом Соул... похитил ее!

Маркиз взглянул на Добсона, ожидая дальнейших разъяснений.

— Мы подъехали к магазину, — продолжил кучер, — миссЦия сказала, что ей нужно часа полтора. Тогда, милорд, я решил поставить лошадей в тени под деревьями. А позади Бонд-стрит был подходящий сквер.

Маркиз кивком велел продолжать рассказ.

— Мы с Беном сидели на козлах и просто болтали, как вдруг нас внезапно сбросили на землю. У одного из нападавших на лице был шрам.

— Это Соул! — вскричала Марта. — Он и меня ударил, когда я пыталась забраться в экипаж вместе с Цией.

Маркиз пропустил мимо ушей это замечание и обратился к Добсону:

— И что же дальше?

— Они взяли наши пальто и шляпы, привязали нас к дереву, а потом уехали в нашем экипаже.

Маркиз не мог поверить в услышанное. Несколько секунд он молчал. Марта поняла это как необходимость продолжить рассказ:

— Мы вышли с Цией из магазина. Она села в экипаж первой, а меня так сильно ударил Соул, что я упала на землю. А они вскочили на козлы и скрылись.

Она зарыдала в полный голос:

— Она снова в руках... Протеуса! О, прошу вас, милорд, спасите ее!

Маркиз обвел взглядом всех присутствующих.

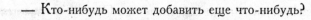

— Кто-нибудь может добавить еще что-нибудь?

Все промолчали, а мистер Баррет сказал:

— Видимо, это все, что нам известно, милорд.

— Хорошо! — сказал маркиз. — Пойдем, Баррет, подумаем, что нам предпринять. Все могут вернуться к своим обязанностям.

В сопровождении Баррета маркиз направился в свой кабинет.

Когда секретарь плотно притворил дверь, маркиз спросил:

— Ее светлость знает о случившемся?

— Да, милорд. Она очень расстроена и пока пожелала остаться в постели.

Маркиз сел за стол.

— Ну, Баррет, что мы можем сделать?

— Выход только один, ваша светлость: послать за полицией.

— Если мы так поступим, — поразмыслив, сказал маркиз, — то скоро все газеты напишут об этой истории.

Мистер Баррет промолчал.

Маркиз сосредоточенно смотрел прямо перед собой. В его голове крутилась только одна мысль: Ция снова в руках этого опасного человека и он должен найти способ вызволить ее из беды.

Он подошел к окну и выглянул в сад, но не замечал ни красоты окружающей природы, ни солнечного света: ему показалось, что весь мир вокруг него рухнул.

Как же он мог не предусмотреть такой возможности: Протеус, вместо того чтобы смириться с поражением, будет продолжать настойчиво добиваться своей цели?

Маркиз прекрасно понимал, что теперь Протеус собирается потребовать за Цию громадный выкуп.

Сейчас маркизу не оставалось ничего иного, как сидеть и ждать известей от похитителей.

Но каждым нервом своим он терзался оттого, что не может освободить Цию.

«Как же я не предусмотрел? Как я мог допустить такое?» — спрашивал себя маркиз.

Он был зол на себя за то, что недооценил коварства преступника и не сообразил, что тот не отступится от своей цели.

«Я должен найти выход!» — думал маркиз.

Но тут же был вынужден признать, что Лондон — очень большой город. Протеус, несомненно, спрячет Цию так, чтобы ее никто не смог найти.

Маркиз понимал, что Протеус не станет возвращаться на старое место преступления, в монастырь.

Он мог найти убежище где угодно.

Размышляя, маркиз пришел лишь к одному печальному выводу: у него не было ни одной ниточки, ни одной зацепки, с которой можно было начать поиски Ции.

Возможно, вскоре появятся сведения о похищенном экипаже?

Но Протеус достаточно умен, чтобы не оставлять экипаж близко от места своего убежища.

— Должен же быть какой-нибудь выход! — с отчаянием в голосе воскликнул маркиз.

— Я тоже говорю себе об этом, милорд, — отозвался Баррет. — Может, нам стоит нанять детектива или даже нескольких, они сохранят в секрете все детали дела.

— Нам неизбежно придется иметь дело с полицией, — сказал маркиз. — Я только хочу, чтобы это случилось после того, как Ция будет в безопасности.

Баррет понял, чего опасался маркиз: если полиция начнет преследовать Протеуса, то преступник может впасть в панику и в порыве отчаяния или сознательной мести убить Цию.

Вновь повисло молчание. Маркиз с удивлением почувствовал, что про себя молится о том, чтобы Господь послал ему хотя бы кончик путеводной нити.

Вдруг дверь отворилась и слуга произнес:

— Прошу прощения, ваша светлость. Но вас хочет видеть матрос с «Единорога». Его зовут Винтон. По-моему, у него есть какие-то известия о мисс Ции.

— Винтон! — воскликнул он. — Просите быстрее!

Он вопросительно посмотрел на Баррета. Оба молчали в ожидании.

Маркиз думал, что Винтону вряд ли могут быть известны какие-либо подробности.

Капитан «Единорога» получил распоряжение отплыть в Гринвич, где ему надлежало ожидать дальнейших указаний.

До появления Винтона прошло не более трех минут, но маркизу они показались вечностью.

Матрос был в форме, а фуражку держал в руках.

Было видно, что он волнуется.

— Добрый день, ваша светлость, — поздоровался он, его лицо заметно подрагивало.

— Насколько я понимаю, у вас есть для меня какие-то новости? — быстро проговорил маркиз.

— Да, милорд, — ответил Винтон. — Это касается мисс Лэнгли.

Маркиз перевел дыхание.

Он прошел к своему столу и жестом пригласил Винтона сесть рядом:

— Садитесь и расскажите все, что вам известно.

— Дело вот в чем, — начал свой рассказ Винтон, присаживаясь на самый краешек стула. — Когда вы, милорд, сошли на берег, мы пустили яхту вниз по реке, так как капитану нужно было купить кое-какие инструменты и немного краски, чтобы нанести метки на правый борт.

Маркиз кивнул, изо всех сил сдерживаясь, чтобы не накричать на Винтона и заставить его быстрее перейти к делу.

— Сам я был на палубе, — продолжал моряк. — Смотрел, как мальчишки играют на причале. И вдруг немного в отдалении я заметил человека, чье лицо показалось мне знакомым.

— Кто это был? — спросил маркиз. — Где вы могли видеть его раньше?

— В монастыре, милорд. В том, куда мы с вами в последний раз ездили.

— Вы уверены, что видели его именно там?

— Да, милорд. Тогда он смотрел на меня из окна. Его лицо было обезображено шрамом.

— Да, да! — воскликнул маркиз. — Его зовут Соул!

— Когда мы с вами и мисс Цией убегали из монастыря, он пытался нас остановить. Я выстрелил поверх его головы.

Винтон перевел дыхание, а маркиз спросил:

— И вы говорите, что сегодня видели его у реки?

— Да, милорд. С ним был еще один человек. Они сели в лодку.

— В лодку?

— Да, ваша светлость.

— Они были одни?

— Нет, милорд. С ними была женщина. Я не очень хорошо ее рассмотрел, но...

— Продолжайте! — нетерпеливо крикнул маркиз.

— Мне было интересно, что происходит. Я попросил Харпера подежурить вместо меня. Вы помните Харпера, милорд?

— Да, да, — кивнул маркиз. — Продолжайте рассказывать.

— Они шли очень медленно вдоль берега. Я абсолютно уверен, с ними была мисс Лэнгли, милорд!

— Это точно? — воскликнул Баррет, не в силах больше сохранять молчание.

Винтон повернулся к секретарю:

— Абсолютно, сэр. Она была без шляпки, так что я мог ясно разглядеть ее лицо.

— Вы проследили за ними? — спросил маркиз. — Куда они направились?

— Сначала вверх по реке, а потом вошли в плавучий дом.

— Вы уверены, что это был плавучий дом?

— Конечно, ваша светлость, — ответил Винтон. — Такой дом на реке один, он слегка прикрыт кустарником и ужасно обшарпанный. Ваша светлость такими не пользуется!

— Плавучий дом! — воскликнул маркиз. — Значит, мисс Лэнгли сейчас там?

— Я видел, ваша светлость, как она заходила внутрь.

Маркиз сдавил голову руками, как будто это помогало ему лучше думать. Через мгновение он сказал:

— Вы оказали мне неоценимую услугу, Винтон. За это я вас щедро награжу. А сейчас идите перекусите, пока мы с мистером Барретом подумаем, что теперь следует предпринять.

Они оба поднялись.

— Вы можете рассчитывать на меня, милорд, — сказал Винтон. — Я умею обращаться с оружием.

— Я так и поступлю, — ответил маркиз. — Сейчас мне нужно разработать план действий.

Баррет позвонил, и слуга тотчас открыл дверь.

— Проследите, чтобы Винтона как следует накормили, — распорядился маркиз. — Я пришлю за ним позже.

— Хорошо, милорд!

Маркиз подождал, пока Винтон вышел из кабинета.

Что ж, он молился о чуде, и вот его молитвы были услышаны. Теперь он знает, где искать Цию.

Ция была до смерти перепугана.

Экипаж стремительно удалялся от магазина и девушка поняла, что попала в руки бандитов Протеуса.

Она попыталась выскочить из экипажа на ходу. Но лошади неслись очень быстро, и было очевидно, что она неминуемо попадет под колеса.

Но даже если бы ей и удалось выпрыгнуть, Соул мог бы догнать ее и даже ударить, как это произошло с Мартой.

Ей ничего больше не оставалось, как сидеть, забившись в угол экипажа, и ругать себя за то, что она так неосмотрительно отправилась с Мартой за покупками, никого не взяв в провожатые.

Правда, она тут же подумала, что ни экономка, ни горничная не смогли бы оказать сопротивление двум сильным мужчинам.

Она не могла понять, как случилось, что кучер и слуга маркиза так легко поддались бандитам.

Ция смотрела в окно, не в силах унять дрожь. Она видела, что теперь они мчались по самым бедным и грязным кварталам Лондона.

Вдруг она случайно заметила, как блеснула вода, и поняла, что они подъехали к Темзе.

У Ции мелькнула страшная мысль, не собирается ли Протеус отвезти ее за границу на одном из кораблей, стоящих на реке.

В этом случае ее не сможет найти ни одна живая душа.

Она вспомнила о маркизе и мысленно молила его о помощи. Она помнила, как он приехал за ней в монастырь, чтобы вырвать ее из лап Протеуса.

В глубине души она всегда боялась преследований этого негодяя.

Все повторилось: она опять была в его руках. Она прекрасно понимала, что теперь он не остановится ни перед чем, только бы завладеть ее состоянием.

— Что мне делать! — воскликнула она в отчаянии и принялась молиться, чтобы маркиз пришел и спас ее во второй раз.

«Спаси! Спаси меня! Только ты можешь это сделать!» — кричало все ее существо.

В это время лошади остановились на небольшой дорожке, ведущей в сторону Темзы.

Она подумала, что будет, если попытаться выскочить из кареты и прыгнуть в воду. Она умела плавать, но сейчас на ней были такие пышные юбки, что они утащили бы ее на дно.

Дверца экипажа отворилась, и на нее злобно уставился Соул. Его лоб был обезображен шрамом, и лицо от этого казалось лицом настоящего хищника.

— Вылезайте! — бросил он. — Вы только что прекрасно прокатились. Теперь покатаемся на лодке!

Ция понимала, что спорить с ним бесполезно.

Соул быстро снял с себя украденную ливрею и бросил ее внутрь экипажа.

Так же поступил и второй бандит, в котором Ция узнала одного из людей Протеуса. Его звали Марк.

Затем они схватили ее за руки и потащили к воде. Ция услышала, как лошади потрусили по дороге. Она подумала, что тот, кто встретит экипаж, возможно, позаботится о бедных животных.

У кромки воды Ция увидела большую лодку, на веслах сидели еще два приспешника Протеуса.

— Вот она! — сказал им Соул, указывая на Цию. — Сейчас она выглядит намного лучше, чем когда мы видели ее в последний раз!

Он толкнул Цию в лодку, и двое мужчин принялись грести вдоль берега.

Течение было сильным. Ция подумала о том, что, если лодка перевернется, у нее будет шанс убежать.

Мужчины пыхтели, пытаясь преодолеть течение. Через несколько минут Ция увидела нечто, похожее на плавучий дом, весьма неказистый и обветшалый.

Он стоял на якоре возле крутого берега. Ция не сразу поверила, что это и есть место назначения.

Великая сила любви

Затем бандиты подтянули лодку к берегу и вытолкнули Цию на голую землю. Тогда она сообразила, что это и есть то место, где ее будут прятать.

На мгновение ей пришла в голову мысль поднять крик и шум и попытаться вырваться на свободу. Но, взглянув на неухоженную землю под ногами, она поняла, что это место абсолютно безлюдно.

Если она и поднимет крик, ее вряд ли кто-нибудь услышит. Но даже если и услышит, то не захочет иметь дело с четырьмя головорезами.

Ее размышления были прерваны похитителями, которые велели ей подняться по расшатанным сходням на палубу, затем открыли дверь полуразвалившегося плавучего дома, ведущую в так называемую гостиную.

Посередине комнаты, развалившись в кресле, сидел Протеус. На столике рядом с ним стояла бутылка бренди.

При виде бандита дрожь прошла по телу девушки.

Она взглянула на него и по выражению его лица поняла, что он просто в ярости оттого, что она вырвалась из его плена.

— Вот она! — сказал Соул.

— Ты чертовски долго отсутствовал! — пожаловался Протеус. — Кто-нибудь видел, как ты вез ее сюда?

— Никто, кроме лесных птичек! — ответил Соул. — Диксон позаботится о лошадях.

— Что он собирается с ними сделать?

— Лошадей продать, а карету разломать на мелкие кусочки.

Ция закрыла глаза.

Она подумала о том, что маркиз очень расстроится, если узнает, что его холеных лошадей купил простой крестьянин и будет использовать их для тяжелых работ или вообще будет жестоко обращаться с ними.

Пристальный взгляд Протеуса заставил ее вздрогнуть, и она уже ни о чем не могла больше думать.

— Ну и задала же ты нам работы, девочка моя! — процедил Протеус, неотрывно глядя на нее. — Но думаю, ты нам заплатишь за это и еще за то, что твой чертов опекун повредил мне ногу!

Он почти кричал на нее.

Потом, словно не мог вынести ее присутствия, сказал:

— Уведите ее вниз и заприте! Заберите ее платье и туфли, чтобы она не могла сбежать!

— Не сбежит! — пообещал Соул и начал хохотать. Ция поняла, что он смеется над ее беспомощностью.

Бандит крепко схватил Цию за руку.

— Послушай! — вдруг сказал Протеус, и было видно, что эта идея только что пришла ему в голову. — Ты напишешь своему опекуну письмо, в котором скажешь, чтобы он уплатил за тебя выкуп, который я назначу. В противном случае я убью тебя!

Ция сделала над собой усилие, чтобы голос оставался твердым:

— Убьете, как убили ту бедную девушку в монастыре?

Протеус разразился жутким смехом.

— Думаешь, я такой же глупец, как ты? — рявкнул он. — Мы утопим тебя в Темзе. Приливом тебя отнесет на многие мили. Когда обнаружат твое мертвое тело, это будет очень далеко отсюда.

Его тон вселял в Цию такой ужас, что ей хотелось кричать, но сделав над собой нечеловеческое усилие, она сжала губы и не издала ни звука.

— Уведите ее! — приказал Протеус. — Мне тошно смотреть на нее!

Соул потащил Цию к двери. Им вдогонку донеслись слова:

— Марк! Принеси еще бутылку бренди! Моя нога болит, как будто ее поджаривают черти!

Соул отвел девушку по расшатанным ступенькам вниз на корму, где располагалось несколько кают. В одну из них он втолкнул Цию. В каюте был лишь один иллюминатор, выходивший на воду.

Ция поняла, что через него сбежать не удастся.

Как будто радуясь случаю лишний раз причинить ей боль, бандит толкнул Цию в спину. Она почти упала на железную кровать, стоявшую посередине комнаты.

— Сиди тут и не вздумай чего-нибудь выкинуть! — предупредил он. — Или тебе будет еще хуже, чем нашему отцу Протеусу.

Ция невольно съежилась от этих слов.

Соул вновь разразился жутким смехом, который эхом отразился от стен каюты.

Она услышала, как бандит хлопнул дверью и закрыл ее на замок. Ция догадалась, что это новый замок, который был специально вставлен, чтобы она не сбежала.

Только она подумала о том, что наконец-то избавилась от этого мерзкого человека, как вновь раздался звук открывающегося замка.

— Ты слышала, что сказал наш главный! — хищно улыбнулся Соул. — Снимай платье и туфли!

— Выйдите! Я положу их за дверью, — ответила Ция.

— Что, стесняешься? — хмыкнул он. — Могу помочь, если не справишься сама.

— Подождите за дверью! — Ее голос прозвучал твердо и убедительно, хотя в душе она до смерти боялась, что он не подчинится.

Но он медленно развернулся и вышел за дверь.

Ция быстро скинула платье, боясь, что он может в любую минуту зайти.

Вместе с туфельками она отдала стоявшему за дверью Соулу свое нарядное платье, которое специально надела, чтобы пойти за покупками.

— Получишь все это обратно, когда заплатишь! — оскалился он.

Ция захлопнула дверь, чтобы не слышать его мерзкого смеха.

В замке снова повернулся ключ, и Ция без сил опустилась на кровать. Она чувствовала себя самой несчастной девушкой на свете.

Если маркиз не сможет найти ее, эти подлецы ни перед чем не остановятся, даже перед убийством.

Ей хотелось стучать в дверь, колотить в стены и звать на помощь, но инстинктивное чувство подсказывало ей, что это абсолютно бесполезно.

Ция подошла к иллюминатору, чтобы взглянуть на реку.

В этом месте Темза была очень широкой. На противоположном берегу виднелись какие-то промышленные постройки, но ни одного жилого дома.

Если бы ей и удалось подать какой-нибудь сигнал, никто бы этого не увидел, а Соул и его люди, естественно, быстро пресекли бы подобные попытки.

Она отошла от иллюминатора и присела на кровать, покрытую старым прохудившимся и перепачканным матрасом.

На нее были еще брошены два не очень чистых одеяла.

В остальном комната производила впечатление абсолютно нежилой; видимо, так было уже давно.

«Если я умру здесь, не обнаружат даже моего тела!» — в отчаянии подумала Ция.

В каком-то полузабытьи Ции казалось, что она слышит голоса родителей, подбадривающих ее и дающих надежду.

«Помоги мне... отец! — мысленно позвала Ция. — Я никогда не думала, что такое может произойти со мной».

Придя в себя, она подумала, что единственным человеком, который мог бы ей помочь, был маркиз.

Он спас ее из монастыря, когда она считала, что ей уже никто и никогда не придет на помощь.

Ция поняла, что, даже если Протеусу и удастся заполучить ее деньги, этим дело не закончится. Он обязательно устроит так, что она погибнет, а ее смерть будет выглядеть как несчастный случай.

Когда он обещал ее утопить, он говорил именно о том, что сделает, когда ее деньги окажутся в его руках.

Она вновь принялась молить о спасении всех своих близких: отца, мать, маркиза.

«Спасите... Спасите меня!»

Этот крик раздавался из самой глубины ее сердца.

* * *

Было уже далеко за полдень, когда Ция услышала звук шагов и приглушенные голоса мужчин, которые, казалось, не хотели привлекать к себе внимания.

Вдруг ключ в замке повернулся и на пороге появился Марк.

В руках он держал поднос с едой.

Он поставил поднос на краешек кровати и сказал:

— Отец Протеус, который больше не отец, говорит, что ты нужна ему живой до тех пор, пока не напишешь письмо о передаче денег. Ешь, или я накормлю тебя силой.

Он ждал, что Ция что-нибудь возразит, но она молчала.

— Что дуешься? Мы можем найти способ развеселить тебя.

Он взглянул на нее так, что она вся содрогнулась, и вышел из комнаты.

Ция посмотрела на поднос: она была слишком напугана, чтобы чувствовать голод.

Там стояла треснувшая тарелка с холодным мясом, еще довольно свежий хлеб и чашка кофе.

Она вспомнила, что Протеус пил в монастыре очень много кофе. Так что можно было надеяться, что он действительно неплохой.

Ция отломила немного хлеба и выпила весь кофе.

Затем она отнесла поднос к самой двери, чтобы тот, кто за ним придет, не заходил слишком далеко в каюту.

Немного позже она услышала какой-то скрип и вскоре поняла, что это двое мужчин помогают Протеусу спуститься вниз. Его каюта располагалась рядом с той, где была заперта Ция.

Она слышала, как они ругаются, и сделала вывод, что все они прилично пьяны.

Боясь, что кто-нибудь из них вздумает вломиться к ней, Ция задержала дыхание и напряглась всем телом. Вдруг она услышала, как Соул сказал:

— Свои обязанности вы знаете. Марк и Майк будут дежурить первыми, а мы с Джозефом вас сменим.

— Я хочу спать! — пожаловался Марк.

— Надеюсь, наш старик не услышит, что ты это сказал! — ответил Соул.

Другой мужчина, по имени Джозеф, отпустил какую-то неприличную шутку. Все расхохотались и потащились вверх на палубу. Ция облегченно вздохнула.

Она подумала, что нужно заставить себя немного поспать.

Завтра ей предстоит писать письмо с просьбой о выкупе. Нужно будет придумать, как подать маркизу какой-нибудь знак.

Но тут же в отчаянии она поняла, что Протеус несколько раз прочтет ее послание и не допустит ничего подозрительного.

«О! Отче... помоги мне!» — взмолилась Ция.

Затем она вновь подумала о маркизе.

Сейчас она видела его таким, каким запомнила на балу: красивым, элегантным, блестящим, окруженным прекрасными дамами.

Потом она вспомнила о том, как хорошо ей было танцевать с ним и чувствовать приятную дрожь от его близости.

«Если бы он сейчас... мог оказаться рядом!» — прошептала она.

Вдруг ее горло что-то сдавило и по телу пробежала волна.

Она поняла, что влюблена! Она полюбила его с первой минуты их знакомства!

***

Маркиз очень тщательно разработал свой план.

Он боялся, что, если что-то пойдет не так, Ция может пострадать.

Даже в экипаже, направлявшемся к реке, его мозг продолжал работать, как машина. Он пытался сообразить, все ли продумал.

Добравшись до яхты, маркиз собрал всю команду, рассказал им, что случилось и что он решил сделать.

— Мы имеем дело не с простыми преступниками, а с преступниками очень умными. Один промах — и мы потеряем надежду спасти мисс Лэнгли.

— Уверяю вас, милорд, — сказал капитан. — Ваши распоряжения будут выполнены в точности. Некоторые из наших матросов, как вам известно, в прошлом служили во флоте.

— Я знаю, — ответил маркиз. — И полагаюсь на них и на вас, капитан. Помогите мне спасти мисс Лэнгли и посадить за решетку этих бандитов!

Они пробыли на «Единороге» до четверти первого. Затем, оставив двух человек на часах, отправились в путь.

Каждый из них точно знал, что должен делать. План маркиза был разработан очень тщательно.

Шестеро матросов подобрались к плавучему дому. Затем Винтон и его помощник абсолютно беззвучно подкрались к самому притону.

Часовые не заметили их присутствия: будучи пьяны, они оба дремали.

Соул сидел, прислонившись спиной к сходням. Глаза его были закрыты.

Джозеф лежал прямо на палубе. Он был пьян почти до беспамятства.

Ни один из так называемых часовых не заметил, что Винтон с помощником перерезали канаты, которыми плавучий дом удерживался у берега. Остальные четверо принялись выталкивать плавучий дом на середину реки. Сначала, стоя по колено в воде, действовали вручную, но потом дом подхватило течением и отнесло на десять футов от берега.

Тогда Винтон выпрямился и прокричал:

— Эй, господа! Ваш дом сносит!

Этот окрик разбудил Соула. Еще не совсем проснувшись, он увидел на берегу темную фигуру. Он не сразу понял, что случилось.

— Бросьте нам канаты! — снова крикнул Винтон. — Мы подтащим вас к берегу!

В это время, услышав шум, на палубу выбежали Марк, Джозеф и Джекоб.

Пораженные происшедшим, они и не заметили, что люди на берегу были по пояс мокрыми.

Винтон и его люди принялись ловить канаты, которые им бросали с плавучего дома. Однако делали они это нарочито неловко. Канаты, словно случайно, выскальзывали из рук и их приходилось бросать снова и снова.

К Винтону присоединилось еще несколько человек из команды «Единорога».

Воздух был наполнен криками: «Лови! Держи их!»

А в это время маркиз обогнул плавучий дом и вплавь подобрался к нему с другой стороны.

Он надеялся, что Ция сможет увидеть его из окна.

Затем он совершенно бесшумно забрался на палубу. Никто не заметил его присутствия.

Пробравшись за спинами кричащих мужчин, маркиз тихонько скользнул внутрь.

Там было темно, но при свете огарка свечи он смог различить двери нескольких кают.

Одна из дверей была не заперта, следовательно, там не могло быть пленницы.

За другой дверью раздавалось неясное ворчание: маркиз понял, что это каюта Протеуса. В это время тот принялся звать одного из своих людей, чтобы ему объяснили, что происходит снаружи.

Затем рука маркиза нащупала что-то твердое. Это был новый замок, в который был вставлен ключ. Он понял, что нашел то, что искал.

Ция, разбуженная шумом, сидела на кровати, прижавшись к спинке.

В тот момент, когда отворилась дверь, ей показалось, что в комнату входит Соул.

Она была так напугана, что открыла рот, чтобы закричать, но силы покинули ее, и она не произнесла ни звука.

И вдруг что-то подсказало ей, кто перед ней.

Маркиз протянул ей навстречу руки, и она быстро скользнула к нему в объятия, ухватив его за шею, как испуганный темнотой ребенок.

— Это... ты! — только и смогла прошептать Ция.

Он прижал ее к себе крепче и нежно поцеловал.

Ей показалось, что небеса раскрылись, окутав их обоих своим светом. Ее тело словно наполнилось новой жизненной силой.

Она почувствовала, что одежда маркиза промокла насквозь, и догадалась, как ему удалось попасть в плавучий дом.

Маркиз подхватил ее на руки и понес вверх по скрипучим сходням.

— Теперь ты в безопасности! — прошептал он. — Нас ждет лодка.

Он перепрыгнул через борт плавучего дома в ожидавшую их лодку, а затем помог Ции перелезть вслед за ним.

Они оба молчали, пока лодка не добралась почти до середины Темзы.

— Ты в безопасности! — наконец сказал маркиз. — Клянусь, подобное не повторится.

Она промолчала, но он чувствовал, что она вся дрожит.

Тогда он поклялся себе беречь, защищать и любить ее до конца своих дней.

«Как я мог быть таким глупцом, что позволил украсть ее у меня!» — в тысячный раз задавал он себе вопрос.

Он одержал победу. Но самое главное — Ция вновь была с ним рядом!

Глава 7

Когда лодка добралась до берега, неожиданно расчистилось небо.

Была глубокая ночь, но теперь лунный свет освещал все вокруг.

Маркиз подхватил Цию на руки и перенес из лодки на берег.

Обернувшись назад, он увидел, что плавучий дом дрейфует почти на середине реки.

Почти вся кормовая часть ушла под воду. По его приказу тот самый моряк, который отталкивал дом от берега, проделал в днище большую дыру. Это было нетрудно — плавучий дом был старым и обветшалым.

Видимо, вода залила весь трюм и добралась до каюты Протеуса.

Он увидел, как четверо мужчин прыгнули за борт и теперь пытались вплавь добраться до берега.

Маркиз знал, что как только они выйдут на берег, то будут немедленно схвачены его людьми.

Двое из плывущих начали отставать.

Маркиз подумал, что будет даже лучше, если им суждено утонуть. Суду не придется тратить силы и время на обвинительный приговор ни им, ни Протеусу.

Экипаж уже ждал их. Маркиз помог Цие устроиться на заднем сиденье, а сам обернулся, чтобы взглянуть на плавучий дом.

Было видно, что ему недолго осталось держаться на плаву, от силы минут десять.

Это означало, что Протеус уже никогда не сможет причинить Цие никакого вреда.

Маркиз сел в экипаж и укрыл колени пледом. Тут он увидел, что Ция, которую он устроил на заднем сиденье, все еще неподвижно сидит, съежившись от холода.

На ней была лишь тонкая нижняя рубашка и чулки.

Он нежно укутал ее пледом.Ция взглянула на него и прошептала:

— Ты спас меня!

Маркиз обнял ее и проговорил:

— Ты в безопасности, дорогая! Не могу себе простить, что допустил это.

— Я молила Бога, чтобы ты пришел и спас меня! Наверное, хоть немного, но тебе помогли и мои молитвы!

— Конечно, — ответил маркиз. — Но сейчас главное — ты в безопасности!

Он еще крепче прижал ее к себе.

— Боюсь, ты промокнешь! — улыбнулся он.

— Неважно, — ответила Ция. — По крайней мере я точно знаю, что ты рядом.

Она обвила руками его шею, словно обратившись за подтверждением своих слов.

— Я знаю еще один способ проверить это, — прошептал маркиз, нежно целуя ее.

Ция знала, что всегда мечтала об этом и надеялась именно на это.

Когда он поцеловал ее в лодке, она подумала, что он делает это для того, чтобы заставить ее хранить молчание.

Теперь же она испытала такое наслаждение, какого не знала прежде. Ее любовь смыла их обоих, как морская волна.

— Я люблю тебя! Я люблю тебя! — прошептала она.

Маркиз покрыл ее лицо страстными поцелуями, а Ции показалось, что они словно слились в одно целое. Ослепляющий небесный свет пронизывал их обоих, и это заставляло ее трепетать от неизъяснимого наслаждения.

Она чувствовала, что и маркиз испытывает нечто подобное.

Маркиз первым прервал молчание:

— Я должен сказать, что тебе больше нечего бояться! Человек, который называл себя «отцом Протеусом», утонул.

Ция ответила не сразу, словно еще не до конца опомнилась от счастья, которое они принесли друг другу.

— Вместе с плавучим домом?

— Да, они уже на дне реки, — ответил маркиз.

Ция глубоко вздохнула.

— Я думаю, радоваться тут нехорошо, но теперь по крайней мере мне нечего бояться.

— Так будет всегда, — отозвался маркиз. — И в подтверждение этого, я прошу тебя выйти за меня замуж!

Он видел, как ее лицо просияло. Несколько мгновений она молчала, а потом, уткнувшись лицом ему в плечо, тихо спросила:

— Неужели ты на самом деле хочешь на мне жениться?

— Больше всего на свете! — ответил маркиз. — Надеюсь, никто не посмеет назвать меня «охотником за приданым»!

— Я говорила не об этом, — сказала Ция. — Я боюсь, что быстро надоем тебе. Возможно, тебе следует жениться на одной из светских красавиц.

В этот момент маркиз вспомнил о Жасмин.

Он поступил так, как советовал ему Гарри.

Но он мог поклясться всему свету, что, думая о Ции и о том, как вырвать ее из лап Протеуса, он абсолютно забыл обо всем, что связывало его с Жасмин.

Его решение жениться на Ции было неподдельным и искренним, но ему не хотелось, чтобы она когда-нибудь узнала об истории с Жасмин.

Ему казалось, что убедить Цию в своей искренности легче поцелуями, чем словами; всю дорогу до дома он занимался именно этим, не желая останавливаться ни на миг.

Когда экипаж остановился, Ция сказала:

— Мы приехали!

— Скоро этот дом будет твоим!

Слуга подошел, чтобы открыть дверцу и помочь Ции выбраться. Вдруг она вскрикнула.

— Что случилось? — спросил маркиз.

— Я забыла... забыла рассказать тебе о том, что случилось с твоими лошадьми! — воскликнула она. — Человек по имени Диксон увел их, чтобы потом продать.

Ее голос дрожал, потому что она знала, как это известие расстроит маркиза.

— Экипаж... — добавила она. — Его должны разломать на куски.

— Хорошо, дорогая, я подумаю, что можно сделать, — ответил маркиз и вышел из экипажа.

Когда он вошел в дом, его уже ждал мистер Баррет.

— Я привез мисс Лэнгли домой, Баррет, — сказал маркиз. — А для вас у меня есть важное поручение.

Он подхватил Цию на руки и сказал:

— Я отнесу тебя наверх! Ты натерпелась за целую ночь, так что теперь тебе надо отдохнуть. Я хочу, чтобы ты думала обо мне и видела меня во сне!

Они поднимались по лестнице, и тут Ция улыбнулась и сказала:

— Я обязательно увижу тебя во сне и буду продолжать благодарить за то, что ты меня спас!

В спальне маркиз осторожно опустил Цию на кровать, наклонился и страстно поцеловал.

— Теперь ты моя! — нежно сказал он. — Но об этом мы поговорим завтра.

Она взглянула на него, и ее глаза засияли, как большие звезды. Маркиз подумал, что ни одна женщина не выглядит так прекрасно и соблазнительно, как Ция.

Он заставил себя оторваться от нее и направился к двери.

— Немедленно переоденься! — крикнула она ему вдогонку. — Ты можешь простудиться!

На нем были лишь рубашка и брюки. Одежда уже успела немного просохнуть, но все же не до конца.

— Я сделаю именно так, как ты говоришь мне, — сказал он, выходя за дверь. — И обещаю, что всегда буду так делать.

Она рассмеялась, зная, что и сама будет вести себя так же.

Перед тем как позвать горничную, Ция опустилась на колени рядом с кроватью.

Она воздала хвалу Господу за то, что спасена, и за то, что ее счастью больше ничто не угрожает.

Ция легла спать, желая всем сердцем, чтобы ночь пролетела как можно быстрее и она бы вновь увидела любимого.

Однако она безмятежно проспала до полудня.

Когда она проснулась, то сразу же велела горничной принести ей завтрак.

Через несколько секунд в комнату влетела Марта.

— Ты вернулась! Слава Богу, ты вернулась! — воскликнула она. — О, Ция, мы все так за тебя боялись.

— Я спасена благодаря его светлости, — улыбнулась Ция. Но, Марта, должна тебе сказать, я была до смерти напугана.

— Представляю! — согласилась Марта. — Но его светлость всем запретил говорить дома на эту тему.

Ция сначала несколько удивилась, но потом, поразмыслив, поняла, что маркиз поступил абсолютно разумно.

Если об этом будут говорить домашние, это дойдет до ушей его друзей, а затем попадет в газеты.

«Протеус мертв!» — подумала Ция. Чем быстрее о нем все забудут, тем лучше.

Тем не менее Марта рассказала ей, как все боялись за нее. А бедный Добсон переживал еще и из-за своих лошадей.

— Правда, я знаю от Баррета, — продолжала Марта, — что лошади найдены и уже доставлены в конюшню его светлости.

— Я так рада! — воскликнула Ция. — Мне была невыносима мысль, что такие великолепные создания попадут в руки какого-нибудь вандала.

— Они в безопасности, — улыбнулась Марта. — А завтра мы с мистером Барретом поедем за город в ту школу, где я буду преподавать.

Марта была так взволнована предстоящими переменами, что Ция перевела разговор на саму Марту и ее дальнейшую судьбу.

Но единственное, чего ей хотелось по-настоящему, — это спуститься вниз и увидеться с Рейберном.

Она оделась, позавтракала и прошла к нему в кабинет. Он был один.

Когда она появилась, маркиз встал, протянул ей навстречу руки и привлек к себе.

— Я боялся, что ты снова исчезнешь! — сказал он, осыпав ее лицо и руки страстными поцелуями.

— Я здесь. Когда я проснулась, то решила, что мне все просто приснилось.

Они оба присели на кушетку.

— Сегодня утром я побывал в резиденции архиепископа в Лэмбете. Мне удалось поговорить с ним за завтраком.

Ция смотрела на маркиза в недоумении, и он пояснил:

— Он дал мне специальное разрешение. Мы можем ехать в Дубовый замок, моя дорогая. А завтра мой капеллан обвенчает нас в приходской церкви.

— Обвенчает? — прошептала Ция.

— Я хочу, чтобы ты была моей и днем и ночью. — Рейберн сделал ударение на последнем слове.

Краска залила ей щеки, а маркиз подумал, что в этот момент она прекрасна, как заря.

— Не желаю ждать больше ни дня! — сказал он. — С тобой происходят такие необычные события, что у меня может не быть другой возможности.

— Я хочу выйти за тебя замуж! — прошептала Ция. — Сильнее всего на свете я хочу стать твоей женой! Это мое самое заветное желание!

— И мое! — отозвался маркиз.

Он наклонился, чтобы поцеловать ее. В этот момент отворилась дверь и на пороге появился Гарри.

— Доброе утро! — весело поздоровался он. — Расскажите, что у вас происходит? Вчера вечером Ция так и не появилась на балу, а вы, Рейберн, не приехали сегодня кататься со мной верхом.

— Простите, Гарри, — сказал маркиз. — У меня было очень много дел. Но сперва я хочу, чтобы вы меня поздравили, потому что Ция согласилась стать моей женой!

— Это самая чудесная новость, из услышанных мною за последние несколько лет! — улыбнулся Гарри. — Поздравляю вас! Можно мне поцеловать невесту?

— Только один разок, — нарочито ворчливо ответил маркиз. — Не хочу, чтобы у вас это вошло в привычку.

Гарри рассмеялся и расцеловал Цию в обе щеки.

Затем, словно не в силах больше скрывать происшедшее, маркиз быстро сказал:

— Мы расскажем вам, что случилось, но об этом не должна узнать ни одна живая душа!

— Я так и думал, что произошло нечто экстраординарное! — сказал Гарри. — Дайте мне подкрепиться бокалом шампанского, прежде чем я услышу всю историю.

Он устроился в кресле с бокалом и принялся слушать рассказ маркиза.

Повествование так захватило его, что только под конец он заметил, что так и не притронулся к шампанскому.

— Не могу поверить! — воскликнул он, когда маркиз закончил рассказывать. — Вот что я скажу вам, Рейберн: я никогда не прощу вам, что вы не дали мне поучаствовать в этом увлекательном и рискованном предприятии!

— Сегодня утром я побывал на «Единороге», — добавил маркиз. — Вся команда довольна тем, как все кончилось. Правда, в полицию удалось отправить только троих.

Он взглянул на Цию, боясь, что его слова могут причинить ей боль.

— Человек по имени Протеус утонул вместе с плавучим домом. Та же участь постигла и Соула. Остальных же будут судить не за похищение человека, а за кражу монастырских реликвий.

— Справедливость восторжествовала! — сказал Гарри.

— Их заставили обшарить все окрестности в поисках припрятанных трофеев. Теперь они проведут за решеткой несколько лет.

— Это решает все проблемы, — заметил Гарри.

Они с маркизом обменялись взглядами, и оба поняли, что это относится и к Жасмин Кейтон.

Затем они все вместе позавтракали, разговаривая обо всем на свете, кроме тех событий, которые пережила Ция.

Когда завтрак закончился, маркиз сказал:

— Ты должна извинить меня, дорогая, но мне необходимо устроить еще массу дел. В наши планы я должен посвятить еще по крайней мере одного человека — принца Уэльского. Он будет очень расстроен, если узнает о нашей свадьбе из газет.

— А потом мы поедем за город! — быстро добавила Ция.

Ей не хотелось встречаться со всеми этими светскими красавицами, которые будут в бешенстве, когда узнают, что маркиз собирается жениться на Ции.

Ослепленные ревностью, они могут позволить себе разные колкости в ее адрес.

— Мы уедем сразу же после завтрака, — пообещал маркиз. — А теперь я хочу, чтобы ты пошла к себе и отдохнула.

Маркиза была поражена известием о похищении Ции.

Затем, узнав о том, что девушка спасена, она пришла в такой восторг, что пообещала спуститься к обеду.

— И тогда я расскажу тебе, бабушка, — сказал маркиз, — почему я теперь самый счастливый человек на свете!

Маркиза была так растрогана, что даже прослезилась.

Она очень любила своего внука. Поэтому ее расстраивало то обстоятельство, что он никого не любил по-настоящему.

Она считала, что многочисленные любовные похождения могут сделать из ее внука циника.

Теперь же она благодарила небо за то, что ее молитвы были услышаны. Ция именно та женщина, которая может сделать Рейберна счастливым.

Ция была слишком взволнована, чтобы отдыхать.

Вместо того чтобы оставаться у себя в спальне, она пошла в кабинет маркиза, дабы встретиться с ним сразу же, как тот вернется.

Она взяла с полки книгу, чтобы почитать, но вместо этого просто сидела и думала о том, как же прекрасен маркиз и как она счастлива от того, что любима таким мужчиной!

Ее размышления были прерваны вошедшим слугой.

— Как видите, миледи, его здесь нет. Я сказал вам правду, — объяснял кому-то Картер.

— Тогда я подожду его возвращения, — отозвался женский голос.

— Как угодно, миледи, — с оттенком неудовольствия ответил Картер.

В это время Ция сидела в глубоком кожаном кресле маркиза возле камина. Увидев, что в кабинет кто-то вошел, она поднялась навстречу визитеру.

Гостем оказалась необыкновенно красивая дама.

Она была одета во все черное, но и траурный туалет выглядел на ней изысканно и элегантно.

Ция стояла в нерешительности, не зная, как обратиться к вошедшей, но вдруг та обернулась и увидела девушку.

Ция сжалась под этим взглядом, столько в нем было ненависти и вражды.

— Так вы и есть Ция Лэнгли? — жестко бросила дама.

— Д-да... Это я, — запинаясь, отозвалась Ция. — Если вы к его светлости, боюсь, он не скоро приедет.

— Тогда я пока поговорю с вами! — сказала леди Кейтон. — До меня дошли слухи, что милорд собирается жениться на вас.

— Об этом должны были сообщить только послезавтра.

Жасмин Кейтон вскрикнула:

— Так значит это правда? Когда до меня дошла эта новость, я решила, что это пустые сплетни. Ни один мужчина не осмелился бы повести себя столь грязно и подло! Я просто готова убить его!

Скрытая в ее голосе ярость напугала Цию.

— О чем вы? Я... не понимаю!

— Тогда я вам расскажу то, чего вы наверняка не знаете! — сказала Жасмин и подвинулась ближе к Ции. — Меня зовут леди Кейтон! А маркиз, в которого, я полагаю, вы влюблены, — человек без чести и совести! Он собирается жениться на вас, чтобы уйти от ответственности!

Она бросала в Цию словами, словно камнями. Инстинктивно Ция подалась назад.

— Я не понимаю... о чем вы... говорите!

— Дело в том, что Рейберн был в меня влюблен. Я поверила его уверениям, что мы поженимся, как только скончается мой муж.

Ее голос стал еще жестче:

— Теперь, когда я свободна, он предпочел сбежать от меня и от нашего будущего ребенка!

Несколько мгновений Ция отказывалась поверить в то, что услышала.

— У вас будет ребенок? — выдавила она.

— Вы что, плохо понимаете по-английски? — огрызнулась леди Кейтон. — Да, у нас будет ребенок! А вам, богатенькая глупышка, стоило подумать раньше о том, что такой мужчина не мог бы прельститься вами. Вы наскучите ему через неделю! Так что убирайтесь с моей дороги! Мой ребенок должен быть законнорожденным!

Ция не могла вымолвить ни слова.

— Оставьте его! Он мой, вам понятно? Я ни перед чем не отступлю, чтобы получить его!

Она бушевала так неистово, что ее крик эхом отражался от стен кабинета.

Не выдержав ее натиска, Ция, застонав, как раненый зверек, выбежала из кабинета.

Она пробежала по коридору и по лестнице поднялась наверх. Она не заметила ни Картера, ни кучера, удивленно глядевших ей вслед.

Ция влетела к себе в комнату, захлопнула дверь и повалилась на кровать.

Она была так поражена, что у нее даже не было сил плакать.

Ция просто лежала на кровати. Ей казалось, что эта светская красавица своими ядовитыми словами буквально изрешетила ее тело, и теперь она умирает, истекая кровью.

— Мне нужно уехать! — подумала она. — Если она носит его ребенка, он обязан на ней жениться.

Вдруг она поняла, что ей некуда идти.

Конечно, что-то можно подыскать, но у нее не было сил ни о чем думать.

И тут Ция вспомнила, как маркиз говорил Марте:

«Если вы захотите в монастырь, я поговорю с архиепископом Вестминстерского аббатства, чтобы вас порекомендовали в тот, который вам больше всего подходит».

Монастырь!

Сейчас это единственное место, где она сможет найти убежище.

Она не была католичкой, но еще отец Антоний предлагал ей принять католичество.

Она была уверена, что ее примут в любом монастыре.

Ция встала, надела шляпку и перчатки, собрала дорожную сумку и спустилась вниз по лестнице.

В холле она увидела Картера и попросила:

— Наймите мне, пожалуйста, экипаж.

— Нанять, мисс? — удивился Картер. — Заложить лошадей его светлости займет не больше минуты.

— Нет, мне нужен наемный экипаж, — твердо сказала Ция.

— Но вам нельзя уезжать одной, мисс!

— По-моему, у вас нет права задерживать меня.

Картер выглядел растерянным.

Он понял, что что-то случилось, и к тому же после всех событий вряд ли было правильно отпускать мисс Лэнгли одну.

— Послушайте, мисс, — сказал он мягко, как обычно говорят преданные слуги, долго прослужившие в одной семье. — Я уверен, что его светлости не понравится, что я позволил вам уехать в наемной карете одной, когда его экипаж готов к выезду в любую минуту.

— Но мне необходимо уехать... — в отчаянии проговорила Ция.

— Думаю, сперва, мисс, вам стоит поговорить с мистером Барретом.

На улице было солнечно и очень тепло, поэтому входная дверь была распахнута настежь. Без лишних слов Ция проскользнула мимо Картера и выбежала на улицу.

Слуга изумленно смотрел ей вслед.

Затем он подозвал к себе мальчика-слугу, сообразительного малого, и сказал:

— Следуй за мисс Лэнгли, Джеймс. Не упускай ее из виду. Если она возьмет фаэтон, проследи, куда она направится. Ты все понял?

— Да, мистер Картер!

Картер вытащил из кармана мелочь и протянул мальчику:

— Торопись, торопись! Во что бы то ни стало проследи за ней!

Джеймс помчался следом за Цией, а сам Картер поспешил в кабинет к мистеру Баррету.

Ция сразу же наняла фаэтон и приказала отвезти себя в Вестминстерское аббатство.

Верх экипажа был откинут, но Ция не замечала солнечного света, для нее все было погружено во тьму.

До аббатства было не так далеко, и всю дорогу Ция обдумывала, что сказать кардиналу, чтобы он понял, как сильно она стремится попасть в монастырь.

«Я больше никогда не смогу полюбить», — говорила она сама себе.

Мысль о том, что она будет жить в обществе и даже иногда встречать маркиза с его женой и детьми, причиняла ей невыносимую боль.

Но еще более мучительно было думать о том, что его любовь была неискренна. Он притворялся влюбленным, чтобы избежать ответственности.

«Но как я смогу жить без него?» — в отчаянии спрашивала себя Ция.

Теперь она жалела, что не утонула той ночью в Темзе.

Добравшись до аббатства, она расплатилась и направилась в храм.

Внутри пахло ладаном и горело множество свечей.

Ция преклонила колени перед алтарем и несколько минут молилась. Затем она увидела священника и обратилась к нему:

— Я хотела бы видеть его преосвященство. Это возможно?

— Боюсь, сейчас его нет в аббатстве. Но вас мог бы принять монсеньор Сент-Ив.

— Большое спасибо, — поблагодарила Ция.

Священнослужитель провел ее через боковую дверь за алтарь и попросил подождать.

Ция чувствовала, что ею овладело какое-то оцепенение.

Вдруг перед ней отворилась дверь и тот же священник пригласил ее войти:

— Монсеньор примет вас, мадам.

Ция шагнула в комнату, похожую на рабочий кабинет.

За столом сидел пожилой благообразный человек. Ция вежливо поклонилась, когда он поднялся ей навстречу.

— Вы хотели меня видеть? — мягко спросил он, жестом предлагая ей сесть.

— Я... хотела обратиться к вам с просьбой, — робко начала Ция.

— Что я могу для вас сделать? — спросил священник.

Ция глубоко вздохнула и сказала:

— Я хочу принять католичество и вступить в монастырь. Я очень богата. Я готова передать свое состояние монастырю, который меня примет.

— Вы хорошо все обдумали? — после паузы спросил священнослужитель.

— Да, я уже жила некоторое время при монастыре.

— Как он назывался?

— Монастырь Страстей Господних, — ответила Ция. — Я училась в монастырской школе. Его настоятель — отец Антоний, правда, сейчас он очень болен.

— Я знаю этот монастырь, — сказал монсеньор.

— Я жила там два последних года, — объяснила Ция. — Затем у меня появилась возможность пожить мирской жизнью. Теперь я понимаю, что она не для меня.

Она говорила с болью в голосе.

Священнослужитель наклонился к ней ближе и произнес:

— Мне кажется, дитя мое, что вы несчастны. Вы поэтому хотите принять постриг?

Не в силах произнести ни слова, Ция кивнула.

— Несчастье — это не всегда верная причина, чтобы посвятить свою жизнь служению Господу. Мне кажется, вам следует пожить мирской жизнью подольше. Через некоторое время вы успокоитесь и сможете более трезво принимать решения, особенно решение о том, чтобы полностью изменить жизнь.

— Я уже приняла решение, — прошептала Ция. — Прошу вас, помогите мне уйти в монастырь!

Она взглянула на него глазами, полными слез.

В это время дверь за ее спиной приоткрылась, и один из священников обратился к монсеньору:

— Вас желает видеть какой-то джентльмен.

Ция услышала звук приближающихся шагов и знакомый голос произнес:

— Простите за беспокойство, монсеньор. Я маркиз Окхэмптонский. Мои слуги видели, как моя подопечная ехала одна в фаэтоне. Я проследовал за ней до аббатства. Боюсь, что произошло какое-то недоразумение.

— Я тоже так думаю, — ответил священник. — Я оставлю вас наедине с вашей подопечной, чтобы вы могли спокойно поговорить. Если вы или юная леди захотите видеть меня, я буду рад помочь.

— Вы очень добры, — ответил маркиз. — Я вам весьма признателен.

Как только святой отец вышел из кабинета, маркиз сел в кресло рядом с Цией и спросил:

— Ты можешь рассказать мне, что случилось? Я не мог поверить, что ты так просто ушла от меня.

Ция молчала, и через мгновение он вновь спросил:

— Почему ты приехала сюда?

— Я хотела... поступить в монастырь! — еле слышно прошептала Ция.

— И оставить меня?

— Да...

Она говорила так тихо, что слов нельзя было разобрать, но маркиз понимал ее:

— Я думал, что ты меня любишь!

— Конечно, люблю! — всхлипнула Ция. — Но ты не можешь принадлежать мне, а я не могу жить, зная, что с тобой рядом другая женщина!

Маркиз глубоко вздохнул и попросил:

— Перестань плакать, дорогая. Прошу тебя, расскажи мне, что произошло и что так сильно тебя расстроило?

Ция была не в силах произнести ни слова. Она молчала, прижав руки к лицу, но уже не плакала.

Маркиз ласково взял ее за подбородок. Ее длинные ресницы и щеки были мокры от слез, а в глазах застыла невыразимая мука.

Он опустился рядом с ней на одно колено и обнял за плечи.

— Что произошло, любовь моя?

Он чувствовал, что Ция дрожала всем телом.

Когда она заговорила, ее голос был еле слышен:

— Приходила одна... дама, она сказала... что ждет от тебя ребенка и что ты обещал на ней жениться!

Несколько мгновений маркиз молчал, а затем произнес:

— Посмотри на меня, дорогая. Я хочу, чтобы ты на меня посмотрела.

Она медленно подняла голову и взглянула ему в лицо.

— Мы находимся в святом месте. Это дом Господень! Я хочу тебе поклясться самым святым, что у меня есть, поклясться памятью моей матери, что у меня нет таких обязательств ни перед одной женщиной! У меня нет детей ни от кого.

Ция молча смотрела на него.

— Ты должна мне поверить, — продолжал маркиз. — Твоя любовь ко мне подскажет, что я говорю правду.

В глазах Ции мелькнула надежда:

— Тогда почему эта дама утверждает, что ты — отец ее ребенка?

— Потому что она решила выйти за меня замуж, когда ее муж был еще жив.

— И ты не хотел на ней жениться?

— Я никогда не хотел жениться ни на ком, кроме тебя!

— Но тогда... почему?

— Послушай меня, дорогая, — сказал маркиз. — Я не буду скрывать от тебя, что в моей жизни было довольно много женщин. Как ты знаешь, я богат, и это обстоятельство притягивает ко мне многих. И потом, любимая, я же мужчина, и если красивая женщина настойчиво оказывала мне знаки внимания, у меня не всегда хватало сил, а честно говоря, и желания, противиться.

Он видел, что Ция слушает его внимательно.

— Ты должна понимать, что мужчина может желать женщину просто потому, что она красива. Он при этом испытывает такое же наслаждение, как от красивых цветов, хорошей музыки или великолепного солнечного дня.

Он перевел дыхание и продолжил:

— Это просто наслаждение, а не любовь. Тебя я полюбил по-настоящему. Надеюсь, что и ты меня тоже. Чувство, которое нами овладело, послано самим Богом! Такое происходит лишь раз в жизни. Нам посчастливилось обрести друг друга и слиться в одно целое!

Он придвинулся ближе и продолжал:

— Это особое чувство твой отец испытал к твоей матери, а мой отец к моей. Настоящую любовь не может поколебать ни ложь, ни обман, ни предательство. Эта женщина так же вероломна, как Протеус. Мы должны забыть о них обоих.

— Но она... попытается... навредить тебе, — слабым голосом произнесла Ция.

— Она уже вредит мне тем, что обижает тебя! — промолвил маркиз. — Я и предположить не мог, что она посмеет

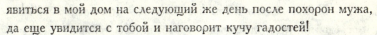

явиться в мой дом на следующий же день после похорон мужа, да еще увидится с тобой и наговорит кучу гадостей!

Они немного помолчали, прежде чем Ция сказала:

— Я так виновата перед тобой! Ты сможешь меня простить? Как я могла не доверять тебе!

— Я постараюсь завоевать твое доверие, — ответил маркиз. — А ты должна меня простить за то, что в прошлом я много грешил. Но я хочу поклясться в этом святом месте, что этого никогда не будет в нашей с тобой жизни.

Ция слегка всхлипнула.

— Я люблю тебя! Я люблю тебя! — прошептала она. — Но когда я ехала сюда, мне хотелось только одного — умереть!

— Но теперь к нам обоим вновь вернулось желание жить! — сказал маркиз. — Я хочу, чтобы ты поехала домой и выбрала себе свадебное платье, в котором завтра ты пойдешь со мной под венец!

Он привлек Цию к себе и крепко обнял.

— Я люблю тебя всем сердцем! — сказал он. — Этих слов я не говорил ни одной женщине на свете, клянусь!

— Я тоже тебя люблю! — прошептала Ция. — Весь мир для меня пуст, если в нем нет тебя!

— Я всегда буду рядом, — отвечал маркиз.

Он взял ее руку и нежно поцеловал каждый пальчик.

Затем они оба вышли из кабинета. Возле алтаря они нашли священника, который проводил Цию к монсеньору Сент-Иву.

— Можно нам поговорить с монсеньором? — спросил маркиз.

— Сожалею, сэр, — ответил священник, — но монсеньор сейчас занят на исповеди. Он просил передать, что будет молиться за вас обоих.

— Поблагодарите его от моего имени, — попросил маркиз, — и передайте, что я сделаю пожертвование для храма.

Они прошли перед алтарем, иЦии показалось, что все святые шлют им свои благословения.

Затем они вышли на улицу, и Ция увидела карету маркиза, запряженную парой лошадей.

По пути до дома они почти не разговаривали, но Ции казалось, что в ее жизни еще не было более теплого и радостного дня.

Солнечный свет словно окутывал их обоих атмосферой счастья и любви.

Когда они прибыли в дом на Парк-лейн, первым, кого они встретили, был Картер. Ция заметила, что он был удовлетворен, увидев, что с ней все в порядке.

Пока она бегала снимать шляпку, Картер рассказал маркизу, что произошло.

— Случайно вышло так, что я увидел мисс Лэнгли, когда она проезжала мимо Букингемского дворца, — сказал маркиз. — В это время я был там с визитом у его королевского высочества. Однако вы были очень предусмотрительны, Картер, что послали вслед за мисс Лэнгли человека. Приятно, что я всегда могу положиться на вас.

Лицо слуги просияло.

— А леди Кейтон все еще здесь? — спросил маркиз.

— Она ушла четверть часа назад, милорд, — ответил Картер. — Она прождала вас почти час.

— Если она еще раз зайдет, — жестко сказал маркиз, — скажите, что меня нет дома!

— Милорд, я не знал, что сегодня утром мисс Лэнгли была в кабинете!

— Я понимаю, — ответил маркиз, — но прошу вас больше не допускать подобных ошибок. И пожалуйста, не рассказывайте об этом ее светлости.

— Нет, конечно, нет! — ответил слуга. — Это ее только расстроит.

Маркиз распорядился, чтобы в гостиную подали чай.

После обеда они отправились за покупками.

Ции еще хотелось успеть посмотреть церковь, где их будут венчать, но маркиз настоял, чтобы она пошла к себе и немного отдохнула.

Возможно, это было связано с тем, что маркиз еще не успел украсить храм цветами.

Венчание было назначено на пять часов.

Церковь и замок были построены одновременно, причем церковь почти не изменилась со временем.

Маркиз распорядился доставить в храм букеты лилий, и их тонкий аромат наполнял все помещение.

Белые лилии прекрасно сочетались с белоснежным венчальным платьем невесты.

— Ты все так прекрасно подготовил! — восхитилась Ция, когда они выехали из Лондона.

— Я хочу, чтобы в твоей жизни все было прекрасным! — ответил маркиз. — Прекрасным, как наша любовь.

— У меня нет слов, чтобы выразить, как я счастлива!

Маркиз чувствовал то же самое.

Накануне вечером Гарри сказал ему:

— Вы не могли бы найти лучшей партии, чем Ция!

— Я так люблю ее! — пылко ответил маркиз.

Он боялся, что Гарри считает, что он женится наЦии только для того, чтобы избавиться от Жасмин.

— Я это знаю, — отозвался Гарри. — Я никогда не видел, чтобы вы выглядели таким счастливым и довольным жизнью!

Маркиз рассмеялся: это была чистая правда.

Он был необыкновенно счастлив: он встретил свою единственную, настоящую любовь.

Маркиз повез Цию в замок, а Гарри отправился к друзьям, жившим неподалеку.

— Вы понимаете, что меня разорвут на кусочки, если я стану единственным свидетелем на вашей свадьбе, — жаловался Гарри. — Все наши приятели во главе с принцем Уэльским ожидают роскошного пиршества!

— Я боюсь, придется их разочаровать, — ответил маркиз. — Я мечтал именно о такой свадьбе, которую мы собираемся устроить. Правда, мне казалось, что моим мечтам не суждено сбыться.

— По-моему, вы хотите сказать, что Ция тоже мечтала именно о такой свадьбе, — заметил Гарри.

— Конечно! — согласился маркиз. — После всего, что ей пришлось пережить, мне бы не хотелось, чтобы на нее плотоядно таращились мужчины и завистливо щурились женщины.

Гарри рассмеялся.

— Она так прекрасна, что вам придется всю жизнь отваживать от нее мужчин вроде Чарли!

— Я это знаю, — ответил маркиз, — но большую часть времени мы собираемся проводить за городом, а такие люди, как Чарли, предпочитают жить в Лондоне.

Маркиз сделал паузу и добавил:

— Вообще-то мне еще долго не захочется никого видеть, я хочу быть с Цией как можно больше.

Гарри взглянул на друга с завистью. Ему и самому всегда хотелось именно такой семейной жизни.

Наверное, этого хочется каждому мужчине, даже такому цинику и ловеласу, как Чарльз.

Маркиз и Ция, взявшись за руки, преклонили колени перед капелланом, завершавшим венчальную службу.

Им обоим казалось, что какой-то божественный свет окутал их обоих и соединил их сердца навеки.

Когда они покинули храм, то, не говоря никому ни слова, сразу же поднялись в спальню Ции.

Маркиз плотно прикрыл дверь и, взяв Цию за руку, подвел ее к окну.

Они молча стояли, любуясь прекрасным садом и небольшим озером, окруженным вековыми деревьями.

Через несколько мгновений маркиз сказал:

— Это мой мир, дорогая. Теперь он принадлежит тебе! Надеюсь, что мы будем оба любить его и беречь, чтобы всем в нем жилось так же хорошо и счастливо, как нам с тобой!

Ция восхищенно вздохнула и придвинулась ближе к маркизу.

— То, что ты говоришь, — так прекрасно! — прошептала она.

— Ты меня этому научила, — отозвался маркиз. — Это всегда жило в моем сердце, но выразить это я смог лишь благодаря тебе!

Он обнял ее и привлек к себе. Места для слов больше не оставалось.

* * *

Некоторое время спустя, когда солнце, позолотив верхушки деревьев, заходило за горизонт, маркиз в восхищении воскликнул:

— Ты так не похожа на женщин, которых я знал до тебя!

— Неужели я так... отличаюсь? — спросила Ция. — Ты так хорош, ты прекрасен.

Когда мы... занимались любовью, мне казалось, что я парю над облаками. Но я боялась, что для тебя в этом нет... ничего нового.

— Я ощущал то же, что и ты, — ответил маркиз. — Любить тебя — это самое большое счастье!

— Мне очень хотелось услышать от тебя именно эти слова, — воскликнула Ция. — Любовь моя, мне хочется, чтобы ты никогда не уставал любить меня, я хочу всегда быть для тебя желанной!

— Разве можно устать от того восторга, который мы оба испытали! — ответил маркиз. — Мне казалось, что я держу в объятиях ангела и мы оба поднимаемся к небу!

Он склонился над ней и нежно отодвинул растрепавшийся локон с ее лба.

— Ты невероятно красива, — сказал он. — На свете, конечно, есть немало красавиц, однако им недостает чего-то, что есть у тебя!

— Скажи мне, что это? — спросила Ция. — Чем я отличаюсь от других женщин?

— Душевной теплотой, — ласково ответил маркиз. — Я никогда не встречал женщин, способных сравниться в этом с тобой!

— Даже если это и не так, — прошептал она, — я хочу, чтобы ты всегда так обо мне думал.

— Это так, — отозвался маркиз. — Я знаю, потому что такой была моя матушка. До тебя я не знал женщины, которая бы так много значила для меня, как моя мать. Теперь у меня есть ты. И ты очень на нее похожа!

— Ты меня смущаешь! — еле слышно проворковала Ция.

— Я знаю, моя маленькая супруга, что ты прекрасна и душой и телом. Тебя ничто никогда не испортит!

Через мгновение маркиз добавил:

— Если кто-нибудь попытается причинить тебе зло, клянусь, я убью его!

Он сжал ее в объятиях и принялся покрывать жадными страстными поцелуями. Он почти причинял ей боль, но это было так прекрасно, что ей хотелось еще и еще.

Эта жажда обладания была частью их любви. Ция знала, что любовь — не просто сентиментальное чувство. Она может быть сильной, энергичной, иногда даже разрушительной, и в то же время неотразимой и совершенной.

Именно такая любовь овладела ими обоими. Именно такая любовь помогла маркизу справиться с их врагом — Протеусом.

Благодаря своей любви они смогут преодолеть все трудности и препятствия, которые возникнут в их жизни.

Из любой схватки они будут выходить победителями, черпая в своей любви силы и волю.

Поцелуи маркиза стали все требовательнее, и в его глазах зажегся огонь желания.

Это пламя разливалось по их телам, рассыпалось на тысячи искр, волнуя кровь и душу.

— Я хочу тебя! Я хочу тебя, любовь моя! — прошептал маркиз.

— Я твоя! — ответила Ция.

— Я люблю тебя! Одному Богу известно, как сильно я тебя люблю!

— Я люблю тебя... люблю!

Эти слова растворились в огне их страсти.

Они слились в одно целое.

Им обоим казалось, что сам Бог благословляет их союз, озаряя все вокруг волшебным светом жизни и любви!